民国国学文库
MIN GUO GUO XUE WEN KU

陆游诗

LU YOU SHI

黄逸之 选注
王新才 校订

长江出版传媒 | 崇文书局

图书在版编目(CIP)数据

陆游诗/黄逸之选注;王新才校订. —武汉:崇文书局,
2014.8(2023.1 重印)
(民国国学文库)
ISBN 978-7-5403-3461-1

Ⅰ.①陆… Ⅱ.①黄… ②王… Ⅲ.①宋诗—诗集 Ⅳ.①I214.422

中国版本图书馆 CIP 数据核字(2014)第 135561 号

民国国学文库 陆游诗

MINGUO GUOXUE WENKU LU YOU SHI

出版发行:崇文书局
地　　址:武汉市雄楚大街 268 号 C 座 11 层
印　　刷:湖北画中画印刷有限公司
开　　本:880mm×1230mm 1/32
印　　张:11
版　　次:2014 年 8 月第 1 版
印　　次:2023 年 1 月第 2 次印刷
定　　价:49.80 元

总　序

冯天瑜

作为汉字古典词，“国学”本谓周朝设于王城及诸侯国都的贵族学校，以与地方性、基层性的“乡校”“私学”相对应。隋唐以降实行科举制，朝廷设“国子监”，又称“国子学”，简称“国学”，有朝廷主持的国家学术之意。

时至近代，随着西学东渐的展开，与来自西洋的“西学”相比配，在汉字文化圈又有特指本国固有学术文化的“国学”一名出现。如江户幕府时期（1601—1867）的日本人，自18世纪起，把流行的学问归为三类：汉学（从中国传入）、兰学（从欧美传入，19世纪扩称洋学）、国学（从《古事记》《日本书纪》发展而来的日本固有学术）。19世纪末、20世纪初，中国留日学生与入日政治流亡者，以及活动于上海等地的学人，采借日本已经沿用百余年的“国学”一名，用指中国固有的学术文化。1902年梁启超（1873—1929）撰文，以“国学”与“外学”对应，强调二者的互动共济，梁氏曰：“今日欲使外学之真精神普及于祖国，则当转输之任者，必邃于国学，然后能收其效。”（《论中国学术思想变迁之大势》）1905年国粹派在上海创办《国粹学报》，公示“发明国学，保存国粹”宗旨。这里的“国学”意为“国粹之学”。该刊发表章太炎（1869—1936）、刘师培（1884—1920）、陈去病（1874—1933）等人的经学、史学、诸子学、文字训诂方面文章，以资激励汉人的民族精神与文化自信。从此，中国人开始在“中国固有学术文化”意义上使用“国学”一词，为“国故之学”的简称。所谓“国故”，指中国传统的学术文化之故实，此前清人多有用例，如魏源（1794—1857）认为，学者不应迷恋词章，学问要从“讨朝章、讨国故始”（《圣武记》卷一一），这“讨国故”的学问，也就是后来所谓之国学。

经清末民初诸学者（章太炎、梁启超、罗振玉、王国维、刘师培、黄侃、陈寅恪等）阐发和研究，国学所涉领域大定为：小学、经学、史学、诸子、文学，约与现代人文学的文、史、哲相当而又加以综汇，突现了中国固有学术整体性特征，可与现代学校的分科教学相得益彰、彼此促进，故自20世纪初叶以来，“国学”在中国于起伏跌宕间运行百年，多以偏师出现，而时下又恰逢勃兴之际。

中国学术素有“文、史、哲不分家”的传统，中国学术的优势与缺陷皆与此传统相关。百年来的中国学校教育仿效近代西方学术体制，高度分科化，利弊互见。其利是促进分科之学的发展，其弊是强为分割知识。为克服破碎大道之弊，有人主张打通文、史、哲壁垒，于是便有综汇中国人文学的“国学”之创设，并编纂教材，进于学校教育、家庭教育、社会教育，其先导性教材结集，为20世纪20年代至30年代原商务印书馆由王云五策划并担任主编的《万有文库》之子系《学生国学文库》。所收均为四部重要著作。略举大凡：经部如诗、礼、春秋，史部如史、汉、五代，子部如庄、孟、荀、韩，并皆刊入；文辞则上溯汉、魏，下迄近代，诗歌则陶、谢、李、杜，均有单本，词则多采五代、两宋。丛书凡60册，已然囊括了“国学”之精粹。其鲜明之特色是选注者掺入了对原著的体味，经史诸书选辑各篇，以表见其书、其作家之思想精神、文学技术、历史脉络者为准。其无关宏旨者，概从删削、剔抉。选注者中不乏叶圣陶、茅盾、邹韬奋、傅东华这样的学界翘楚。他们对传统国学了然于胸，于选注自然是举重若轻，驾轻就熟。这样一份业经选注者消化、反刍的国学精神食粮自然更便于国学入门者吸收。

这样一套曾在20世纪初在传播传统文化、普及国学知识方面起到重要作用的丛书即便今天来看也是历久弥新。崇文书局因应时势，邀约深谙国学之行家里手于原辑适当删减、合并、校勘，以30册300余万言，易名《民国国学文库》呈献当今学子。诸书均分段落，作标点，繁难字加注音，以便省览。诸书原均有注释，古籍异释纷如，原已采其较长者，现做适当取舍、增删。诸书较为繁难、多音多义之字，均注现代汉语拼音，以便讽诵。诸书卷首，均有选注者序，述作者生平、本书概要、参考书举要等，凡所以示读者研究门径者，不厌其详，现一仍其旧。

这样一套入门的国学读物，读者苟能熟读而较之，冥默而求之，国学之精要自然神会。

是为序。

校订说明

丛书原名《学生国学文库》，为20世纪二三十年代商务印书馆王云五主编《万有文库》之子系，为突显其时代印记现易名为《民国国学文库》，奉献给广大国学爱好者。

原丛书共60种，考虑到难易程度、四部平衡、篇幅等因素，在广泛征求专家意见基础上，现删减为34种30册，基本保留了原书的篇章结构。因应时势有极少量的删节。

原文部分，均选用通用、权威版本全文校核，参以校订者已见做了必要的校核和改订。为阅读的通顺、便利，未一一标注版本出处。

注释根据原文的结构分别采用段后注、文后注，以便读者省览。原注作了适当增删，基本上保持原文字风格，之乎者也等虚词适当剔除，增删力求通畅、易懂，避免枝蔓。典实、注引做了力所能及的查证，但因才学有限疏漏可能在所难免。

原书为繁体竖排，现转简体横排。简化按通行规则，但考虑到作为国学读物，普及小学知识亦在情理之中，故而保留了少量通假字、繁体字、异体字，一般都出注说明，或许亦可增加读者的阅读兴趣和扩大知识面。

生僻、多音字作相应注音，原反切、同音、魏妥玛注音，均统一改现代汉语拼音。

国学读物校订，工作浩繁，往往顾此失彼，多有不当处，还望读者指正。

丛书校订工作由余欣然统筹。

绪 言

陆游，宋山阴人，字务观，乾道中，授夔州通判，因爱蜀道风土，故题其生平所为诗曰《剑南诗稿》。其诗清新刻露，圆润自然，世以与东坡并称曰苏陆，谓之尽宋之诗。故宋以后诗，遂有剑南一派。官至宝谟阁待制。范成大帅蜀，游为参议官，以文字交，不拘礼，人讥其放，因自号放翁。（余详《年谱》）

放翁诗派，源于江西，与杨万里、范成大、尤袤学诗于曾几。几之学，出于韩驹。驹列名于江西派，一传曾几，再传放翁。《诗人玉屑》载赵庚夫题曾几《茶山集》云："'清于月白初三夜，淡似汤烹第一泉。咄咄逼人门弟子，剑南已见一灯传。'其句律渊源已灼然可考。"放翁序《曾氏奏稿》云："先生居会稽，某归，无三日不进见，见必闻忧国之言。"是可知放翁之诗，忠爱感发，亦有得之于师者也。放翁序《吕居仁集》又自称源出居仁。居仁亦江西派。是不啻自揭橥其为嫡派矣。但江西派滥觞于黄鲁直，大都宗尚杜甫，流于偏僻生硬。洪炎所谓置字律令，新新不穷，其长处迨可以"新奇生硬"四字包之，迄韩曾而变本加厉。放翁《曾几墓志铭》亦有以杜甫、黄庭坚为宗之语，可谓知言。但放翁独能从此派入，而不从此派出，虽递嬗之习未免，然已脱生硬之气，一变而为自然，另辟蹊径，别树一种风格。明乎此，可以论放翁之诗。

放翁诗凡三变，宗派本出于杜。其前期诗，以才气超然，颇能自出机杼，尽其才而后止。虽摹仿前人，而不落窠臼。试观其《答宋都曹》诗："古诗三千篇，删去才十一。诗降为《楚骚》，犹足中六律。天未丧斯文，壮老乃独出。陵迟至元白，固已可愤嫉。"《示子遹》诗："我初学诗日，但欲工藻缋。中年始稍悟，渐欲窥宏大。数仞李杜墙，常恨欠领会。元白才倚门，温李真自郐。"是可见其宗尚之专。虽间有工巧之处，但仍归雅正，不落纤佻，此初境也。其中期诗，以遭时势之逼迫，兼以意气豪迈，中年未衰，往往志存戎轩，大有横槊跃马，顾效驱驰之概。其汗漫热烈之情绪，郁塞磊落之风概，发泄之于其诗，以是多感激豪宕之作品。观其《晓叹》一篇，《书愤》一律，足见其情。其《自述》一首云："我昔学诗未有得，残余未免从人乞。力孱气馁心自知，妄取虚名有惭色。四十从戎驻南郑，酣宴军中夜连日。打毬筑场一千步，阅马列厩三万匹。华灯纵博声满楼，宝钗艳舞光照席。琵琶弦急冰雹乱，羯鼓手匀风雨疾。诗家三昧忽见前，屈宋在眼元历历。天机云锦用在我，剪裁妙处非刀尺。世间才杰固不乏，秋豪未合天地隔。放翁老死何足论，广陵散绝还堪惜。"是期诗之宏肆，自从巴蜀而境界又一变。及乎晚年，转为恬淡之人，而诗境又变。看似平淡，而意旨深湛，并从前求工见好之意，亦尽消除。放翁诗所谓“诗到无人爱处工”者，盖揭橥其晚年诗变之征耳。刘后村谓其皮毛落尽。此评颇有见地。

以上论放翁诗境之变征既竟，兹再论其特点。

（一）感激豪宕　放翁生当南宋偏安之世，僇扰无已。对于金人侵掠，其愤也皆裂发指。发为诗歌，声皆变徵。兼以其情绪之汗漫热烈，而郁塞磊落之风概，益蓬勃而不可遏。是宜其多感激豪宕之作。《七修类稿》称放翁少好结侠客，有恢复中原之志。读其诗而益信。后人之称“亘古男儿一放翁”者，虽过誉之，但亦可谓知言者矣。如《长歌行》《关山月》《十一月四日风雨大作》《排闷》《书叹》《书愤》等诗，具见其情。惟其有感激豪宕之特点，而益见其沉郁顿挫之妙。《后村诗话》载放翁诗，仅摘其对偶之工者，已为皮相。后人选陆游，又略其感激豪宕沉郁深婉之作，而取其流连光景，可以剽窃移掇者，转相贩鬻，放翁诗派，遂为论者口实。王渔洋论其诗沉郁顿挫少，亦坐此失。是诬放翁甚矣。

（二）兴会淋漓　放翁有感激豪宕之情绪，是以其风致益淋漓尽兴，浑灏流转，更觉沛然有余。以是诗最多，题最少。兴会之至，每以诗外之事，尽入诗中。举凡边关风景，敌国传闻，悉入于诗，一草一木，莫不歌咏以寄其意。《唐宋诗醇》论曰：“观游之生平有与杜甫类者：少历兵间，晓栖农亩，中间浮沉中外，在蜀之日颇多，其感激悲愤，忠君爱国之诚，一寓于诗，酒酣耳热，跌荡淋漓。至于渔舟樵径，茶碗炉熏，或雨或晴，一草一木，莫不着咏歌以寄此意。”其诗题多《山居》《村居》《春日》《秋日》《即事》《遣兴》，亦有先得佳句，而后标以题目者，如《写怀》《书愤》《感事》《遣闷》《山行》《郊行》《书室》《道室》等题，十居七八，即如《记梦诗》亦最多。人生安得有如许梦，亦必有诗无题，遂托之于梦。要之，惟其兴会淋漓，以是诗思易触发，而妙绪纷来也。

（三）语挚情真　诗必言情，最难在情之真，惟情真斯语挚，否则虽为有情之言，亦不能动人。放翁诗言情最真切，如《秋日》《郊居》《杜门》《对食戏作》《赛神》《自开岁连日阴雨未止》《园中晚饭示儿子》《闲意》《书适》《秋怀》等诗，类皆语挚情真，描写入微。兹摘录数句，以例其余：

小楼一夜听春雨，深巷明朝卖杏花。（《雨霁》）

红颗带芒收晚稻，绿苞和叶摘新橙。（《霜天晚兴》）

瓶花力尽无风堕，炉火灰深到晓温。（《晓坐》）

出有儿孙扶几杖，归从邻曲语桑麻。（《茅舍》）

夜雨涨深三尺水，晓寒留得一分花。（《小园》）

山重水复疑无路，柳暗花明又一村。（《游西山村》）

白襦女儿系青裙，东家西家世通婚。采桑饷饭无百步，至老何曾识别村。（《村女》）

生草茨庐荆作扉，数家烟火自相依。大儿饲犊舍边去，小儿捕鱼溪口归。（《夜投山家》）

鹅儿泾口晓山横，蜻蜓港头春水生。兰亭之北是茶市，柯桥以西多橹声。（《湖上作》）

老人不复事农桑，点数鸡豚亦未忘。洗脚上床真一快，稚孙渐长解烧汤。（《泛舟过金家埂赠卖薪王翁》）

以上数诗语语写实，恳切入微，的系白描精到之作。

（四）遣词典雅　诗文之佳，固贵遣词典雅，然文采并非用典用事所足当。凡搬运故实，夸多斗靡，不知者以为藻采缤纷，知者则嗤为满纸垢瘢。放翁诗其长处在能遣词浑成，随时随物，触手成吟，绝不矫揉造作，不以词害意，亦不以意害词。质而实绮，臞而实腴，见其典雅，而无诘屈聱牙之感，放翁诗之谓也。放翁《论文章》诗曰："文章本天成，妙手偶得之。粹然无瑕疵，岂复须人为。君看古彝器，巧拙两无施。汉最近先秦，固已殊淳漓。胡部何为者，豪竹杂哀丝。后夔不复作，千载谁与期！"观其所论，则其取径之高，固不斤斤于词藻之末，而出语自然典雅可知矣。《养一斋诗话》评放翁诗，谓其所以胜绝者固由忠义盘郁于心，亦缘其于文章高下之故，能有具眼，非后进轻才所能知。举《白鹤馆夜坐》《书叹》《感怀》等诗以例之，谓为千古大匠嫡传，拙工淫巧，两无是处，能之者一代不过数人；即知之者亦未可多得云。又谓："放翁诗择而玩之，能使人养气骨，长识见。如题《十八学士图》云：'但余一事恨千载，高阳缪公来窜名。'（注：指许敬宗）《长门怨》云：'早知获谴速，悔不承恩迟。'《古意》云：'士生固欲达，又惧徒富贵。素愿有未伸，五鼎淡无味。’《灌口庙》云：‘姓名未死终磊磊，要与此江东注海。’《古别离》云：‘死即万鬼邻，生当致虞唐。丹鸡不须盟，我非儿女肠。’《艾如张》云：‘稻粱满野弃不啄，虽有奇祸无阶梯。’《书志》云：‘肝心独不化，凝结变金铁。铸为上方剑，衅以佞臣血。’《古意》云：‘夜泊武昌城，江流千丈清。宁为雁奴死，不作鹤媒生。’堆阜峥嵘，壁立千仞，所谓‘字向纸上皆轩昂’也。彼岂以消遣景物为事者哉。”是亦有见其特点之所在而云然。放翁尝言读书取畅达灵性，不必终卷。于兹亦可见其胸襟之寥阔，心思之绵邈，取径高而不阿附于人，并能融会于自然。或称放翁诗黏头缀尾，朝镌夕琢，月久岁深以多作而始出此者，是非知放翁者矣。要之，惟其不拘拘于规摹体格，较量分寸，所以其诗多感激豪宕，沉郁深婉，兴会淋漓之风致，其遣词固其余事耳。

复次，再分论其古体近体诗。

古体　赵瓯北评放翁古体曰：“才气豪健，议论开辟，引用书卷，皆驱使出之，而非徒以数典为能事，意在笔先，力透纸背，有丽语而无险语，有艳词而无淫词，看似华藻，实则雅洁，看似奔放，实则谨严。”放翁古体之长处，全在平易近人，且造语精严，间不容发，触处意与言会，言随意遣，浑然天成，殆不见有牵率排比处，反见其舒闲容与之态，是在放翁工夫深刻，有概括权衡之妙耳。放翁《何君墓表》云：“诗欲工，而工亦非诗之极也。锻炼之久，乃失本旨，斫削之甚，反伤正义。纤丽足以移人，夸大足以盖众。故论久而后公，名久而后定。”放翁古体确能履斯境地。是在其气魄之雄伟。试观唐以来，古体诗多有至千余言，四五百言者。放翁诗从未有三百言以外，而浑灏流转，更觉沛然有余，言简意深，一语胜人千百，他人数言不能了者，只用一二语了之。其工力炼在句前，不在句下，而不见其迹。故出语老洁，此乃其独到处。

绝句　宋人绝句虽逊于唐，但放翁诗颇有似处，差堪比拟。《读晋书》云：“诸公日饫万钱厨，人乳蒸豚玉食无。谁信秋风洛城里，有人归棹为莼鲈。”《闻雁》云：“过尽梅花把酒稀，熏笼香冷换春衣。秦关汉苑无消息，又在江南送雁归。”《游寒岩钓矶》云：“竹里茅茨竹外溪，粼粼白石护苔矶。想应日日来垂钓，石上蓑衣不带归。”此其声情气息与唐人不差累黍。放翁绝句，亦有不似唐人处，而万万不可废者，如放翁读范至能《揽辔录》云：“公卿有党排宗泽，帷幄无人用岳飞。遗老不应知此恨，亦逢汉节解沾衣。”《追感往事》云：“诸公可叹善谋身，误国当时岂一秦。不望夷吾出江左，新亭对泣亦无人。”出语痛绝，亦未可弃置之。（节采《养一斋诗话》）

律诗　放翁律诗，其长处在于格律之缜密，平淡不流于浅俗，奇古不邻于怪僻。《瓯北诗话》评曰：“放翁以律诗见长，名章隽句，层见叠出，令人应接不暇。使事必切，属对必工，无意不搜，而不落纤巧；无语不新，而不事涂泽。”沈德潜《说诗晬语》评曰：“放翁七言律，对仗工整，使事熨贴，当时无与比埒。”兹摘录其五七律佳句如下：

蚁穿珠九曲，蜂釀蜜千房。（《淳化寺》）
身已风中叶，人方饭后钟。（《东庄》）
摩诘病说法，虞卿贫著书。（《病中》）
贺监称狂客，刘伶赠醉侯。（《立秋前一日作》）
食非依漂母，菜不仰园官。（《穷居》）
李侯有佳句，乐令善清言。（《怀杜伯高》）
人如钓渭叟，地似避秦村。（《访隐者》）
春当三月半，狂胜十年前。（《题酒家》）
月昏天有晕，风软水无痕。（《村夜》）
荒园抛鬼饭，高几置神鹅。（《赛神》）
荒陂船护鸭，断岸笛呼牛。（《小立》）
道士青精饭，先生乌角巾。（《长生观》）
腰下苏秦印，囊中赵壹钱。（《夜咏》）
我亦轻余子，君当恕醉人。（《醉赋》）
相法无侯骨，生年值酒星。（《杂兴》）
栗里归栽菊，青门隐卖瓜。（《秋晚散步门外》）
小雨重三后，余寒百五前。（《小舟游西泾度西冈归》）
野水如天远，渔舟似叶轻。（《泛舟至东村》）
淡日披朝雾，轻云结暮阴。（《秋阴》）
下杜贳春酒，新年闻晓莺。（《逆旅书壁》）
裘软胜狐白，炉温等鹆青。（《暖阁》）

事与年俱往，心于世转疏。（《老叹》）

雨泣蘋花老，风摇稗穗长。（《秋景》）

乌桕遮山路，红蕖满野塘。（《小集》）

支径秋原上，衡门夕照中。（《舍北》）

已罢客载酒，亦无僧说禅。（《夏日独居》）

庭花无影月当午，檐树有声风报秋。（《夜景》）

船上急滩如退鹢，人缘绝壁似飞猱。（《过东瀼滩》）

翩翩乳燕穿帘影，蔌蔌新篁解箨声。（《初夏新晴》）

水纹竹簟凉如洗，云碧纱橱薄欲无。（《睡起》）

客心尚壮身先老，江水方东我独西。（《小市》）

挽花翠袖沾余馥，迎日征鞍借小温。（《邻山县道上作》）

十里溪山最佳处，一年寒暖适中时。（《近游》）

空山霜叶无行迹，半岭天风有啸声。（《丈人观》）

农事渐兴人满野，夜霜寒重雁横空。（《横塘》）

津吏报增三尺水，山僧归入万重云。（《秋雨》）

童夸犊健浮溪过，妇悯蚕饥负叶归。（《初夏》）

远火微茫知夜绩，长歌断续认归樵。（《泛舟》）

月色横分窗一半，秋声正在树中间。（《枕上》）

细径僧归云外寺，疏灯人语酒家楼。（《夜归》）

燕雏掠地飞无力，梅子临池坠有声。（《夏日》）

群鱼聚散忽无迹，孤蝶去来如有情。（《夏昼》）

一棹每随潮上下，数家相望埭东西。（《渔火》）

水浅游鱼浑可数，山深药草半无名。（《山行》）

未霜村舍秋先冷，无月江边夜自明。（《秋夜》）
云归时带雨数点，木落又添山一峰。（《晚眺》）
溪鸟低飞画桥外，路人相值绿阴中。（《门前小立》）
风从蘋末萧萧起，月通花阴故故迟。（《渔父》）
渔艇往来春浪碧，人家高下夕阳红。（《近村》）
旱余虫镂园蔬叶，寒浅蜂争野菊花。（《西村》）
树杪忽明知月上，竹梢微动觉风生。（《池上》）
残灯无焰穴鼠出，槁叶有声村犬行。（《冬夜》）
舟行十里画屏上，身在四山红雨中。（《出游》）
人欲见挤真砭石，身宁轻用作投琼。（《梦断》）
只知秋菊有佳色，那闻荒鸡非恶声。（《杂兴》）
生拟入山随李广，死当穿冢傍要离。（《醉题》）
未寻内史流觞地，又近庞公上冢时。（《春晚》）
不求客恕陶潜醉，肯受人怜范叔寒。（《遣怀》）
客散茶甘留舌本，睡余书味在胸中。（《晚兴》）
外物不移方是学，俗人犹爱未为诗。（《朝饥示子》）
名姓已随身共隐，文词终与道相妨。（《遣兴》）
客从谢事归时散，诗到无人爱处工。（《理梦中作》）

其律诗刮垢磨光，字字稳惬，贴切而有意味，绝无鼓衰力竭之态。此亦放翁才力雄厚之征。陈訏曰："放翁一生精力，尽于七律，故最多最佳。"可谓知言。《养一斋诗话》称："放翁七律，时仿许丁卯之流，如'数点残灯沽酒市，一声柔橹采菱舟'，'高柳簇桥初转马，数家临水自成村'，

‘似盖微云才障日，如丝细雨不成泥’，‘夜雨涨深三尺水，晓寒留得一分花’，‘童儿冲雨收渔网，婢子闻钟上佛香’，‘绕庭数竹饶新笋，解带量松长旧围’，‘钓收鹭下虚舟立，桥断僧寻别径归’，‘瓶花力尽无风堕，炉火灰深到晓温’，‘绿叶忽低知鸟立，青蘋徐动觉鱼行’，如此更仆难尽，无句不工，无工句而非许丁卯之流也。”

又评曰：“放翁七律佳者诚多，然亦佳句耳。若通体浑成，不愧南渡称首者，尝精求之矣。如‘地连秦雍川原壮，水下荆扬日夜流’，‘早岁君王记姓名，只今憔悴客边城’，‘时平壮士无功老，乡远征人有梦归’，‘少日壮心轻玉塞，暮年幽梦堕沧洲’；‘诸公勉画平戎策，投老深思看太平’，‘一点烽传散关信，两行雁带杜陵秋’，‘三峡猿催清泪落，两京梅傍战尘开’，‘只要闾阎宽箠楚，不须亭障肃弓刀’，‘今皇神武是周宣，谁赋《南征北伐》篇’，‘老子犹堪绝大漠，诸君何至泣新亭’，‘十月风霜欺客枕，五更鼓角满江天’，‘夷甫诸人骨作尘，至今黄屋尚东巡’，‘细雨春芜上林苑，颓垣夜月洛阳宫’，‘远戍十年临的博，壮图万里战皋兰’，‘绿沉金锁俱尘委，雪洒寒灯泪数行’，‘荥河温洛帝王州，七十年来禾黍秋’。此十数章七律，著句既遒，全体亦警拔相称。盖忠愤所结，志至气从，非复寻常意兴。较之全集七律，数十之一耳。然论放翁七律者，必以此为根本，而以‘数点残灯沽酒市’等诗附之，乃知诗之大主脑，翁之真力量，否则赞翁而翁不愿也。翁诗云‘苦心自古乏真赏’，其信然矣。”

复次，再论其与人之异同。放翁诗，前既屡言其似杜而差逊矣。而其迹象间亦有学白乐天处，而直率过之。大概言之，其诗宗杜而摹白，无杜之沉雄，而直率过于白。此其异同也。沈德潜《说诗晬语》云：“《剑南集》原本老杜，殊有独造境地，但古体近粗，今体近滑，逊于杜之沉雄腾踔耳。”此说最有见地。郑板桥《家书》有论杜陆异同之一则，贴切而有意味。兹录之如下：“作诗非难，命题为难，题高则诗高，题矮则诗矮，不可不慎也！少陵诗，高绝千古，自不必言。即其命题，已早据百尺楼上矣。通体不能悉举，且就一二言之。《哀江头》《哀王孙》，伤亡国也；《新婚别》《无家别》《垂老别》《前后出塞》诸篇，悲戍役也；《兵车行》《丽人行》，乱之始也；《达行在所》三首，庆中兴也；《北征》《洗兵马》，喜复国，望太平也。只一开卷，阅其题次，一种忧国忧民、忽悲忽喜之情，以及宗庙丘墟、关山劳戍之苦，宛然在目。其题如此，其诗有不痛心入骨者乎？至于往来赠答，杯酒淋漓，皆一时豪杰有本有用之人。故其诗信当时，传后世，而必不可废。放翁诗则又不然，诗最多，题最少，不过《山居》《村居》《春日》《秋日》《即事》《遣兴》而已。岂放翁为诗与少陵有二道哉？盖安史之变，天下土崩，郭子仪、李光弼、陈元礼、王思礼之流，精忠勇略，冠绝一时，卒复唐之社稷。在《八哀诗》中，既略叙其人，而《洗兵马》一篇，又复总其全数而赞叹之，少陵非苟作也。南宋时君父幽囚，栖身杭越，其辱与危，亦至矣。讲理学者，推极于毫厘分寸，而卒无救时济变之才。在朝诸大臣，皆流连诗酒，沉溺湖山，不顾国家大计，是尚得为有人乎？是尚可辱吾诗歌，而劳吾赠答乎？直以《山居》《村居》《夏日》《秋日》，了却诗债而已。且国将亡，必多忌，躬行桀纣必曰驾尧舜而轶汤武。宋自绍兴以来，主和议，增岁币，送尊号，处卑朝，括民膏，戮大将，无恶不作，无陋不为，百姓莫敢言喘。放翁恶得形诸篇翰，以自取戾乎？故杜诗之有人，诚有人也。陆诗之无人，诚无人也。杜之历陈时事，寓谏诤也。陆之绝口不言，免罗织也。虽以放翁诗题，与少陵并列，奚不可也？”此论杜陆异同之所以然，最亲切有味。刘后村评曰：“放翁学力似杜甫。”又曰：“南渡而下，放翁为一大宗。”可谓知放翁者矣。兹再论杨陆之异同。放翁与杨万里同渊源，而具以诗名。但其异同显然。杨专以俚言俗语阑入诗中以为新奇；放翁则一切扫除，不肯落其窠臼，盖自少即趋向大方家，不屑屑以纤佻自贬也。然间亦有落此窠臼，与诚斋相似者，则无非受语录之同化，但反见其自然志洁。要知俚言俗语入诗，若能自然合拍，则妙语纷来，反较遣词典雅、卒之以词害意者为佳。例如：“小楼一夜听春雨，深巷明朝卖杏花”，颇有妙语浑成之致。他如《晚步》：“寓迹个中谁耐久，问君底事不归休。”《自诒》云：“愈老愈知生有涯，此时一念不容差。”余如《饥坐》《老学庵》《醉中走笔》《自咏》

《遣兴》等，则更有显著之语录纪，惟尚不为害，而所作又少，不致堕于杨之矫枉过正耳。方回《瀛奎律髓》评杨诗不免有颓唐粗俚处，是即杨逊于陆之所在也。南宋时此等诗派最盛行，在放翁已为下劣矣。于此可知诗关个性，虽同派同源者，其不相凿枘有如此。兹再就其互相评赞之语而观之，以见其大概焉。

杨诚斋尝序《千岩摘稿》曰："余尝论近世之诗人，若范石湖之清新，尤梁溪之平淡，陆放翁之敷腴，萧千岩之工致，皆予所畏者。"尤梁溪曰："近世士人，喜宗江西，温润有如范至能者乎？痛快有如杨廷秀者乎？高古如萧东夫，俊逸如陆务观，是皆自出机杼，亶有可观者。"

南渡之变，俶扰无已，而雄健俊爽之气，几于馁尽，加之冷静之理学盛行，文学殆无可观。差幸此派诗人，出而系维，蔚为一大诗派，跳出江西派之窠臼，以为不自然，不方便，各就性格之所近，径自趋其径焉。以是其异同有如此。

陆游诗稿概述

《剑南诗稿》八十五卷，卷末有游子虡题跋，称游西溯僰道，乐其风土，在此几及十年，因奉孝宗之召，始去此，但未尝一日忘蜀。是以题其生平所为诗，曰《剑南诗稿》。盖不独谓蜀道所赋诗也。又称戊申、己酉后诗，游自大蓬谢事归山阴故庐，命子虡编次为四十卷，复题签曰《剑南诗续稿》。自此至捐馆舍，通前稿为诗八十五卷。子虡假守九江，刊之郡斋，通名曰《剑南诗稿》。此本虡所编，至跋称游在新定时所编前稿，于旧诗多所去取，所遗诗尚七卷，不复杂之卷首，别其名曰遗稿者，今则不可见矣。卷首又有淳熙十四年游门人郑师尹序，称其诗为眉山苏林所收拾，而师尹编次之，与子虡跋不同。盖师尹所编，先别有一本，子虡存其旧序，冠于全集也。

《放翁诗选》宋罗椅、刘辰翁所选。《前集》十卷，椅所选。元大德，其孙憼始刻之，有憼序。《后集》辰翁所选，前后无序跋，但殿以批评，今不可得见矣。（参阅《四库全书总目》）

汲古阁《剑南诗集》刻本，所选颇不苟，实为近代善本。

按古来作诗之多，首推放翁。即就子虡所编八十五卷计之，已九千二百余首。淳熙十四年，游在严州刻诗，已将旧稿痛加删汰，绍熙元年，又再删订。（参看《年谱》）若合而计之，全集及遗稿，实共一万余首。虽自蹈陈因之处在所不免，然一首必有一意，自非才思灵敏，功力精勤，何以得此！坊本《唐宋诗醇》所选游诗，精粹无疵，可以一读。

目　录

黄牛峡①庙

三峡②束江流，崖谷互吐纳③。黄牛不负重，云表恣蹴蹋④。吴船与蜀舸⑤，有请神必答。谁怜马遭刵⑥，百岁创未合。柂师⑦浪奔走，烹彘陈酒榼。纷然馂⑧神余，羹炙争嘬嗻⑨。空庭多落叶，日暮声飒飒⑩。奇文⑪粲可辨，高古篆籀⑫杂。村女卖秋茶，簪花髻鬟匝。襁⑬儿著背上，帖妥⑭若在榻。山寒雪欲下，虎出门早阖。我行忽至此，临风久呜咽⑮。

---

①黄牛峡：在湖北宜昌西。《水经注》称："江水又东径黄牛山，山下有滩名黄牛滩，有石如人，负刀牵牛，人黑牛黄。行者谣曰：朝发黄牛，暮宿黄牛。三朝三暮，黄牛如故。"此言水路纡深，回望如一也。山下有黄陵庙，三国蜀汉建。此峡最擅形胜，杜甫诗："黄牛峡静滩声转。" ②三峡：在川鄂间大江中，一为瞿塘峡，一为巫峡，一为西陵峡。长七百里，两岸连山，绝无断处。江水为峡所束缚，滩多水急，舟行甚险。《水经注》称："每至晴初霜旦，林寒涧肃，常有高猿长啸，屡引凄异，空谷传响，哀转久绝。故渔者歌曰：巴东三峡巫峡长，猿鸣三声泪沾裳。" ③此喻绝壑与风云相吐纳状。唐太宗《祭北岳文》："风云之所吐纳。" ④蹴蹋（cù tà）：犹言践踏也。杜甫诗："霜蹄蹴蹋长楸间。" ⑤与：原作"兴"，据钱仲

联校注本改。舸：南楚荆襄，凡船之大者谓之“舸”。见《方言》。 ⑥刵（èr）：古代肉刑，截耳。陆游《入蜀记》：“门左右各一石马，颇卑小，以小屋覆之。其右马无左耳，盖欧阳公所见也。”原误“刵”为“刖”，并注为断足。此据钱仲联校注本改。 ⑦柂师：舵工也。 ⑧馂（jùn）：祭毕食神之余也。《礼·祭统》：“古之君子曰尸，亦馂鬼神之余也，惠术也，可以观政矣。”亦与“飧”通。《公羊传》：“馂饔未就。” ⑨嘬嗒（chuài tā）：喻饮食无威仪也。《曲礼》：无嘬炙，无嗒羹。《疏》：“人若不嚼菜，含而歠吞之，其欲速而多，又有声，不敬，伤廉也。” ⑩飒（sà）：喻风声也。⑪奇文：奇古之文字也。陶潜诗：“奇文共欣赏，疑义相与析。”⑫篆籀：书体名，篆书籀文也。按，籀文为周宣王时太史籀所作，故名，即大篆。小篆则秦丞相李斯所作也。 ⑬襁（qiǎng）：负也。《新书》：“孝者襁之。”又按，《论语》注：“襁，织缕为之，以约小儿于背者。” ⑭帖妥：犹言稳当也。王逸《楚辞序》：“事不妥帖。”陆机赋：“或妥帖而易施。”⑮呜唈：悲哀短气貌。《尔雅注》：歍唈，短气也。按，“歍”与“呜”通。《淮南子·览冥训》：“孟尝君为之增欷歍唈流涕狼戾不可止。”江淹赋：“泣呜唈兮染裳。”

长木夜行抵金堆市

夜行长木村①，重雾杂零雨②。湿萤粘野蔓，寒犬吠云坞。道坏交细泉，亭废立遗堵③。时时过农家，灯火照鸣杼④。嗟予独何事！无岁得安处。即今穷谷中，性命寄豺虎。三更投小市，买酒慰羁旅。高咏东山⑤诗，怅望怀往古⑥。

---

①村：原作“林”，据钱仲联校注本改。　②零雨：徐雨也。　③遗堵：残壁也。李白诗：“荒城大空漠，边邑无遗堵。”　④鸣杼：杼机之鸣声。杜甫诗：“鲛馆如鸣杼。”　⑤东山：《诗经》篇名。周公东征，将归，作此诗，以慰军士之久役者。　⑥往古：古昔也。《汉书》：“稽诸往古。”

寒夜遣怀

临觞本不饮，忧多自成醉。四方行万里，不见埋忧①地。忆昔入京都，宝马摇香鬃②。酣饮青楼夜，歌声在半空。去日不可挽，华发忽垂领。娟娟峨眉月③，相对作凄冷。月落照空床，不寐听寒蛩④。早知忧随人，何用去故乡。

---

①埋忧：甚言忧愁之无可排遣也。仲长统《述志》诗：“寄愁天上，埋忧地下。”　②宝马摇香鬃：状车马之华美，犹言香车宝马。《史记·李斯传》：“公子高曰，中厩之宝马，臣得赐之。”鬃：马鬣之劲者。　③娟娟：状美好貌。杜甫诗：

“石濑月娟娟。”鲍照诗：“未映东北墀，娟娟似峨眉。”此亦指月而言。峨眉：山名。亦作峨嵋。在四川峨眉山市西南，两山相对如峨眉，故名峨眉。 ④寒螀：古书上说的一种蝉。

化成院

翠围至①化成，七里几千盘。肩舆掀泞淖②，叹息行路难③。缘坡忽入谷，蜿蜒苍龙蟠。孤塔插空起，双楠当夏寒④。飞屐到上方⑤，渐觉所见宽。前山横一几，稻陂白漫漫⑥。肥僧大腰腹，呀喘⑦趋迎官。走疾不得语，坐定汗未干。高人遗世事，跏趺穴蒲团⑧。作此望尘态，岂如返巾冠。日落闻鹿鸣，感我平生欢。客游殊未已，芳岁行当阑。

①至：原作“玉”，据钱仲联校注本改。 ②肩舆：轿也。《晋书》：“王献之尝经顾辟疆园，先不相识，乘肩舆径入。”苏轼诗：“肩舆任所适，遇胜辄留连。”泞淖：谓泥涂也。韩愈诗：“跳踯虽云高，竟不离泞淖。” ③行路难：行旅艰难也。《晋书·袁山松传》：“因旧歌有《行路难》，乃文其辞，每醉纵歌之。”《乐府解题》：“《行路难》备言世路艰难，及离别悲伤之意。” ④从“缘坡”至此，据钱仲联校注本添。 ⑤飞屐：轻履也。苏轼诗：“苇间闻拏音，云表已飞屐。”上方：佛家喻胜地也。此作寺院解。许浑诗：“上方有路应知处，疏磬寒蝉第几重。”解琬诗：“瑞塔临初地，金舆幸上

方。”　⑥漫漫：白色茫茫，无涯际之貌。扬雄赋：“指东西之漫漫。”漫，此处读作平声。　⑦呀喘：喻趋奉喘息貌。⑧跏趺：佛教之坐法，所谓结跏趺坐是也。有二种，一曰降魔坐，一曰吉祥坐。降魔坐先以右趾压左股，后以左趾压右股，诸禅宗多传此坐。吉祥坐先以左趾压右股，后以右趾压左股，令二足掌仰于二股之上，如来成道时，如此坐。白居易诗：“中宵入定跏趺坐。”穴：原作“冗”，据钱仲联校注本改。穴蒲团，意谓在蒲团上坐出穴，即蒲团坐穿之意。蒲团：僧人坐禅拜跪所用具，织蒲为之，厥状团圆，故名。许浑诗：“败衲倚蒲团。”

醉　书

似闲有俸钱，似仕无簿书。似长免事任①，似属非走趋。病能加餐饭，老与酒不疏。婆娑②东湖上，幽旷足自娱。时时唤客醉，小阁临红蕖③。钓鱼斫银丝，擘荔见玉肤④。檀槽⑤列四十，遗声传故都⑥。岂惟豪两川⑦，自足夸⑧东吴。但恨诗不进，榛荒⑨失耘锄。何当扫纤艳⑩，杰作追黄初⑪。

---

①任，原作“仕”，据钱仲联校注本改。　②婆娑：往来蹀躞貌。杜甫诗：“生长漫婆娑。”　③红蕖：荷花也。杜甫诗：“雨浥红蕖冉冉香。”韦应物诗：“红蕖绿苹芳意多。”④擘荔：分擘荔枝也。玉肤：此喻荔枝肉之洁白。苏轼《荔支》

诗："海上仙人绛罗襦，红纱中单白肉肤。" ⑤檀槽：古乐器，檀木所为之琵琶槽，列弦四十，故云。《谭宾录》："开先中有中官白秀贞自蜀回，得琵琶以献。其槽以逻逤檀为之，温润如玉。"即此。 ⑥都：原作"郡"，据钱仲联校注本改。⑦两川：谓东川西川。东川在四川之东，唐肃宗于梓潼置剑南东川节度，宋因之。西川在四川之西，肃宗改成都为南京，分为剑南西川节度使。宋置西川路。 ⑧夸：原作"跨"，据钱仲联校注本改。 ⑨榛荒：梗塞荒芜之貌。柳宗元文："芟艾榛荒。" ⑩纤艳：喻诗之但以辞藻胜，而无质者，所谓以辞害意之诗。元和有元白诗，多纤艳不逞，而世竟重之。 ⑪黄初：三国魏文帝年号。杜甫诗："载闻诵新作，突过黄初诗。"

雨中作

方惊岁更端，不觉秋已孟①。虽云暑毒俟，无奈风雨横。荷空湖面阔，叶脱树枝劲。百卉②亦已衰，非复昔华盛。游子老忘归，一榻卧衰病。欲谈无客来，向壁弄麈柄③。

①孟：孟秋也。秋季之首月。《礼·月令》："孟秋之月。"②百卉：百草也。《诗》："秋日凄凄，百卉俱腓。" ③麈柄：拂尘之柄也。《晋书·王衍传》："每捉玉柄麈尾，与手同色。"《庾子山集注》·"麈尾辟尘，古常以为拂尘。"因亦名拂尘曰麈尾。

次韵何元立都曹赠行元立用陈后山送苏公诗韵

嘉荣东西川，此别不为远。徘徊凌云寺①，决去未遽忍。登高望故人，烟树参差见。悬知今日梦，不隔重城键。平生相从意，百年有未满。结巢青城云②，期③子在岁晚。

---

①凌云寺：在四川乐山境，亦古蜀中名刹之一。《邵博记》："天下山水之胜在蜀，蜀之胜在嘉州，嘉州之胜在凌云寺，寺之南山，又其胜也。"　②结巢：筑舍也。青城：山名。在四川灌县西南，一名大人山。杜光庭《青城山记》："岷山连峰接山岫，千里不绝，青城乃第一峰也。"《元和郡县志》："青城县因山为名，垂拱二年，改为蜀州，开元十八年，仍为青城。"　③期：要约日期。《诗经》："期我乎桑中。"

早发新都驿

喔喔江村鸡，迢迢县门漏①。河汉②纵复横，繁星明如昼。爱凉趣上马，未晓阅两堠③。高林起宿鸟，绝涧落惊狖④。寺楼插苍烟，沙泉泻幽窦⑤。我行忽万里，坐叹关河溜。官如广文⑥冷，面作拾遗瘦⑦。今年盍归哉，勿落春雁后。

---

①漏：漏鼓也。《唐书·百官志》："宫门局宫门郎二人，掌宫门管钥。凡夜漏尽，击漏鼓而开，夜流上水一刻，击漏鼓而闭。" ②河汉：天河也。古诗："皎皎河汉女。" ③堠：十里之遥也。封土为坛，以记里数，五里只堠，十里双堠。韩愈诗："堆堆路旁堠。" ④狖（yòu）：兽名，似猿善惊。钱起诗："飞萝掷惊狖。" ⑤沙泉：沙中暗泉也。《宋史》："灵州无井，惟沙泉在城外，欲拓城包之。"幽窦：深邃之空穴也。韩愈诗："细泉幽窦倾。" ⑥广文：喻冷官也。按《唐书》，明皇爱郑虔，置左右，以不事事，更为置广文馆，以虔为博士。虔闻命不知广文曹司所在，诉宰相。宰相曰：上增国学，置广文馆，以居贤者，令后世言广文博士自君始，不亦美乎？虔乃就职。久之，雨坏庑舍。有司不复修完，寓治国子馆，自是遂废。杜甫诗："诸公衮衮登台省，广文先生官独冷。" ⑦拾遗：指唐杜甫。甫肃宗时曾官右拾遗，故世称杜拾遗。李白《赠杜甫》诗："借问因何太瘦生，只为从来作诗苦。"

马上微雨

三日触毒暑，衣垢背汗浃①。今旦殊萧然，凉雨吹醉颊。瘦松无横枝，蠹竹少全叶。渚②莲乃可念，泫泣如放妾③。岂惟人意适，我马亦振鬣。远村有归人，清溪争晚涉。

---

①汗浃：汗甚也，犹言汗流浃背。《后汉书》：“操出，顾左右，汗流浃背。”　②渚：小洲也。　③放妾：弃妾也。鲍照诗：“弃妾望掩泪。”留之不可，舍之未忍。喻悲之至也。

避暑江上

苦热厌城市，初夜临江湍。风从西山来，颇带积雪寒。堰①声静尤壮，喷薄②如急滩。顿远车马喧③，更觉衣裳单。断岸吐缺月，恨不三更看。且随萤火归，城扉欲横关。

---

①壅水为埭，谓之“堰”。　②水相激荡曰“喷薄”。《吴都赋》：“喷薄沸腾。”　③顿远车马喧：谓无车马之喧扰也。陶潜诗：“结庐在人境，而无车马喧。”

登太平塔

我从平地来，忽寄百尺巅。眼力与脚力，初不减少年。渐高山愈出，杳杳浮云烟。举手扪参旗①，日月磨蚁旋②。天风忽吹衣，便欲从此仙。且复下梯去，著书未终篇。

---

①参旗：犹言天旗。《史记》：“参为白虎，其西有勾曲九

星三处罗，一曰天旗。”　②《晋书·天文志》：日月右行，随天左转，故日月实东行，而天牵之以西没，譬于蚁行磨石之上，磨左旋而蚁右去，磨疾而蚁行迟，故不得不随磨以左回焉。

雁翅夹口小酌

墟烟①淡将散，江雨细欲无。回风吹衣襟，晴光满菰蒲②。隐几③乐此时，清和④如夏初。犬吠船丁归，小市得美蔬。欢言酌清醥⑤，侑⑥以案上书。虽云泊江渚，何异归林庐。

①墟烟：墟落淡烟也。　②菰蒲：生于陂泽间之植物，如蒲苇之类。　③隐几：坐具也。此作动词解，依于几也。《独异志》称：“葛玄所隐处，有隐几化为鹿。”　④清和：俗称四月为清和月。《岁时记》：“四月朔为清和节。”谢灵运诗：“首夏犹清和，芳草亦未歇。”　⑤清醥：清酒也。《蜀都赋》：“觞以清醥。”　⑥侑：佐也。

发书画还故山戏书

昨日遣画笥①，今日发书簏。空斋惟一床，窗影乱风竹。平生钻故纸②，夙好老尤笃。奇哉扫除尽，蝉蜕三万轴③。岂惟息烦心，亦足养病目。从渠禘襶④生，自献公车⑤牍。

---

①画笥：藏画之箧也。王炎诗：“是处溪山皆画笥。” ②读古人书，如钻故纸，借《传灯录》语以自嘲也。按神赞禅师，见蜂子投窗求出。师曰：世界如许阔，不肯出，钻他故纸。 ③蝉蜕：此喻古书画日久解脱，斑剥零落状。《楚辞》：“蝉蜕尘埃之外，灏然泥而不滓者也。”三万轴：喻书画之多也。韩愈诗：“邺侯家多书，插架三万轴。” ④褦襶（nài dài）：称人之不晓事者。见《类篇》。魏程晓诗：“今世褦襶子，触热到人家。”按，褦襶本称暑月所戴凉笠，以青缯缀其檐而蔽日者。《篇海》：“褦襶，谓当暑人乐袒裸，而固服请见也。”喻人不晓事者以此。 ⑤公车：《后汉书》注：“公车署名。公车所在，因以名，诸待诏者皆居以待命，故令给养焉。”按汉时应征之人，皆由公家以车递送，即古之所谓“乘传”是也。

双清堂夜赋

陆子①病少间，独卧溪上堂。人静鱼自跃，风定荷更香②。素月行中天③，流萤失孤光。归鸟飞有声，度此十里塘。嗟我独何事，迟暮客异乡。太息搔短发④，起视夜未央⑤。

---

①陆子：放翁自称。 ②寂静则池鱼鲦鲦自跃，不惊扰也。风定则菡萏飘香，凝而不散，故更香也。此二语描写最切

实，极雅隽之风致。　③素月：皎然明月也。《古乐府》：“昭昭素月明。”阮籍诗：“素月垂景辉。”中天：谓天空之中央。杜甫诗：“中天悬明月。”　④搔短发：喻思虑貌。郑谷诗：“推却簿书搔短发。”　⑤夜未央：夜未半也。《诗经》：“夜如何其，夜未央。”

病中怀故庐

我家山阴道①，湖山淡空濛②。小屋如舴艋③，出没烟波中。天寒橘柚黄，霜落䆉稏红④。祈蚕箫鼓闹，赛雨鸡豚空⑤。叉鱼有竭作⑥，刈麦无遗功⑦。去年一月留，行役嗟匆匆。今年归兴动，舣舟⑧待秋风。社饮可欠我，寄书约邻翁。

---

①山阴道：在今浙江绍兴境。《世说》：“王子敬云：从山阴道上行，山川自相映发，使人应接不暇。”　②空濛：喻雨气貌。张衡赋：“朝雨空濛如薄雾。”　③舴艋：小舟也。④䆉稏（bàyà）：稻摇动也。杜牧之诗作“罢亚”，稻名也。按苏诗，红罢亚对碧玲珑，又罢亚对雍容，此则用为虚字，黄东发以罢亚为喻稻之态，以此为证。　⑤句述祈雨也。　⑥叉鱼：捕鱼也。韩愈诗：“叉鱼春江阔。”竭作：尽力也。《周礼》：“小司徒，凡起徒役，毋过家一人，以其余为羡，惟田与追胥竭作。”　⑦无遗功：谓无遗弃之力也。　⑧舣

（yǐ）：泊舟近岸也。《史记》：“乌江亭长舣舟待。”左思赋：“试水客，舣轻舟。”

午 睡

风霜践残岁，我乃羁旅人。如何得一室，床敷暖如春。午枕挟小醉，鼻息撼四邻。心安了无梦，一扫想与因①。逡巡起颒②面，览镜正幅巾③。聊呼蟹眼④汤，瀹⑤我玉色尘。

---

①想与因：心有所欲而思之谓之想，缘之所起，谓之因。《晋书·乐广传》：卫玠总角时，尝问广梦。广云是想。玠曰：形神所不接而梦，岂是想耶？广曰是因。玠思之经月不得，遂以成疾。广闻故，命驾为剖析之，玠病即愈。广叹曰：此贤胸中当必无膏肓之疾。又《楞严经》：“自诸妄想展转相因，从迷积途以历尘劫，虽佛发明，犹不能返。如是迷因，因迷自有，识迷无因，妄无所依，尚无有生，欲何为感。” ②颒（huì）：洗面也。见《集韵》。《书·顾命》：“王乃洮颒水。” ③正：整也。作动词解。苏轼诗：“试呼稚子整冠巾。”幅巾：服制名。用缣全幅向后襆发。后汉末，王公名士，以幅巾为雅。是以袁绍崔豹之徒，虽为将帅，皆着缣巾。后周武帝因裁幅巾为四脚。唐因之。白居易诗：“乌纱独幅巾。” ④蟹眼：瀹茗以睹沸腾之度。《大观茶论》：“凡用汤以鱼目蟹眼连绎迸跃为度，过老以少新水投之，就火顷刻而后用。”苏轼《煎茶诗》：

“蟹眼已过鱼眼生，飕飕欲作松风鸣。”按蟹眼小，鱼眼大，以状沸腾之度也。 ⑤瀹（yuè）：煮也。煎茶曰瀹茗。

中夜起出门月露浩然归坐灯下有赋

月白万瓦霜，露重四山雨。开门忽惊叹，秋色已如许！去蜀如昨日，坐阅四寒暑。无才屏朝迹，有罪宜野处。平生万里心，收敛卧环堵①。朱颜逝不留，白发生几缕。人言尺蠖②屈，要有黄鹄举③。功名非老事，岁晚忍羁旅。

---

①环堵：言其贫也。《礼·儒行》：“君子一亩之宫，环堵之室。”注：“堵长一丈，高一尺，而环一堵为方丈，故曰环堵之室。” ②蠖：虫名。体长约二三寸，首尾相就，屈伸而行。《易·系辞》：“尺蠖之屈，以求伸也。” ③黄鹄举：作别高飞以求实现壮志。《韩诗外传》：“田饶谓鲁哀公曰：夫黄鹄一举千里，啄君稻粟，君犹贵之，以其从来远也。故臣将去君，黄鹄举矣。”

雨晴步至山亭欲遂游东村不果

村陋垣墙颓，岁晚风雨横。泥涂绝还往，飧粥养衰病。药囊杂书卷，白发满清镜①。一榻卧兼旬，不践墙下径。乌鹊忽报晴，霜重节候正。厌供冻砚愁，颇动蜡屐②兴。山楹快远眺，松吹惬幽听。地瘦药苗稀，叶脱木枝劲。东村未为远，脚力不济胜③。三叹入荆扉，蹁跹学僧定④。

---

①清镜：铜镜也。欧阳修诗："素丝悲青铜。" ②蜡屐：以蜡润屐使光泽也。《晋书·阮孚传》："阮孚性好屐，有诣阮，正见自蜡屐，因叹曰：未知一生当著几两屐。" ③济胜：谓力能及也。《南史·刘敲传》："敲性好山水，登危履险，必尽幽遐，人莫能及，皆叹其有济胜之具。"又《世说》："许掾好游山水，而体便登涉，时人云：许非徒有胜情，实有济胜之具。" ④句谓僧人默坐入定，片念不起也。

夜汲井水煮茶

病起罢观①书，袖手②清夜永。四邻悄③无语，灯火正凄冷。山童亦睡熟，汲水自煎茗。锵然辘轳声④，百尺鸣古井。肺腑凛清寒，毛骨亦苏省。归来月满廊，惜踏疏梅影。

---

①观：原作"欢"，据钱仲联校注本改。 ②袖手：谓缩手袖间，不事事也。韩愈文："巧匠旁观，缩手袖间。"元好问诗："世事今归袖手看。" ③悄：无声也。 ④锵（qiāng）：喻辘轳上之铃声也。辘轳：汲水之器。《集韵》：辘轳，井上汲水木。以轴置于木架之上，一端悬重物，一端贯长

轂，上悬汲水之斗，并有曲木，用手转之，引取汲器，以省力者也。

暮次秭归

朝披南陵①云，夕揖建平②树。啼鸦随客樯，落日满孤戍③。恶滩不可说，石芒森如锯。浪花一丈白，吹沫入窗户。是身初非我，底处着忧怖。酒酣一枕睡，过尽鲛鳄④怒。欣然推枕起，曳杖散予步。殷勤沙际柳，记我维舟⑤处。

---

①南陵：地名，故城在皖贵池西南。（《一统志》） ②建平：县名，宋置，在皖境，即今郎溪县。 ③孤戍：犹言孤舍。杜甫诗："日色隐孤戍。" ④鲛鳄：喻鱼类之猛鸷者。⑤维舟：犹言系舟。南朝梁何仲言诗："客子暂维舟。"

月下小酌

昨日雨绕檐，孤灯对搔首①。今夜月满庭，长歌倚衰柳。世变浩无穷，成败翻覆手。人生最乐事，卧听压新酒②。我归自梁益，零落怆亲友。纷纷堕鬼录③，何人得长久？后生多不识，讵肯顾衰朽？一杯无与同，敲门唤邻叟。

---

①搔首：思虑时以手搔发也。《诗经》："爱而不见，搔首踟蹰。"　②压新酒：米酿新酒，待将熟，则压而取之。罗隐诗："夜槽压酒银船满。"　③鬼录：犹言死籍也。魏文帝《与吴质书》："徐陈应刘，一时俱逝。顷撰其遗文，都为一集，观其姓名，已为鬼录。"

久雨道怀

暮年惜日月，木落辄动心。闲居念亲友，所愿闻足音①。风雨断官道②，吾庐况幽深。渺渺云水乡③，萧萧芦荻④林。草茂豪鸣蛙，天阔无来禽。四顾此何处？悠悠付孤斟⑤。

①足音：脚步声也。《庄子》："逃空虚者，闻人之足音跫然而喜矣，而况乎亲戚之謦欬其侧者乎？"　②官道：谓康庄大道也。　③渺渺：至远无垠貌。《管子》："渺渺乎如穷无极。"云水乡：谓山水云物之域也。　④芦荻：俱为丛生于陂泽之草类。⑤孤斟：独酌也。韩愈诗："酒熟无孤斟。"

春夜读书感怀

荒林枭独啸，野水鹅群鸣。我坐蓬窗下，答以读书声。

悲哉白发翁，世事已饱更。一身不自惜①，忧国涕纵横。永怀天宝②末，李郭③出治兵。河北虽未下，要是复两京④。三千同德士⑤，百万羽林⑥营。岁周一甲子，不见胡尘清。贼酋实孱王⑦，贼将非人英。如何失此时，坐待奸雄生？我死骨即朽，青史亦无名。此诗倘不作，丹心将⑧谁明。

①惜：钱仲联校注本作“恤”。　②天宝：唐玄宗年号。　③李郭：李光弼与郭子仪齐名，世称李郭。见《唐书》。　④两京：宋以东京开封府、西京河南府为两京。《宋史》：“减两京诸州系囚。”杜甫诗：“何由见两京。”　⑤《尚书》：“予有乱臣十人，同心同德。”又：“予有臣三千，惟一心。”　⑥羽林：禁卫之名称。汉武帝置建章营骑，后更名羽林。唐始置左右羽林卫，亦曰羽林军，有大将军、将军等官，掌统北卫禁兵，督摄仪仗。　⑦孱王：《史记·张耳陈余传》：“赵相贯高、赵午曰：吾王，孱王也。”注：“冀州人谓懦弱为孱。”放翁他诗亦有“孱王似兔何劳搦”。　⑧将：钱仲联校注本作“尚”。

晚凉登山亭

庭空叶飞秋，村迥鸠唤雨。新凉入巾褐，老子①颠欲舞。凭高望稽山②，秀色溢天宇③。一镜④三百里，水落分别浦。凄凉吊禹穴⑤，秦汉未为古。世俗谁与归？吾其老农圃。

---

①老子：犹言老夫。《后汉书·马援传》："颇哀老子，使得遨游。"《晋书·庾亮传》："老子于此处，兴复不浅。" ②稽山：指会稽山，古防山，又曰栋山，在绍兴东南，上有阳明洞，唐封为南镇。 ③天宇：犹言天空。《宋史》："天宇澄霁，烛焰凝然。" ④镜：指镜湖，即鉴湖，在绍兴西南。汉太守马臻凿。 ⑤禹穴：在会稽宛委山，乃禹藏书之所，唐郑鲂从事越州，大书"禹穴"二字，立石序之。《史记·太史公自序》："二十而南游江淮，上会稽，探禹穴。"宋之问诗："禹穴今朝到，邪溪此路通。"

冬夜读书

挑灯夜读书，油涸意未已。亦知夜既分，未忍舍之起。人生各有好，吾癖正如此。所求衣食足，安稳住乡里。茅屋三四间，充栋①贮经史。四傍设几案，坐倦时徙倚。无声九韶②奏，有味八珍③美。寝饭签帙间，自适以须④死。岂惟毕吾身，尚可传儿子。此心何时遂？感叹岁月驶。

---

①充栋：喻藏书之多也。柳宗元文："陆文通之书，处则充栋，出则汗牛马。" ②九韶：舜之韶乐也。《史记》："四海之内，咸戴帝舜之功，于是禹乃兴九韶之乐。"《列子》："奏承云六莹九韶晨露以乐之。"嵇康诗："临觞奏九韶。" ③八珍：

《周礼·天官·膳夫》："珍用八物。"注：珍谓淳熬、淳母、炮豚、炮牂、捣珍、渍、熬、肝膋也。又龙肝、凤髓、豹胎、鲤尾、鹗炙、猩唇、熊掌、酥酪蝉为八珍。又迤北八珍，为醍醐、麆吭、野驼蹄、鹿唇、驼乳糜、天鹅炙、紫云浆、玄玉浆。并见《渊鉴类函》。 ④须：此作"待"解。《左传》："日云暮矣，寡君须矣。"

夜出偏门①还三山

月行南斗②边，人归西郊路。水风吹葛衣③，草露湿芒屦④。渔歌起远汀⑤，鬼火出破墓。凄清醒醉魂⑥，荒怪入诗句。到家夜已半，伫立叩蓬户。稚子犹读书，一笑慰迟暮⑦。

---

①偏门：地名。《方舆纪要》："山阴城有九门，偏门者，门本面西，稍西向南，故名。今曰水偏门。" ②南斗：星名，即斗宿也。韩愈《三星行》："我生之辰，月宿南斗。" ③葛衣：夏日之衣也。《史记·太史公自序》："夏日葛衣，冬日鹿裘。" ④芒屦：与"芒鞋"义同，草履也。《笔丛》："六朝前率草为履，古称芒屩，盖贱者之服。" ⑤汀（tīng）：水岸也。又小洲曰汀。 ⑥魂：原作"鬼"，据钱仲联校注本改。⑦迟暮：犹言晚岁也。《楚辞》："恐美人之迟暮。"

雪夜作

雪重从压竹，竹折有奇声。雪深①亦莫扫，小窗终夜明。我老尚②耐冷，开卷对短檠③。龙茶与羔酒④，得失不足评。但思披重铠，夜入蔡州城⑤。君勿轻癯儒⑥，有志事竟成。

---

①深：原作“声”，据钱仲联校注本改。　②尚：原作“当”，据钱仲联校注本改。　③短檠：短灯架也。韩愈有《短灯檠歌》。　④龙茶：茶名。《宋史·地理志》：“建宁府贡龙茶。”羔酒：羊羔美酒也。《事文类聚》：“陶谷得党家姬，冬日取雪水煎茶，谓姬曰：党家识此风味否？姬曰：彼粗人，安有此？但能销金帐内，浅斟低唱，饮羊羔美酒耳。”　⑤夜入蔡州城：事见《唐书·李愬传》：“元和十一年十月己卯，师夜起，会大雨雪，天晦，凛风偃旗裂肤，马皆缩栗。始发，吏请所向，愬曰：入蔡州取吴元济。士失色。”　⑥癯儒：犹言瘦弱书生。

吾庐

吾庐镜湖上，傍水开云扃①。秋浅叶未丹，日落山更青。孤鹤从西来，长鸣掠沙汀。亦知常苦饥②，未忍吞膻腥③。我食虽不④肉，匕箸穷芳馨。幽窗灯火冷，浊酒倒残瓶。

---

①扃（jiōng）：门户。权德舆诗："归卧白云扃。" ②苦饥：饥甚也。陶潜诗："畴昔常苦饥。" ③膻（shān）：腥臭也。《武帝内传》："劝斋戒，节饮食，绝五谷，去膻腥。" ④虽不：原作"不离"，据钱仲联校注本改。

夜过鲁墟

晡时发柯桥①，申夜过鲁墟②。灯出篱落间，七世有故庐。门低不容驷③，壁坏亡遗书④。高树宿羁鸟，废沼跳惊鱼。移船过古埭⑤，水面涵星疏。安得病良已，毕世浇春蔬。

---

①晡：申时，即午后三点至五点。柯桥：地名，在今浙江绍兴。 ②申夜：原注称"午夜也"。似非。《楚辞·九章·思美人》："申旦以舒中情兮，志沉菀而莫达。"申旦者，通宵达旦也。则申夜者，达于夜也。鲁墟：古地名，位于今浙江绍兴市镜湖新区东浦镇鲁东村，为陆游先祖之祖籍地，距柯桥直线距离约7公里。 ③门低不容驷：喻宅第隘陋，难容车马回旋也。《汉书·于定国传》："定国父于公，其间门坏，父老方共治

之，于公谓曰：少高闾门，令容驷马高盖车，我治狱多阴德，子孙必有兴者。”　④鲁共王时，好治宫室，坏孔子旧宅，以广其居，于壁中得所藏古文虞夏商周之书，及《论语》《孝经》。见《书序》。《汉书·艺文志》：“成帝时使谒者陈农求遗书于天下。”　⑤埭：今土坝也。以土堰水，两岸树转轴，遇舟过，以绠系舟尾，或以人，或以牛，推轴挽之而前，今浙江尚得见其遗型。

小茸村居

昔我作屋时，辄欲庇风雨。茅茨寒自刈，条枚①细相柱。庳②湿生蚍蜉，得暖森翅羽。摧挠自栋梁，朽败连柱础。邻父为我言，努力谋安处。土坚瓦可陶，步近水易取③。岂知七十翁，沉痼④久未愈。身世如浮沤⑤，家舍真逆旅⑥。一床居易足，十岁敢自许。且当复其初，浩歌⑦卧环堵。

---

①条枚：枝曰条，干曰枚。《诗经》：“施于条枚。”又：“终南何有？有条有枚。”　②庳：低下。原作“痺”，据钱仲联校注本改。　③步：水津。《青箱杂记》：“岭南谓水津为步，故水步即渡船处。扬州瓜步，洪州观步，闽中谓水涯为溪步。”又，步亦通作“埠”。水，钱仲联校注本作“木”。④沉痼：久病未愈也。《后汉书》：“痼疾皆愈。”　⑤浮沤：

水上泡沫也。泡沫聚散至易，以喻世间无常生灭。苏轼诗："持归问禅翁，笑指浮沤没。"唐李远诗："百年如过鸟，万事尽浮沤。" ⑥逆旅：客舍也。《庄子》："阳子之宋，宿于逆旅。"李白《春夜宴桃李园序》："天地者，万物之逆旅。"
⑦浩歌：高歌也。《楚辞》："望美人兮不来，临风怳而浩歌。"

药　圃

少年读尔雅①，亦喜骚人②语。幸兹身少闲，治地开药圃。破荒劚瓦砾，引水灌膏乳。玉芝移石帆③，金星取天姥④。申椒蘼芜辈，一一粲可数。次第雨苗滋，参差风⑤叶举。山僧与野老，言议各有取。瓜香躬采曝，泉洁谨炊鬻。老夫病若失，稚子喜欲舞。余年有几何，长镵⑥真托汝。

---

①尔雅：书名，凡十九篇，训诂名物，通古今之异言，唐以后始列于经部。《经典释文》以《释诂》一篇为周公所作，《释言》以下，或言仲尼所增，子夏所足，叔孙通所益，梁文所补，先儒亦无定论。大抵始于周公，成于孔门，缀缉增益于汉儒，非出于一人之手也。 ②骚人：诗人多悲愤牢骚之作，故称诗人曰"骚人"。李白诗："正声何微茫，哀怨起骚人。"
③玉芝：《群芳谱》称："黄精一名玉芝草。"《十洲记》："钟山在北海，生玉芝及神草四十余种。"石帆：指石帆山，山

在绍兴境，遥望如张帆临水，故名。　④金星：八大行星之第二星，亦名太白、长庚，最明。徐陵《玉台新咏序》：“金星与婺女争华。”天姥：山名。与括苍山相连，石壁上有刊字，科斗形，高不可识，春月樵者闻箫鼓笳吹之声。元嘉中，遣名画师写形于团扇，即此山也。（《元和郡县志》）　⑤风：原作“枫”，据钱仲联校注本改。　⑥长镵（chán）：铁制刨土工具。杜甫诗：“长镵长镵白木柄，吾生托子以为命。”

夜观严光①祠碑有感

我昔过钓台②，峭石插江渌。登堂拜严子，挹水荐秋菊③。君看此眉宇④，何地着荣辱。洛阳逢故人，醉脚加其腹⑤。书生常事尔，乃复骇世俗。正令为少留，要非昔文叔⑥。平生陋范晔⑦，琐琐何足录。安得太史公⑧，妙语写高躅⑨。

---

①严光：东汉余姚人，字子陵，少与光武同游学，光武即位，变名姓，隐身不见。帝令物色得之，除谏议大夫。不就，耕于富春山。后人名其钓处为严陵濑，祠亦在此。　②钓台：《寰宇记》：“严子陵钓台在桐庐县南，大江侧，台下连七里滩。”《方舆胜览》：“钓台在桐庐南二十九里，东西二台，各高百尺。”　③挹水：酌水以代酒浆也。荐：祭也。《谷梁传》注：无牲而祭曰荐。　④眉宇：犹言眉端也。眉之于面，

犹宇之于屋，故云。枚乘文：“阳气见于眉宇之间。” ⑤典出《后汉书·严光传》：“帝从容问光曰：朕何如昔时？对曰：陛下差增于往。因共偃卧，光以足加帝腹上。明日太史奏客星犯帝座甚急。帝笑曰：朕故人严子陵共卧耳。” ⑥文叔：指汉光武。《后汉书·光武帝纪》：“世祖光武皇帝讳秀，字文叔。” ⑦范晔：南朝宋之顺阳人，字蔚宗，仕为秘书丞，左迁宣城太守，不得志，乃删定《后汉书》，成一家之作。 ⑧太史公：职官名。掌天文及国史，其职尊贵，与三公等，故名。按汉司马谈为太史令，子迁继之，皆称太史公。 ⑨高躅：谓践履高尚也。《晋书》：“激贪止竞，永垂高躅。”张耒诗：“乃圣贤之高躅。”

幽 居

来客无童奴①，剥啄②自叩户。主人亦萧然③，茗饮④不能具。清言正绝倒⑤，日暮亟散去。更欲尽所怀，衣薄畏霜露。

---

①句谓来客无家童应门也。张九成诗：“童奴告余言，有客叩吾庐。” ②剥啄：叩门声。韩愈《剥啄行》：“剥剥啄啄，有客至门。我不出应，客去而嗔。” ③萧然：简陋。④茗饮：谓茶也。《洛阳伽蓝记》载，杨元慎口含水，噀陈庆之云：吴人之鬼，居住建康，菰蒲为饭，茗饮作浆。杜甫诗：“茗

饮蔗浆携所有。” ⑤清言：闲聊。《晋书·乐广传》：“广善清言，而不长于笔。”《北史·崔逞传》：“子瞻酒后清言，闻者莫不倾耳。”绝倒：倾倒佩服之意。《晋书·卫玠传》：“王澄字平子，每闻卫玠言，辄叹息绝倒。语曰：卫玠谈道，平子绝倒。”韦庄诗：“绝倒闲谈坐到明。”

永日无一事作诗自诒

目昏罢观书，足蹇①停游山。二事差可乐，造物②乃复悭。得非闵我老？作意镌③其顽。扫除尽宿习，使得终日闲。闲亦何负汝？剡④曲茅三间。奇石玩荦角⑤，清流听淙潺⑥。勿言村醪薄，数酌可解颜⑦。翛然日已夕，卧看飞鸟还。

---

①足蹇：足破也。庾信文：“双足顿蹇”。卢照邻《释疾》文：“麒麟之足已蹇兮，空怅望于廷衢。” ②造物：谓天也。《庄子》：“伟哉夫，造物者，将以予为此区区也。” ③镌（juān）：寓刓削之义，此作制之解。 ④剡：浙江曹娥江上游剡溪。 ⑤荦（luò）角：喻山多大石貌。韩愈诗：“山石荦角行径微。” ⑥淙潺（cóng chán）：水声。高适歌：“石泉淙淙若风雨。”欧阳修文：“渐闻水声潺潺，而泻出于两峰之间者，酿泉也。” ⑦解颜：解颐。孟浩然诗：“倾壶一解颜。”《列子》：“自吾之事夫子，五年之后，夫子始一解颜而笑。”

冬 晴

吴中霜雪晚，初冬正佳时。丹枫未辞林①，黄菊犹残枝。鸣雁过长空，纤鳞②泳清池。气和未重裘，临水照须眉。悠然据石坐，亦复出门嬉。野老荷锄③至，一笑成幽期④。

①丹枫未辞林：犹言尚未凋谢也。 ②纤鳞：小鱼也。卢纶诗："一潭寒水绝纤鳞。" ③荷锄：携锄也。陶潜诗："带月荷锄归。" ④幽期：谓密约也。谢灵运诗："石幽期而知贤，张揣景而示信。"石指黄石公，张则张子房也。

农 家 叹

有山皆种麦，有水皆种秔①。牛领疮见骨，叱叱②犹夜耕。竭力事本业，所愿乐太平。门前谁剥啄，县吏征租声③。一身入县庭，日夜穷笞搒④。人孰不惮死，自计无由生。还家欲具说，恐伤父母情。老人倘得食，妻子鸿毛轻⑤。

①秔：与"粳"通。稻之不黏而晚熟者曰"秔"。 ②叱叱：大呵声，以此驱犊也。 ③征租声：谓催租人至也。宋阮阅《诗话总龟》："谢无逸尝问潘大临有新诗否？答曰：昨日得

满城风雨近重阳句，忽催租人至，遂败人意，只一句奉寄。” ④笞：刑法之一种。《唐书·刑法志》：断狱之刑有五，一曰笞。笞之为言耻也。凡过之小者，捶楚以耻之。汉用竹，后世更以楚。《书》曰“朴作教刑”是也。搒（péng）：用鞭、杖或竹板打。原作“荆”，据钱仲联校注本改。 ⑤鸿毛轻：喻轻之至也。司马迁《报任安书》：“死或重于泰山，或轻于鸿毛。”《史记·韩安国传》：“强弩之极矢，不能穿鲁缟；冲风之末力，不能漂鸿毛。”

晨起待子聿归

老人盥栉罢①，坐待汝晨省②。忽思隔重关，怀抱增耿耿③。小雨暗北窗，谁与慰凄冷？卷书默袖手，奈此清昼永。悬知河桥下，亦已唤舴艋。长路归当饥，呼童具汤饼④。

---

①盥（guàn）：澡手也。以盘沃洗曰盥。《左传》：“奉匜沃盥。”栉：理发也。《礼记》：“栉纵笄总。” ②《礼记》：“凡为人子之礼，冬温而夏凊，昏定而晨省。” ③耿耿：不安貌。《诗经》：“耿耿不寐。” ④汤饼：食品名。《青箱杂记》：“凡以面煮之，皆曰汤饼。”罗隐诗：“鸡省露浓汤饼熟。”

大 雨

北风挟骄云，突起塞宇宙。赫日初未西，盼转失白昼。翻空黑帜合，列阵奇鬼斗。雨镞飞纵横，雷车①助奔骤。平阶水入户，沟渎不能受。对面语不闻，持伞避屋漏。儿童抱图书，衣屦那暇救。纵暴理岂长，忽已收檐溜。比邻更相劳，捃拾如过寇。老子独痴顽②，长歌对醇酎③。

---

①雷车：谓雷声如车也。放翁他诗有“雷车隆隆南山阳”。
②契丹灭晋，冯道又事契丹，朝耶律德光于京师。德光诮之曰：尔是何等老子？对曰：无才无德，痴顽老子。见《五代史》。
③醇酎：酒名。汉制以正月旦日造酒，八月成，名曰九酝，一名醇酎。见《西京杂记》。酎（zhòu）：重酿之酒也。

东 西 家

东家云出岫①，西家笼半山。西家泉落涧，东家鸣佩环②。相对篱数掩，各有茅三间。芹羹与麦饭③，日不废往还。儿女若一家，鸡犬意自闲。我亦思卜邻④，余地君勿悭⑤。

---

①岫（xiù）：山洞。陶潜《归去来辞》：“云无心兮出

岫。”　②鸣佩环：谓环佩之声也。《礼记》：“行步则有环佩之声，升车则有鸾和之音。”　③芹羹、麦饭：水芹之羹，麦糊之饭。喻粗粝的饮食。　④卜邻：《左传》：非宅是卜，惟邻是卜，二三子先卜邻矣。　⑤悭（qiān）：吝也。朱熹诗：“倒尽诗囊未许悭。”

风　雨

风雨从北来，万木皆怒号。入夜殊未止，声乱秋江涛。渺然老书生①，白头卧蓬蒿。闭门不敢出，裂面风如刀②。邻人闵我寒，墙头过浊醪③。时哉一昏醉，新橙宜蟹螯。

---

①老书生：自歉之辞。按《南史》：“陛下今欲伐国，而与白面书生辈谋之，事何由济？”故相沿以迂儒之不通达世务者，谓之书生。　②风如刀：喻风猛烈也。岑参诗：“九月天山风似刀。”王昌龄诗：“饮马渡秋水，水寒风似刀。”　③浊醪（láo）：浊酒。杜甫诗亦有此句：“墙头过浊醪，展席俯长流。”

雨夜感旧

雨来猛打窗，灯暗犹照壁。老人耿不寐，抚事悲夙昔。风生桔柏渡①，马病金牛驿②。袅枝猿下饮，登树熊自掷。危巢窥鹘栖③，深雪见虎迹。至今清夜梦，犹想嶓山④碧。废弃谢功名，老疾辍行役⑤。赋诗虽不工，聊用慰今夕。

---

①桔柏渡：桔柏津，在四川广元市北，嘉陵、白水二江合流处。《方舆胜览》称，昭化（今广元）驿里古柏，土人呼为桔柏。唐明皇幸蜀至益昌县，渡桔柏江，即此。桔，原误作“括”，据此注及钱仲联校注本改。　②金牛驿：地名。自陕西沔县而西，南至四川剑阁县之大剑关口，称金牛驿道。自秦以后，由汉中入蜀者，必取道于此。李白诗所谓“秦开蜀道置金牛”。　③鹘性鸷而躁，不暇择栖，居危巢晏如也。《赤壁赋》：“攀栖鹘之危巢。”　④嶓山：山名，嶓冢。《汉书·地理志》：“陇西郡西县，有《禹贡》嶓冢山，西汉水所出。”《水经注》：“漾水出陇西氐道县嶓冢山。”　⑤行役：行旅之事也。陶潜诗：“自古叹行役，我今始知之。”

雨闷示儿子

东吴春雨多，略无三日晴。濛濛①平野暗，淅淅②空阶声。百花雨中尽，三月未闻莺。重裘坐奥室③，时序真强名。亦欲借驴出，泥淖沾衣缨。抚事每累欷，浊醪聊独倾。景运今方开，关辅一日平。我家本好畤④，灞浐⑤可躬耕。买酒新丰市，看花下杜城⑥。会当与汝辈，藉草作清明。

---

①濛濛：微雨貌。《诗》“零雨其濛”笺：“我往之东山，既久劳矣，归又道遇雨濛濛然，是尤苦也。” ②淅淅：微风声。谢惠连诗：“淅淅振条风。” ③奥室：深邃之室也。《列子》：“不知天下之有广厦奥室。” ④畤，原作“畴”，据钱仲联校注本改。好畤，典出《史记·陆贾传》：“乃病免家居，以好畤田地善，往家焉。” ⑤灞浐：水名。俱为关中八川之一，源出陕西蓝田县，经长安，会流入于渭。司马相如《上林赋》：“终始灞浐。” ⑥杜城：城名，在陕西西安南，故杜县西，汉宣帝微时，尤乐鄠杜之间，率常在下杜。《水经注》称：即杜伯国也。

久雨路断朋旧有相过者皆不能进

今年风雨多，平陆成沮洳①。吾庐地尤下，积水环百步。客从城市来，熟视却复去。童奴笑欲倒，伞屐知无路。计其各还家，对灶燎衣裤。嗟予久退藏，蓬藋②生庭户。谁如数子贤，裹饭肯来顾。清言③虽不接，亦足慰迟暮。

---

①沮洳：水浸处下湿之地。《诗经·魏风》："彼汾沮洳。" ②藋，钱仲联校注本作"藿"。 ③清言：犹清谈。《晋书·乐广传》："广善清言，而不长于笔。"《北史》："崔伯谦晚年好老庄，亲宾至则置酒相娱，清言不及俗事。"

夹路多修竹

黄茅持覆屋①，溪石运作垣。桑麻有余地，家家养龙孙②。春雷初起蛰③，切玉供盘飧④。一朝解风箨，叆叇苍云屯⑤。我来倚拄杖，恐是辟疆园⑥。千亩倘可致⑦，封君⑧何足言。

---

①黄茅持覆屋：覆茅起屋也。质言之，茅屋耳。白居易诗："官舍黄茅屋。"姚合诗："烟霜同覆屋。" ②《笋谱》称：俗呼笋为"龙孙"。《东斋杂记》："辰州有一种小竹，曰龙孙，竹生山谷间，高不盈尺，细如针。"放翁他诗亦有："一夜四山雷雨起，满林无数长龙孙。" ③起蛰：启蛰也。虫类冬日蛰伏，至春复出，谓之启蛰。《周礼·冬官·韗人》注："启蛰孟春之中也，蛰虫始闻雷声而动。" ④玉：指笋，犹言以笋作飧也。 ⑤《集韵》称：叆叇（ài dài），云盛貌。潘尼诗："朝云叆叇。"云屯：云集也。谢灵运诗："春满绿野秀，岩高白云屯。" ⑥辟疆园：指晋代顾氏辟疆家园。按《晋书·王献之传》："献之尝经吴郡，闻顾辟疆有名园，先不相识，乘平

肩舆径入。时辟疆方集宾友，献之游历既毕，傍若无人。”独孤及诗：“檀乐千亩竹，知是辟疆园。”　⑦致：原作“欲”，据钱仲联校注本改。　⑧封君：受封邑者，谓列侯之属。《汉书》：秦汉之制，列侯封君食租税。刘禹锡诗：“等闲栽树比封君。”

扁舟皆到门

千钱买轻舟，不复从人借。樵苏①晨入市，盐酪夕还舍。岂惟载春秧，亦足获秋稼。有时醉村场，老稚相枕藉②。常侵落月行，不畏恶风吓。无为诧轩车③，此乐予岂暇。

---

①取薪曰“樵”，取草曰“苏”。《诗经·小雅》：“樵彼桑薪。”《史记》：“樵苏后爨，师不宿饱。左思赋：“樵苏往而无忌。”　②相枕藉：犹言纵横相枕而卧也。《汉书》：“一发视，皆相枕藉死。”苏轼赋：“相与枕藉乎舟中。”　③无为诧轩车：犹言无庸以轩车自夸也。

牧牛儿

溪深不须忧，吴牛①自能浮。童儿②踏牛背，安稳如乘舟。寒雨山陂远，参差烟树晚。闻笛翁出迎③，儿归牛入圈④。

---

①吴牛：典出《世说新语》："满奋畏风，在帝琉璃屏内坐，实密似疏，奋有疑。帝问之。答曰：臣犹言吴牛，见月而喘。"罗隐诗："吴牛力健满车风。" ②童儿：原作"儿童"，据钱仲联校注本改。 ③句谓牧牛儿吹笛归，乃翁闻声，倚间而望之也。 ④圈：牛栏也。

弊庐

弊庐①虽陋甚，鄙性颇所宜。欹倾十许间，草覆实半之。碓声②隔柴门，绩火出枳篱③。缚木为豕牢④，附垣作鸡埘⑤。黄犊放林莽，苍鹅戏陂池⑥。佣耕食于我，客主同爨炊。瓦盎设大杓⑦，菹苋羹园葵⑧。一饱荷锄出，作劳非所辞。上以奉租赋，下以及我私⑨。有钱即沽酒，阡陌恣游嬉。亦有扶持者，婢跣奴髻椎⑩。欲画恨无人，后世考此诗。

---

①弊庐：犹言蓬门也。弊，原作"敝"，据钱仲联校注本改。 ②碓声：舂物声也。 ③绩火出枳篱：夜绩时，灯光稀微，透于枳篱外也。枳（zhǐ）：常绿灌木，多刺，可为篱用。 ④豕牢：谓养豕处也。《诗经》："执豕于牢。"《国

语》："太任少溲于豕牢，而得文王。"豕，钱仲联校注本作"彘"。　⑤凿垣为鸡栖，曰埘（shí）。《诗经》："鸡栖于埘。"　⑥陂（bēi）：蓄水池。　⑦瓦盎：瓦盆。杓（biāo）：器名，如羹匙之类。《史记》："沛公不胜桮杓。"⑧菹(zū)：酢菜也。苋（xiàn）：蔬类植物。葵：指冬葵。蔬类植物。　⑨下以及我私：犹言方及一己之私也。《诗经》："雨我公田，遂及我私。"　⑩髻椎：髻似椎也。《汉书·陆贾传》注："一撮之髻，其形如椎。"

夜　兴

枭呼作人声，月出如野烧。推枕中夜起，残灯尚余照。难从公荣饮①，独效孙登②啸。八十推不僵，平昔岂所料。空廊病马卧，枯草老牛噍③。明朝语俗人，与汝不同调。

---

①典出《世说新语》："刘公荣与人饮酒，杂秽非类。人或讥之。答曰：胜公荣者，不可不与饮；不如公荣者，亦不可不与饮；是公荣辈者，又不可不与饮，故终日共饮而醉。"　②孙登：三国魏之隐士，字公和。阮籍尝过苏门，与谈不答，惟大笑，阮去至半岭，闻啸声如凤凰。登无家，寄居汲郡苏门山土窟，夏则编草为裳，冬则披发自覆，好读《易》，鼓一弦琴，见者皆亲乐之。　③噍（jiào）：牛嚼也。苏轼歌："踟跌牛噍安且详。"

秋夜闻兰亭天章寺钟

绝湖上兰亭①，不过一炊顷。湖废缭堤行，往返常毕景。犹有古寺钟，迢迢下重岭。烟云含莽苍②，风露共凄冷。萧然草堂③卧，度此清夜永。百念一洗空，于焉发深省。

---

①兰亭：在浙江绍兴市境。《水经注》："浙江又东与兰溪合，南湖有天柱山，湖口有亭，号曰兰亭。" ②莽苍：草野之色也。《庄子》："适莽苍者，三餐而反。"注："司马云：莽苍，近郊之色也。李云：近野也。支遁云：冢间也。崔云：草野之色。 ③草堂：隐者之居。滥觞于北齐周颙。颙隐钟山时，其所居仿蜀草堂寺林壑为之，故名。如杜甫之称浣花草堂，白居易之有庐山草堂，皆本此。

忆云门诸寺

三百六十日①，安可日日愁？四百八十寺②，要须寺寺游！云门若耶③间，到处可淹留。金像④闷古殿，霜钟发重楼。临涧见鱼跃，穿林闻鹿呦⑤。亦有疏豁处，白鹭下绿畴⑥。僧固非尽佳，终胜从公侯。夜阑煎蜜汤，岂不贤杯瓯。

泽居厌溽暑⑦，慨思风露秋。晴雨俱可人，亦莫占鸣鸠⑧。

---

①三百六十日：昔称一年也。《后汉书·周泽传》："生世不谐，作太常妻。一年三百六十日，三百五十九日斋，一日不斋醉如泥。" ②四百八十寺：喻寺观之多也。杜牧诗："南朝四百八十寺，多少楼台烟雨中。" ③若耶：山名。在浙江绍兴市南，下有溪，相传即西施浣纱处。又按汉武帝击东越曾分兵出此。亦作"若邪"，详《会稽志》。 ④金像：谓庄严之佛像也。《晋书·吕光载记》："光进攻龟兹，夜梦金像，飞越城外。光曰：此谓佛神。"孟浩然诗："石壁开金像。" ⑤鹿呦：鹿鸣也。《诗经》："呦呦鹿鸣。" ⑥鹭：原作"露"，据钱仲联校注本改。绿畴：苍翠之田畴也。 ⑦溽（rǔ）暑：湿暑也。《礼记》："土润溽暑。"郑注："润溽，涂湿也。"文本相连，后人因裁截作溽暑。 ⑧占鸣鸠：鸠鸣可以占晴雨，故云。欧阳修诗："天雨止，鸠呼妇归，鸣且喜，妇不亟归鸣不已。"放翁他诗亦有"正厌鸠呼雨，俄闻鹊噪晴"。

翌日①早晴

泽居傍海壖②，暑雨困积潦③。四顾路俱绝，所至泥浩浩④。坐卧败屋中，兀若在孤岛⑤。得米无束薪，端忧令人老⑥。今朝复何朝，浮云散如扫⑦。一蝉鸣高槐，两蝶点平草。欣然受凉飔⑧，便欲事幽讨⑨。呼童羁我驹，东走天台⑩道。

---

①翌日：明日也。本作“翼日”。《汉书》：“翌日亲登嵩高。” ②壖（ruán）：与“堧”同，海边地也。梅尧臣诗：“时时到水堧。” ③潦（lǎo）：积水。 ④浩浩：水大貌。《尚书》：“浩浩滔天。” ⑤孤岛：绝岛也。王维诗：“江海扶桑外，主人孤岛中。” ⑥端忧令人老：此喻忧之至也。《文选·古诗》：“思君令人老。” ⑦扫：除净也。徐铉：“林叶翻如扫。” ⑧凉飔（sī）：凉风也。 ⑨事幽讨：犹言探幽也。杜甫《赠李白》诗：“李侯金闺彦，脱身事幽讨。” ⑩天台：在浙江天台北仙霞岭脉之东支，形势高大，西南接括苍、雁荡，西北接四明、金华，蜿蜒东海之滨，如衣之有缘，颇擅形胜。

梅市暮归

老境惟闭门，不与事物接。时逢佳山水，当复快登涉。山程策小蹇①，水泛摇短楫。今兹税驾②地，佳事喜稠叠③。云生湿行縢④，风细掠醉颊。旅羹芼⑤玉糁，僧饭敷白氎⑥。葑火煨芋魁⑦，瓦甑炊豆荚。经行出幽圃，怀抱颇自惬。枯篱络丹实，深涧堆黄叶。白云横谷口，绿筱穿山胁⑧。还家宁迫暮，取路差径捷。何当倚蒲龛，一坐十小劫⑨。

---

①山程：山路也。李绅诗："山程背日昏还见。"小蹇：驽马也。孟浩然诗："策蹇赴前程。" ②税驾：犹言解驾也。谓休息或归宿。《史记·李斯传》："物极则衰，吾未知所税驾也。"曹植《洛神赋》："税驾乎蘅皋。" ③稠叠：犹言源源而来也。 ④行縢：缠腿也。《诗经》"邪幅在下"笺："邪幅，如今行縢也。逼束其胫，自足至膝，故曰在下。" ⑤芼：蔬类。《礼记》芼羹疏："芼者，用菜杂肉为羹。"又按公食大夫礼，三牲皆有芼，牛藿、羊苦、豕薇。 ⑥氎（dié）：细毛布也。《南史》："高昌国有草实如茧丝细纻，名曰氎，予取以为布，甚软白。"杜甫诗："光明白氎巾。" ⑦芋魁：大芋也。《尔雅翼》："芋之大者，《前汉书》谓之芋魁，《后汉书》谓之芋渠。"《汉书·翟方进传》："饭我荳食羹芋魁。"后汉马融《广成颂》："袭荷芋渠。" ⑧山胁：山岬也。《淮南子》："徬徨于山岬之旁。"注："岬，山协也。" ⑨小劫：《隋书·经籍志》："大水大火大风之灾，一切除去，而更立生人，又归淳朴，谓之小劫，每一小劫。一佛出世。"李白诗："一坐度小劫，观空天地间。"

寄子虡

人生恨无年，我老已烂熟。退耕镜湖上，风雨有茅屋。事君阙补报，得此不啻足。余年尚几何，袅袅风中烛①。大儿戍塞垣，驰马佩矢箙②。去家千余里，辛苦受微禄③。书来续三纸，语悲不忍读。遹弟在我傍，亦复泪溢目。门户嗟日衰，持守赖家督④。雪云暗淮天，念汝方露宿。

---

①袅袅（niǎo）：风动貌。《楚辞》：“袅袅兮秋风。”风中烛：烛在风中，其灭易易，以喻人生之可危也。《古乐府》：“百年未几时，奄若风中烛。”庾信赋：“一朝风烛，万古埃尘。” ②矢箙：盛矢之具也。《周礼》：“仲秋献矢箙。”箙，亦通作“服”。《梦溪笔谈》：“古法以牛革为矢服，卧则以为枕，取其中虚，附地枕之，数里内有人马声则皆闻之，盖虚能纳声也。” ③受：钱仲联校注本作“就”。微禄：菲薄之禄食也。王维诗：“此去欲何言，穷边狥微禄。” ④家督：谓长子也。长子督理家事，故云。《史记·越世家》：“家有长子曰家督。”

短歌示诸稚

流年去不还，老状来无那①。虽甚颜原②贫，当胜夷齐③饿。再归又六年，疲马欣解驮。姑幸箠辔④空，敢复希豆莝⑤。好山懒出游，败屋得偃卧。饥能储粟盎，病亦有药裹⑥。酒蚁溢皤罂⑦，茗雪落小磨⑧。香火失惰偷，编简谨程课。岂惟⑨洗幻妄，亦以起衰懦。向来名宦事，回首如弃唾⑩。义理开诸孙，闵闵⑪待其大。贤愚未易知，尚冀得一个。如其尽为农，亦未可吊贺。归耕岂不佳？努力求寡过⑫。

---

①无那：即无奈也。六朝人多书“奈”为“那”，唐人多以“无奈”为“无那”。王维诗：“强欲从君无那老。” ②颜原：俱为孔子弟子。颜，指颜回。春秋鲁人，字子渊。世以其不迁怒、不二过、箪食瓢饮、在陋巷、不改其乐多之。《论语》：“回也，其庶乎，屡空。”原，指原宪。春秋宋人，字子思，家贫蓬户瓮牖，上漏下湿，匡坐而弦歌。子贡往见之，曰：嘻！何病。原宪曰：宪闻之，无财谓之贫，学而不能行谓之病。今宪贫也，非病也。子贡逡巡而有愧色。王维诗：“且安原宪贫。” ③夷齐：即伯夷、叔齐，殷孤竹君之二子。其父将死，遗命立叔齐。叔齐逊伯夷。伯夷曰：父命也。遂逃去。叔齐亦不立而逃。武王伐殷，夷齐叩马而谏。及胜殷，有天下，夷齐耻食周粟，隐于首阳山，采薇而食，遂饿死。 ④箠（chuí）辔：驭马之具也。箠：马策也。《史记》：“杖马箠，下赵数十城。”辔：马缰也。《诗经》：“执辔在手。” ⑤莝（cuò）：铡碎的草。《史记》：“坐须贾于堂下，置莝豆其前。”苏轼诗：“驽马怀豆莝。” ⑥药裹：药物也。王维诗：“松龛藏药裹。” ⑦酒蚁：酒滓也。张衡赋：“胶敷径寸，浮蚁若萍。”游他诗亦有：“绿蚁滟滟芳酝熟。”皤罂：白色之瓶也。 ⑧按《五代史·李茂贞传》，宫中设小磨，遣宫人自屑豆麦，以供御。 ⑨惟：原作“能”，据钱仲联校注本改。 ⑩弃唾：弃之如唾，轻贱鄙视貌。李商隐诗：“公卿辱嘲斥，唾弃如粪丸。”张

融《与周颙书》："法宠法师，绝尘如弃唾，若斯之至，大矣远矣。" ⑪闵闵：忧惧貌。《左传》："闵闵焉如农夫之望岁。" ⑫努力求寡过：谓省身克己，期免于过失也。《论语》："蘧伯玉使人于孔子，孔子与之坐而问焉。曰：夫子何为？对曰：夫子欲寡其过，而未能也。"

夜坐忆剡溪①

早睡苦夜长，晚睡意复倦。敛膝②傍残灯，拭眦③展书卷。时时搔短发，稍稍磨冻研④。更阑⑤月入户，皎若舒白练⑥。便思泛樵风⑦，次第入剡县⑧。名山如高人，岂可久不见？

---

①剡溪：在浙江嵊县南，曹娥江之上游。 ②敛膝：曲膝。《晋书·陶侃传》："终日敛膝危坐。" ③眦：目眶也。《列子》："拭眦扬眉而望之。" ④研：通作"砚"。《后汉书》："安能久事笔研间乎？" ⑤更阑：犹言夜深也。阑：尽也。蔡琰《胡笳十八拍》："更深夜阑兮。" ⑥白练：喻月光。崔灏《七夕》诗："长安城中月白练。"韩愈《秋雨》诗："檐垂白练直。" ⑦樵风：樵风泾也，在旧会稽县（今绍兴）东南。 ⑧剡县：浙江嵊县治，汉置剡县。

道上见村民聚饮

霜风利如割，霜叶净如扫。正当十月时，我行山阴道①。场功②俱已毕，欢乐无壮老。野歌相和答，村鼓更击考③。市垆④酒虽薄，群饮必醉倒⑤。鸡豚治羹胾⑥，鱼鳖杂鲜薨⑦。但愿时太平，邻里常相保。家家了租税，春酒寿翁媪⑧。

---

①山阴：在浙江绍兴境。《世说》："王子敬云：从山阴道上行，山川自相映发，使人应接不暇。若秋冬之际，尤难为怀。" ②场功：农事也。《国语》："场功未毕。" ③考：击也。《诗经》："子有钟鼓，弗鼓弗考。" ④市垆：市中沽酒处也。垆，累土为之，以居酒瓮者。《史记》："司马相如令文君当垆。" ⑤醉倒：酣醉倾跌貌。 ⑥胾（zì）：切肉为羹也。《诗经》："毛炰胾羹。" ⑦鲜薨：鲜，生鱼也，与"鱻"通。薨（kǎo），干鱼也。《周礼·天官》："辨鱼物为鱻薨，以供王膳。" ⑧春酒：酒名。春酿冬熟，故名。亦谓冻醪。张衡赋："致欢忻于春酒。"翁媪：长者之称。《诗经》："菽水媚翁媪。"

稽 山

我识匡庐①面，亦抚终南②背。平生爱山心，于此可无悔。晚归古会稽③，开门与山对。奇峰绾髻鬟④，横岭扫眉黛⑤。岂亦念孤愁，一日变万态⑥。风月娱朝夕，云烟阅明晦。一洗故乡悲，更益吾庐爱。东偏得山多，寝食鲜不在。宁无度世人，谈笑见英概⑦。御风⑧倘可留，为我倾玉瀣⑨。

---

①匡庐：即庐山，在江西九江南，殷周时有匡俗兄弟七人，结庐于此，故曰匡庐。匡庐，钱仲联校注本改作“康庐”。②终南：即南山也。《雍录》：“终南山横亘关中南面，西起秦陇，东彻蓝田，凡雍岐鄠鄠长安蕃年相去八百里，连绵峙峿其南者，皆此一山。”柳宗元文：“终南西至于陇首，以临于戎；东至于太华，以距于关。” ③会稽：古防山，又曰栋山。在浙江绍兴东南。《越绝书》：“禹更名茅山曰会稽，春秋越王勾践以甲楯五千栖于会稽。” ④句谓山峰如发髻之相连辏也。绾（wǎn）：系而贯之也。 ⑤眉黛：古代妇人，以黛画眉，故见于诗词，皆云眉黛远山。见《云麓漫钞》。王勃诗：“髻鬟风拂乱，眉黛露沾残。” ⑥一日变万态：喻变态之多也。白居易《乐府》：“向背万态随低昂。” ⑦英概：喻伟大风度貌。《旧唐书》：“英概辅时，克继洪烈。” ⑧仙家飞行绝迹，谓之“御风”。《庄子》：“列子御风而行，泠然善也。”

⑨玉瀣（xiè）：玉露也。《列仙传》："陵阳子春食朝霞，夏食沆瀣。"

清　暑

穿竹清我魂，散发吹我顶。虚窗听鸣蝉，小槛看汲井。扫地长物①空，漱泉齿颊冷②。厨人具浆粉，童子鬻山茗。微云未必雨，且喜收树影。残书置不视，乐此清昼永。既夕即搒舟③，门外绿千顷。世事何足论，平生慕箕颍④。

---

①长物：余物也。《晋书·王恭传》："尝从会稽至郡，王忱访之，见恭所坐六尺簟，忱谓其有余，因求之。恭辄以送之，遂坐荐上。忱闻而大惊。恭曰：吾平生无长物。其简率如此。"　②漱泉齿颊冷：荡口于泉，齿颊冷爽，韵事也。按《晋书》："孙楚欲隐，谓王济曰：当枕石漱流。误云枕流漱石。济诘之。楚曰：枕流欲洗其耳，漱石欲砺其齿。"　③搒（bàng）舟：撑船。《宋书·朱百年传》："或遇寒雪，樵箬不售，辄自搒船送妻还孔氏，天晴复迎之。"搒，原作"傍"，据钱仲联校注本改。　④箕颍：喻隐者之居。《高士传》："许由闻尧致天下而让焉，乃退而遁于中岳，颍水之阳，箕山之下。"后人因采以成辞。

夜行至平羌憩大悲院

忆昨游天台，夜投石桥宿。水声乱人语，炬火散山谷。穿林有惊鹘，截道多奔鹿。今夕复何夕，此境忽在目。苍茫陂十里，清浅溪数曲。微霜结裘茸①，落叶拂帽屋②。下马憩村寺，颓然睡清熟。觉来窗已白，残灯犹煜煜③。

①裘茸：喻霜结如狐裘龙茸貌。李商隐诗："旖旎狐裘茸。" ②帽屋：帽围也。《晋书·舆服志》："江左时野人已着帽，但顶圆耳，后乃高其屋云。" ③煜煜（yù）：光照耀貌。

晚泊慈姥矶①下

山断峭崖立，江空翠霭②生。漫多来往客，不尽古今情③。月碎④知流急，风高觉笛清。儿童⑤笑老子，不睡待潮平。

①慈姥矶：矶名。钱仲联校注本引王象之《舆地纪胜》称："慈姥矶，在繁昌县西北四十里慈湖镇之北。"梅尧臣《发长芦江口》诗："南国山川都不改，伤心慈姥旧时矶。" ②翠霭：

苍翠停云貌。王筠诗："遥峰凝翠霭。" ③不尽古今情：谓怀古感今之情绪也。 ④月碎：月光因流急，随而散漫如分断状，故云。温庭筠诗："光碎平波满船月。" ⑤童，钱仲联校注本作"曹"。

秋 阴

陂泽秋容淡，郊原[1]晓气清。雨来鸠有语[2]，社近燕[3]无情。拄杖[4]扶腰痛，渔舟照眼明。苦吟缘病辍，随意或诗成。

---

①郊原：谓郊野平原之地。苏轼诗："曲栏幽榭终寒窘，一看郊原浩荡春。" ②雨来鸠有语：鸠阴则屏逐其妇，晴则呼之。语曰：天将雨，鸠逐妇。见《埤雅》。 ③社近燕：燕巢于梁间，春社来，秋社去，故谓之社燕。见《广雅》。 ④拄杖：原作"挂挂"，据钱仲联校注本改。

幽 居

翳翳[1]桑麻巷，幽幽水竹居[2]。纫缝一獠婢[3]，樵汲两蛮奴[4]。雨挟清砧急，篱悬野蔓枯。邻村有鬻子[5]，吾敢叹空无。

---

①翳翳：隐隐也。陶潜文："景翳翳以将入。" ②幽幽：喻幽深貌。《诗经》："幽幽南山。"水竹居：谓有水有竹之域也。杜甫诗："懒性从来水竹居。" ③獠（liáo）：古西南夷之称，此喻蠢婢也。《南史·王琨传》："琨父怿，不辨菽麦，时以为殷道矜之流，人无肯与婚。家以獠婢恭心侍之，遂生琨。" ④蛮奴：喻魁梧之奴子也。皮日休诗："四弦才罢醉蛮奴。" ⑤鬻子：自鬻其子也。《管子》："什一之师，三年不解，则民有鬻子矣。"《唐书》："遣使巡关内，出金宝赎饥民之鬻子者还之。"按《诗经》有"鬻子之闵斯"句，则作稚解矣。

小　酌

盘箸贫犹设，杯盂老更耽。宗文树鸡栅①，灵照②挈蔬篮。径醉眼花乱③，高眠鼻息酣④。觉来寒日晚，落叶拥茅庵。

---

①宗文树鸡栅：按杜甫有《催宗文树鸡栅诗》："墙东有隙地，可以树高栅。" ②灵照：襄州居士庞蕴之女。居士将入灭，令女出视日早晚，及午以报。女遽报曰：日已中矣，而有蚀也。居士出户观次，灵照即登父座，合掌坐亡。居士笑曰：吾女锋捷矣。见《传灯录》。 ③喻所见棼错貌。杜甫诗："眼花

落井水底眠。”　④高眠：高枕而卧也。《晋书·谢安传》：“屡违朝旨高卧东山。”鼻息：谓入眠吐纳时之声息也。韩愈诗：“道士倚墙睡，鼻息如雷鸣。”

秋　风

秋风吹客樯①，节物叹遐方②。岁事忽云暮③，吾行殊未央④。霜青汉水绿，日落楚山苍。此去三巴路⑤，无猿亦断肠。

---

①客樯：客船帆柱也。　②节物：乃指季节之风物景色。陆机《拟明月何皎皎》：“踟蹰感节物，我行永已久。”遐方：远方也。《尚书》：“若陟遐，必自迩。”　③岁事忽云暮：犹言岁阑也。《诗经》：“岁聿云暮。”　④未央：未尽也。汉武帝赋：“惜蕃华之未央。”　⑤三巴：地名。《华阳国志》：“刘璋改永宁为巴郡，以固陵为巴东，徙庞义为巴西太守，是为三巴。”又按谯周《三巴记》：“阆白水东南流，曲折三回如巴字。”故称三巴。

松滋小酌

西游六千里，此地最凄凉。骚客久埋骨，巴歌①犹断肠。风声撼云梦②，雪意接潇湘③。万古茫茫恨，悠然付一觞。

---

①巴歌：巴中歌谣也。巴中三峡七百里中，两岸连山，略无阙处，重岩叠嶂，隐蔽天日，非亭午夜分，不见日月。中有黄牛滩，江湍纡回，信宿犹见，故行者歌之，是即巴歌。 ②云梦：古代江汉平原上湖泊群总称。 ③潇湘：湘水合潇水之称。

邻水延福寺早行

化蝶方酣枕①，闻鸡②又着鞭。乱山徐吐日，积水远生烟。淹泊③真衰矣，登临独惘然④。桃花应笑客，无酒到愁边。

---

①化蝶：庄周尝梦为蝴蝶。酣枕：犹言浓睡也。 ②闻鸡：《晋书》：祖逖闻鸡起舞。 ③淹：留久也。泊：止也。④惘然：失意貌。心中若有所失也。

枕 上 作

山雨潇潇过，沙泉咽咽①流。梦中无远道②，醉里失孤愁③。贫卖相如骑④，寒思季子裘⑤。儿童报新霁⑥，裹饭⑦出闲游。

---

①咽咽：声塞也。　②梦中无远道：言梦魂随处能到。　③醉里失孤愁：言醉则不知愁，虽在客中亦若失也。　④《史记·司马相如传》："相如与文君俱之临邛，尽卖其车骑，买一酒舍酤酒。"　⑤苏秦，字季子。初游秦，书十上而说不行，裘敝金尽，憔悴而归。　⑥霁：雨止也。　⑦裹饭：事见《庄子》。子舆与子桑友，而淋雨十日。子舆曰：桑子病矣。裹饭而往食之。

湖上晚归

地僻多幽事，官闲慰古心①。晚花藏密叶，新笋补疏林。硕果畦丁献②，芳醪稚子斟。碧云遮日尽，归路更萧森③。

---

①古心：谓有古人之风度也。韩愈诗："孟生江海士，古貌又古心。"孟，指孟东野。　②硕果：硕大之果，孤悬树杪，未被剥蚀，盖喻仅存之物也。《易》："硕果不食。"畦丁：犹言园丁也。杜甫《园丁送菜》诗："畦丁负笼至。"　③萧森：衰飒貌。杜甫诗："巫山巫峡气萧森。"

白塔院时小雨初霁

冷翠千竿玉①，浮岚②万幅屏。凭栏避微雨，挈笠过③归僧。残日明楼角，屯云拥塔层。溪山属闲客④，随意倚枯藤。

---

①千竿玉：喻竹林也。王安石诗："萧萧出屋千竿玉。" ②浮岚：谓岚气蒸润如浮也。谢灵运诗："夕曛岚气阴。" ③过：钱仲联校注本作"遇"。 ④闲客：闲散人也。杜牧诗："愿为闲客此闲行。"

晓过万里桥①

晓出锦江边，长桥柳带烟。豪华行乐地②，芳润养花天③。拥路看欹帽④，窥门笑坠鞭。京华⑤归未得，聊此送流年。

---

①万里桥：在四川华阳县南。《名胜志》："蜀使费祎聘吴，诸亮葛祖之，叹曰，万里之行，始于今日。"故名。杜甫诗："万里桥西一草堂。"杜甫草堂在此，故云。又名妓薛涛亦曾居桥侧，胡曾赠诗曰："万里桥边女校书。" ②行乐地：

犹今娱乐处所。李颀诗："莫是长安行乐地，空令岁月易蹉跎。"　③养花天：牡丹开日，多有轻云微雨，谓之养花天。④攲帽：谓斜其帽也。王安石诗："风行攲帽檐。"　⑤京华：京师也，以其为文物荟萃之区，故云。《南史》："翦馘逋逆，荡清京华。"

江　楼

急雨洗残瘴①，江边闲倚楼。日依平野没，水带断槎流。捣纸荒村晚，呼牛古巷秋。腐儒忧国意，此际入搔头②。

①残瘴：残余山川湿热蒸郁之气。　②搔头：以手搔头，有所思也。《诗经》："爱而不见，搔首踟蹰。"

初到荆州①

万里泛仙槎②，归来鬓未华。萧萧沙市③雨，淡淡渚宫花④。断岸添新涨，高城咽晚笳。船窗一樽酒，半醉落乌纱⑤。

①荆州：古九州之一。《尚书》："荆及衡阳惟荆州。"故

城在湖南常德东北。三国吴徙治南郡，历代遂以其地为荆州，宋属江陵府。　②仙槎：浮槎飘飘欲仙也。徐陵文：“嵯峨容与，若汉水之仙槎。”褚亮诗：“得上仙槎路，无待访严遵。”③沙市：今湖北荆州辖区。《方舆胜览》称：“沙头市去江陵十五里。”　④渚宫：本春秋楚宫，在江陵境。《乐史》称，楚襄王建。武元衡诗：“烟开碧树渚宫秋。”　⑤乌纱：古称帽名。东晋时，官官着乌纱帽，即此。其后贵贱于宴私皆着之。唐时始为官服。

梦藤驿

倦马投孤驿，一峰青压门。萧条秋浦路①，荒陋夜郎村②。地瘴霜常薄，林深日易昏。百年常作客，排闷近清樽。

---

①秋浦路：隋置，五代时，杨吴更名贵池。故城在今安徽贵池境。　②夜郎村：湖北旧施南境（今恩施），昔西南夷廪君种族所居，为古夜郎地。《广舆》记：“施州卫城东南，有竹王祠，因古有女子浣溪上，有三节竹流至足间，闻婴儿啼，剖竹得男，收养之。及长，自称夜郎王，以竹为姓。”按李白曾谪夜郎即此地。

又①

又入千山去，真成万里行②，履霜③常早驾，秉炬或宵征④。古驿怪藤合，荒陂群雁鸣。客中常少睡，归梦若为成。

---

①校按：梦藤驿两首，原本误合为一首。　②万里行：按放翁自注："今年自成都八千余里赴行在，又千余里入闽。"故云。诸葛亮送费祎聘吴至成都万里桥曰万里之行，始于此矣。见《寰宇记》。　③《易》："履霜坚冰至。"因履霜而知冰之将至，喻防患于未然也。　④宵征：夜行也。《诗经》："肃肃宵征，夙夜在公。"徐玑诗："却将昼睡补宵征。"

北　斋

新竹侵幽幔，疏莲散远汀。研朱朝点易①，捣蘖夜潢经②。岩壑知心赏③，琴樽乐性灵④。会当烦太史，一奏少微星⑤。

---

①研朱、点易：研朱黄，点《周易》也。高骈诗："滴露研朱点《周易》。"　②捣蘖：谓碎黄木作染料也。鲍照《行路

难》：“刲蘖染黄丝，黄丝历乱不可治。”潢经：谓装潢经典也。潢：一作“横”。《释名》：“潢，染纸也。”齐氏《要术》称有装潢纸法。今装裱字画，亦曰装潢。　③心赏：心领也。柳宗元诗：“披拂恣心赏。”　④性灵：犹言灵性。性之本体，天然灵秀者也。杜甫诗：“陶冶性灵存底物。”徐寅诗：“出水莲花比性灵。”　⑤少微星：少微四星在太微西，士大夫之位也。一名处士。明大而黄，则贤士举也。见《晋书·天文志》。又按《晋书·谢敷传》：“初月犯少微，一名处士星，占者以隐士当之。谯国戴逵有美才，人或忧之，俄而敷死，故会稽人士以嘲笑人云，吴中高士，便是求死不得死。”

游淳化寺

萧寺①久不到，偶来幽兴长。蚁穿珠九曲②，蜂酿蜜千房③。雨过山横翠，霜新橘弄黄。年衰道不进，珍重一炉香。

---

①萧寺：喻寺观颓败也。按《国史补》：“梁武帝造寺，命萧子云飞白大书萧字。后寺毁，惟此一字独存。李约见之，买归东洛，建一室以玩之，号曰萧斋。”　②蚁穿珠九曲：苏轼诗注：“有得九曲宝珠，穿之不得，孔子教以涂脂于线，使蚁通之。”　③千房：喻蜂窝之密。李绅《杜鹃楼》：“杜鹃如火千房拆。”陆云《登台赋》：“深堂百室，层台千房。”

平水小憩

蓐食小庵中①，肩舆野②市东。雾收山淡碧，云漏日微红。酒旆③村场近，罾船浦溆通④。平生喜行路，小住莫忽忽。

---

①蓐食：谓于寝蓐上为食也。喻饮食简率貌。《左传》："训卒厉兵，秣马蓐食，潜师夜起。"柳宗元诗："蓐食狗所务，驱牛向东阡。"小，钱仲联校注本作"草"。　②野，钱仲联校注本作"小"。　③酒旆：酒家所用之招子，以布缀竿，悬于门首者。《韩非子》云：宋人有酤酒者，悬帜甚高。盖即指此。　④溆（xù）：水浦也。杜甫诗："舟人渔子入浦溆"。本句原作"溆船浦罾通"，据钱仲联校注本改。

初夏同桑甥世昌过邻家

空谷①旧生涯，萧条只自嗟。妻馋嗔护笋，儿病失浇花。赤米②老能饱，浊醪贫可赊③。征科④幸差简，扶杖过邻家。

---

①空谷：原作"风雨"，据钱仲联校注本改。　②赤米：谓米之恶劣者。《国语》："今吴民既罢而大荒荐饥，市无赤

米，而囷鹿空虚。”注：“赤米，米之奸者。”《南史·周颙传》：“王俭谓颙曰：卿山中何所食？颙曰：赤米白盐，绿葵紫蓼。”　③赊：买物缓偿其价也。俗言赊欠。　④征科：敛赋也。

小　隐

小隐在江干，茅庐亦易安①。庖厨供白小②，篱落蔓黄团③。蹭蹬冯唐老④，飘零范叔⑤寒。世情从迫隘，醉眼觉天宽⑥。

---

①易安：谓易于安闲也。陶潜《归去来辞》：“审容膝之易安。”　②白小：指银鱼。杜甫诗：“白小群分命，天然二寸鱼。”　③黄团：草类别名。按《竹坡诗话》称：“黄团当是瓜蒌。”瓜蒌，亦作苦蒌，其仁与皮，俱为药用。韩愈《城南联句》：“红皱晒檐瓦，黄团系门衡。”　④蹭蹬：颠沛失势貌。冯唐：汉安陵（今陕西咸阳东北）人，文帝时，为中郎署长，时匈奴方入寇，因上问廉颇、李牧，言汉之文法太密，赏轻罚重，致将士莫为尽力，并言云中守魏尚削爵之冤，文帝悦，特命唐持节赦魏尚，拜车骑都尉。武帝立，求贤良，举冯唐，时唐年九十余，不能复为官，乃以唐子冯遂为郎。王勃《滕王阁序》：“冯唐易老，李广难封。”　⑤范叔：指范雎。《史记·范雎传》：“魏使须贾于秦，范雎闻之，为微行，敝衣闲步之

邸，见须贾曰：臣为人佣赁。须贾意哀之，留与坐饮食，曰：范叔一寒如此哉。乃取其一绨袍以赐之。”高适诗：“尚有绨袍赠，应怜范叔寒。”　⑥天宽：胸襟阔大貌。王建诗：“愁尽觉天宽。”

春　兴

万事不关身，翛然一幅巾。虽非爱酒伴①，犹是别花人②。领略琴书意，扫空车马尘。东阡与南陌，随处梦残春。

---

①爱酒伴：犹言酒徒也。杜诗：“走觅南邻爱酒伴。”　②别花人：犹言惜花人也。白乐天《紫薇花》：“不别花人不与看。”

题跨湖桥下酒家

湖水绿于染①，野花红欲然②。春当三月半，狂胜十年前。小店开新酒，平桥上画船③。翩翩④幸强健，不必愧华颠⑤。

---

①绿于染：谓较染色更绿也。欧阳修诗：“春水绿于染。”

②红欲然：红色似欲燃也。然，与“燃”通。宋之问《丹榴诗》：“清晨绿堪佩，亭午丹欲然。”然，钱仲联校注本作“燃”。 ③画船：游宴所乘之舟，装饰华丽，故曰画船。④翩翩：喻轻疾貌。 ⑤华颠：犹言白首。《后汉书》：崔骃曰：包胥单辞而存楚，唐且华颠以悟秦。

雨 晴

久雨作我病，今朝身顿轻。花房①避初旭，帘影弄新晴。漉酒②纶巾折，听琴拄杖③横。翛然又终日，未觉负平生。

---

①花房：花朵。白居易诗：“花房腻似红莲朵。” ②漉（lù）酒：渗酒以去其混浊也。《南史·陶潜传》：“郡将候潜，逢其酒熟，取头上葛巾，漉酒毕，还复着之。” ③拄杖：扶杖也。此句喻闻琴止步，横其拄杖而听也。《魏略》：“晋宣帝好学，曹洪自以粗疏，屈身辅帝。帝耻往访，乃托病拄杖。”杜甫诗：“拄杖穿花听马嘶。”

送 客

长亭①柳渐柔，送客当闲游。江近闻津鼓②，云开见戍楼③。簿书来衮衮，岁月去悠悠。闭眼寻归④路，春芜满故畴。

①长亭：秦制三十里一传，十里一亭。《白孔六帖》："十里一长亭，五里一短亭。"王褒诗："河桥望行旅，长亭送故人。"　②津鼓：渡头更鼓也。李端《古别离》："月落闻津鼓。"陈孚诗："渡头动津鼓。"　③戍楼：古驻边防军所筑以望远之楼。梁元帝诗："旅泊依村树，江搓拥戍楼。"唐明皇诗："春来津树合，月落戍楼空。"　④寻归，原作"归寻"，据钱仲联校注本改。

雨夜四鼓起坐至明

门巷冷如冰，生涯淡似僧。小窗愁夜雨，孤影怯秋灯。林鹊栖仍起，山童唤不应。悠然坐待早，息倦倚书塍①。

①书塍（téng）：盛书之囊。

山家暮春

绕屋清阴合，缘堤绿草纤。起蚕初放食，新麦已磨镰①。苦笋②先调酱，青梅小蘸盐。佳时幸无事，酒尽更须添。

---

①镰：农具，用以收割者，古称刈钩，今称镰刀。已磨镰者，谓将收割也。　②苦笋：蔬类植物，笋之别种。《本草》："四川叙州宜宾长宁所出苦笋，彼人重之。"

秋晚散步门外

栗里①归栽菊，青门②隐卖瓜。羸躯病天色，衰鬓怯年华。野旷乌声乐，溪清雁影斜。门前秋潦③退，也拟筑堤沙。

---

①栗里：指陶潜故里。　②青门：汉长安城东南门也。本名霸城门，俗因门色青，呼为青门。汉召平种瓜于此，人称青门瓜。阮籍诗："昔闻东陵瓜，近在青门外。"　③秋潦：秋日道途积水也。放翁自注云：潦水坏道数丈，方与邻曲共修之。

新　晴

积雨已凄冷，新晴还少和。稼收平野阔①，木落远山多②。土润朝畦菜，机鸣夜掷梭。时清年岁好，吾敢叹蹉跎。

---

①稼收平野阔：收获后则残丛尽去，而平野顿觉寥阔，故云。　②木落远山多：树叶凋落，则瞭望远山翠黛，一览无遗，故云山多。

小舟游西泾度西冈归

小雨重三①后，余寒百五②前。聊乘瓜蔓水③，闲泛木兰船。雪暗④梨千树，烟迷柳一川。西冈夕阳路，不到又经年。

---

①重三：三月三也。张说诗："暮春三月日重三，春水桃花满禊潭。"　②百五：冬至后一百五日为寒食。　③瓜蔓水：《宋史·河渠志》："五月瓜实延蔓，谓之瓜蔓水。"　④雪暗：梨花色白，时已薄暮，故曰雪暗。

晚自北港泛舟还家

舒啸篷笼底①，经行略彴②西。水深鹅唼草③，雨细犊掀泥。醉倚乾坤大，闲知物我齐。衡门④触冠过，聊得赋幽栖。

---

①舒啸：谓长啸也。篷笼：船棚也。编竹箬为之。　②略

彴：小木桥也。按《广雅》称："略彴，独梁也。"《广韵》：称"横木渡水也。"苏轼诗："略彴横秋水。" ③唼（shà）：水禽食草声也。《楚辞》："凫雁皆唼夫梁藻兮。" ④衡门：卑陋简率，横木为门，是曰衡门。《诗经》："衡门之下，可以栖迟。"

泛舟至东村

野水如天远①，渔舟似叶轻②。飕飕③风渐冷，淡淡月初生。沙际樵苏路，篱间语笑声。还家已薄暮，灯火照柴荆④。

①天远：无际貌。杜甫《过洞庭湖》诗："湖光与天远。" ②叶轻：喻如叶浮水轻飘貌。薛道衡诗："远水舟如叶。"苏轼诗："笑指孤舟一叶轻。" ③飕：风声。赵壹赋："啾啾飕飕。" ④柴荆：犹言柴门。乡居以柴荆为门，故云。谢灵运诗："恭承古人意，促装返柴荆。"

秋　阴

淡日披朝雾，轻云结暮阴。菰蒲溪路暗，松竹草堂深。妙墨双钩帖①，奇声百衲琴②。古人端未远，一笑会吾心③。

---

①双钩：法帖摹刻石上，沿其笔墨痕迹，两边用细线钩出，使秾纤肥瘦，不失其真，曰双钩。　②百衲琴：《文房肆考》称："削桐木条，用漆胶成琴，似衣之百衲。"故名。　③句谓自悟也。《世说新语》："简文入华林园，顾谓左右曰：会心处不必在远，翳然林木，便自有濠濮间想也。"

步至东庄

泽国①寒虽晚，霜天已迫冬。荞花②雪无际，稻米玉③新春。身已风中叶，人方饭后钟④。儿能哀老子，努力事春农⑤。

---

①泽国：犹言水乡也。宋之问诗："泽国韶气早。"　②荞花：麦花也。白居易诗："月明荞麦花如雪。"　③稻米玉：米如玉粒也。韩愈孟郊《城南联句》：浙玉炊香粳。　④饭后钟：王播少孤贫，客扬州惠照寺，随僧斋餐。僧厌怠，乃斋罢而后击钟。播作诗有"上堂已了各西东，惭愧阇黎饭后钟"之句。后二纪，出镇是邦，访旧游，问所题者，则碧纱幕之矣。见《摭言》。　⑤春农：春日农事也。

逆旅书壁(选一)

骑驴万里行，岁一过①秦城。下杜贳春酒②，新丰③闻晓莺。绿槐新巷陌④，白骨几公卿⑤？欲觅曲江水⑥，连云禾黍生。

---

①一过：原作"过一"，据钱仲联校注本改。 ②贳（shì）春酒：犹言赊春酒也。汉高祖微时，常从王媪武负贳酒。见《史记》。 ③新丰：汉置，秦曰骊邑。应劭曰：太上皇思东归，于是高祖改筑城市街里以像丰，徙丰民以实之，故号新丰。张说诗："柳暗辨新丰。" ④巷陌：街衢之通称。刘禹锡诗："门前巷陌三条近。" ⑤白骨几公卿：犹言髐然白骨，公卿无几。《国语》："诸稽郢行成于吴，曰：君王之于越也，緊起死人而肉白骨也。" ⑥曲江水：在陕西西安东南，亦曰曲江池。本秦之隑州，汉武帝因秦宜春苑故址，凿而广之，其水曲折，有似广陵之江，故名。复湮为平陆。

秋晚(选一)

木落寺楼山，江平沙渚①生。牛羊下残照，鼓角动高城。寒至衣犹质②，忧多梦自惊。群胡方斗穴③，河渭④几时清？

---

①沙渚：沙洲也。　②质：典押以取信。《左传》："周郑交质。"　③群胡：北狄之统称。以其素为中国边患，故曰胡虏。斗穴：道远险狭，犹两鼠斗于穴中，将勇者胜。见《史记·赵奢传》。　④河渭：源出甘肃渭源鸟鼠山，东南流，折入陕西境，经凤翔纳雍水，东流纳黑水、涝河，及丰、浐、滈、灞诸水，北纳泾水、漆沮水，东北流至朝邑，纳洛水，东流至潼关，入黄河。

暖　阁[①]

裘软胜狐白[②]，炉温等鸽青[③]。纸屏山字样[④]，布被隶书铭。养目帘稀卷，留香户每扃。日晡浓睡起，兴濯诵黄庭[⑤]。

---

①暖阁：犹言温暖之小阁也。《太平广记》："陈季卿羁栖辇下，常访僧青龙寺，遇僧他适，因憩于暖阁中，有终南山翁方拥炉而坐。"欧阳炯诗："红炉暖阁佳人睡。"　②狐白：狐白裘也。集狐腋之白毛为裘。《礼记》："君衣狐白裘。"《史记》：孟尝君有一狐白裘，直千金。以是谚有"千金狐白裘"之称。　③鸽青：鸽炭也。即鹁鸠色之炭，故又名鸽青炭。《宋史·食货志》："绍兴四年，两浙转运司檄婺州市御炉炭，须胡桃纹，鹁鸠色。"又按其时宫中供炉炭，用胡麻纹，鹁鸽青。

④山字样：喻状如山也。放翁他诗亦有“耸成山字肩”之句。⑤黄庭：道经名。《唐书·艺文志》：“老子《黄庭经》一卷。”王羲之有写《黄庭》换白鹅之韵事。

自　咏

朋旧凋零尽，乾坤偶脱遗。食新①心窃喜，话旧语多悲。泥醉②醒常少，贪眠起独迟。闭门谁共处？枕籍乐天诗③。

---

①食新：尝新也。《礼记》：“未尝不食新。”　②泥醉：谓烂醉如泥也。元稹诗：“用长时节君须策，泥醉风云我要眠。”　③乐天：白居易字。白诗深厚丽密，平易近人。放翁诗得力于乐天者亦不鲜。是宜其寝馈于乐天诗而不厌也。

老　叹

事与年俱往，心于世转疏。曼肤①销欲尽，鬓发②变无余。野店通赊酒，邻翁伴荷锄。尚嗟余习在，梦课吏钞书。

---

①曼肤：细腻之肌肤也。《楚辞·天问》“平胁曼肤”注：曼，轻细也。《汉书·司马相如传》“曼姬”注：“曼者，言其

色理曼泽也。”　②鬒（zhēn）发：发黑而美也。《诗经》：“鬒发如云。”《左传》：“有仍氏生女，鬒黑而甚美。”服虔注：“发美为鬒。”

忍　穷

短褐才遮骭①，孤烟仅续炊。久穷方有味，古语不吾欺。坚坐忘昏旦，残年迫耄期②。尚余书满屋，手校付吾儿。

①短褐：贫者之服也。《史记》：“寒者利短褐。”此寓寒不择衣之意。才，钱仲联校注本作“财”。遮骭：犹言蔽胫也。骭（gàn）：胫骨也。共两根，在前者名骭骨，在后者名辅骨。宁戚《饭牛歌》：“短布单衣适至骭。”郑侠诗：“此外乃一无，儿女不蔽骭。”此皆喻穷态耳。　②八十九十曰“耄”，百年曰“期”。《尚书》：“耄期倦于勤。”

东　村

雨霁山争出，泥干路渐通。稍从牛屋①后，却过鹳②巢东。决决③沙沟水，翻翻麦野风。欲归还小立，为爱夕阳红。

---

①牛屋：《世说新语》：褚公迁太尉记室参军，投钱塘亭住，时吴兴沈县令，送客出亭，吏驱公移牛屋下。沈问：牛屋下是何物。褚曰：河南褚季野。远近久承公名。令大惊，遽于牛屋下修刺诣公，鞭挞亭吏。 ②鹳（guàn）：鸟名。似鹤而顶不丹，巢于高树。 ③决决：快疾貌。

茅亭

终日坐茅亭，萧然倚素屏。儿圆点茶梦①，客授养鱼经②。马以鸣当斥③，龟缘久不灵④。诗成作吴咏⑤，及此醉初醒。

---

①点茶：唐宋时烹茶之法，注汤盏中，使叶浮起，谓之点茶。《茶录》：“凡欲点茶，先须熁盏令热，冷则茶不浮。”又：“茶少汤多，则云脚散，汤少茶多，则粥面聚。”黄庭坚诗：“茶梦小僧圆。” ②养鱼经：书名。《宋史·艺文志》：陶朱公《养鱼经》一卷。 ③马以鸣当斥：《唐书·李林甫传》：“君独不见立仗马乎？终日无声，而食三品，一鸣则斥之矣。” ④龟：古灼龟甲以卜，故谓卜为龟。《史记·龟策传》：“龟藏则不灵，蓍久则不神。” ⑤吴咏：吴歈也。即吴歌。杜甫诗：“诗罢闻吴咏，扁舟意不忘。”

独　醉

老伴①死欲尽，少年谁肯亲？自怜真长物，何啻是陈人②。江市鱼初上，村场酒亦醇。颓然北窗下，不觉堕纱巾。

---

①老伴：老友也。白居易诗："共琴为老伴。"　②陈人：谓陈久之人也。《庄子》："人而无人道，是之谓陈人。"苏轼诗："归来且喜是陈人。"

夜　赋

月晕①知将雨，风声报近秋。暗廊行熠耀②，深树啸鸺鹠③。老幸传家事，狂犹为国忧。相齐虽已矣，且复饭吾牛④。

---

①月晕：月之四周围绕光气也。苏洵文："月晕而风，础润而雨，人人知之。"李白诗："月晕天风雾不开。"　②熠（yì）耀：光明貌。《诗经》："熠耀其羽。"又："熠耀宵行。"　③鸺鹠：与角鸱同类异种，身小而眼圆大，有毛角如两耳，俗与角鸱同称为猫头鹰。　④饭牛：《淮南子》：宁戚

欲于齐桓公，困穷无以自达，于是为商旅，将任车以商于齐，暮宿于郭门外。桓公郊迎客，夜开门辟任车，爝火甚众。戚饭牛车下，击牛角而疾商歌。桓公闻之曰：异哉，非常人也！命后车载之。因授以政。

秋 景

雨泣①蘋花老，风摇稗穗长。林昏②喧宿鸟，秋晚③咽啼螿。旧学成迂阔④，初心⑤堕渺茫。颓龄⑥尚余几，谁与问苍苍⑦？

---

①雨泣：喻泣下如雨。曹植文："延首叹息，雨泣交颈。"郑谷诗："雨泣渡江湖。"　②林昏，钱仲联校注本作"昏林"。　③晚，钱仲联校注本作"院"。　④迂阔：谓迂远不合时宜也。《魏志·杜畿传》："今之学者，师申韩而上法术，竞以儒家为迂阔，不周世用。"《汉书·王吉传》："上以其言迂阔，不甚宠异也。"　⑤初心：犹言本心也。吴融诗："麋鹿愧初心。"　⑥颓龄：衰年也。陶潜诗："酒能祛百虑，菊解制颓龄。"谢灵运诗："芫秽积颓龄。"　⑦苍苍：苍天也。《诗经》"悠悠苍天"毛传：据远视之，苍苍然，则称苍天。

嘲子聿

讲诵多吴语①，钩提学佐书②。夜分灯未彻③，晨起发慵梳④。饱食园官菜⑤，少留溪友鱼。能怜乃翁病，身自輂篮⑥舆。

---

①吴语：左丘明作《国语》二十一篇，其十九曰《吴语》。此句寓老生常谈之讥。　②钩提：体曲而末锐内向，谓之“钩”，挈之而上，曰“提”。喻作书貌。又按《拾遗记》：“浮提国献善书二人，肘间金壶四寸，有墨汁洒地，及石皆成篆隶科斗。”疑钩提或即浮提之讹。佐书：秦既用篆，奏事繁多，篆字难成，即令隶人佐书，曰隶字，汉因行之。见《晋书》。③未彻：未去也。《左传》：“军卫不彻，警也。”　④慵梳：懒于梳洗也。白居易诗：“头慵隔日梳。”　⑤园官：掌园圃者之称。　⑥輂：驾马之大车。此作动词。钱仲联校注本作“举”。

小　集

乌桕①遮山路，红蕖满野塘。病苏身渐健，秋近夜微凉。杯酌随宜②具，渔歌尽意长。儿曹娱老子，团坐说丰穰③。

---

①乌桕：亦作乌臼，落叶亚乔木。　②随宜：随所宜也。白居易诗：“李娟张态君莫嫌，亦拟随宜且教取。”　③丰穰：谓禾实丰也。《诗经·楚茨》序疏：“年有丰穰，时无灾厉。”

舍　北

支径①秋原上，衡门夕照中。野烟山半失，溪涨浦横通。鬓秃难藏老，衣穿可讳穷②。浩歌终自得，心事寄冥鸿③。

---

①支径：支路也。　②衣穿：衣破也。岑参诗：“献赋头先白，还家衣已穿。”讳穷：语出《庄子》：“孔子曰：我讳穷久矣，而不免，命也。”　③冥鸿：喻高飞远引者。《扬子》：“鸿飞冥冥，弋人何篡焉。”李贺诗：“我今垂翅附冥鸿。”

书　感

投老羁孤久①，临觞②感慨频。关河疏旧友，风雨败新春。事固少如意③，天终能胜人④。所悲头上发，不与柳条新。

---

①投老：犹言至乎老时也。王羲之帖："疾患经月，憔老不可言，迎集中表亲疏略尽，实望投老得尽田里骨肉之欢。"苏轼诗："投老江湖终不失"。羁孤：羁旅之孤客。杜甫诗："骨肉满眼身羁孤。"　②临觞：临饮也。曹植文："临觞而太息。"陆机《四言诗》："置酒高堂，悲歌临觞。"　③事固少如意：天下不如意事，十居八九。（见《晋书》）　④天终能胜人：《归潜志》："天定能胜人，人定亦能胜天。"

村　居

鹎鵊①穿林语，鴚②鹅并水鸣。馈浆怜道暍③，裹饭④助邻耕。零落桥危断，攲斜屋半倾。君毋笑偷惰，犹足尽吾生。

---

①鹎鵊（bēi jiá）：即催明鸟。欧阳修《鹎鵊》诗："红纱蜡烛愁夜短，绿窗鹎鵊催天明。"京师谓之夏鸡。　②鴚（gē）：《尔雅·释鸟》：舒雁，鹅。注引《礼记》曰："出如舒雁。今江东呼鴚。"　③暍（yè）：《说文》，伤暑也。《玉篇》：中热也。《前汉书·武帝纪》："夏大旱，民多暍死。"　④裹饭，原作"饭裹"，据钱仲联校注本改。

感旧

四十三年梦，今朝又唤回。平桥穿小市，细雨压轻埃①。老喜诗情在，慵愁史课催。时时还自笑，白首接邹枚②。

---

①轻埃：轻尘也。　②邹枚：指汉邹阳与枚乘，皆以文辩知名。《史记》："是时梁孝王来朝，从游之士，齐人邹阳，淮阴枚乘，吴庄忌夫子之徒。相如见而悦之。"李白诗："梁苑倾邹枚。"二人皆为梁王宾客，故云。

游张园

冷局①归差早，名园得缓行。穿林山骤出，度硖路微平。霜近柳无色，风生蒲有声。出门还惝怳②，满路夕阳明。

---

①冷局：喻缓慢悠闲之职，犹言冷官、冷宦。孔平仲诗："闲官冷局遥相望。"　②惝怳：失意不悦貌。潘岳赋："怛惊悟兮无闻，超惝怳以恸怀。"

无　客

今日了无客，翛然麈柄①闲。砚涵鸲鹆眼②，香斮鹧鸪斑③。木落风初劲，云低雨尚悭。西湖未暇到，卧看曲屏山④。

---

①麈柄：拂尘也。麈尾辟尘，古常以为拂尘，因亦名麈尾。按《庾子山集》注称：鹿之大者曰麈，群鹿皆随麈尾所转为准，故谈者执之。原误作“尘”，据钱仲联校注本改。　②鸲鹆（qú yù）眼：砚品名。砚石有圆形斑点，大如五铢钱，小如芥子，外有晕至千余重者，谓之鸲鹆眼。以活而清朗有黑精者为最上品，亦称活眼。《砚谱》：“端溪中之砚石，有鸲鹆眼，黄黑相间，晶莹可爱，谓之活眼。”《砚林》：“石之青脉者必有眼，嫩则眼多，老则眼少，嫩者细润发墨，所以贵有眼。”③鹧鸪斑：香品名。《名香谱》：“鹧鸪斑香，思劳香，出日南，如乳香。”黄庭坚诗：“螺甲割昆仑耳，香材屑鹧鸪斑。”④曲屏山：《西湖志》：“南屏怪石壁立如屏。”此句指云低未雨时，霭色苍茫，宛若峰峦耸秀，环立若屏，差堪与西湖南屏相比拟。

卧　疾

旧疾乘衰作，长贫与懒宜①。羁愁②惟付酒，史课未妨诗。雨入残更滴，霜逢闰岁迟。新春真耄及③，不用卜归期④。

---

①长贫：喻失意貌。《汉书·陈平传》：“固有美如陈平，长贫者乎？”懒宜：宜于懒也。张籍诗：“西街幽僻处，正与懒相宜。”　②羁愁：寄愁也。　③耄及：及耄年也。《左传》：“谚所谓老将至而耄及之者，其赵孟之谓乎？”　④卜归期：卜寿也。李白诗：“长安如梦里，何日是归期。”

夏日独居

平生本清净，垂老更萧然①。已罢客载酒②，亦无僧说禅③。空庭朝下鹊，密树晚鸣蝉。长日君无厌，新秋近眼边。

---

①萧然：言意思萧散，不复与外事相关也。　②罢客载酒：汉扬雄家贫，素嗜酒，人希至其门。时有好事者，载酒肴从游学。见《汉书·扬雄传》。　③说禅：谈禅理也。苏轼诗：

"说禅长老笑浮屠。"

立秋前一夕作

萤度梧楸①径，鸟鸣蒲苇洲。宁知八十老，又见一年秋。贺监②称狂客，刘伶③赠醉侯。吾身会兼此，已矣尚何求。

---

①楸（qiū）：落叶乔木，叶似梧桐。　②贺监：指唐贺知章。知章晚节诞放，遨嬉巷里，自号四明狂客。会授秘书监，因自号秘书外监，世称贺监。　③刘伶：晋沛国人，字伯伦，纵酒放达，常乘鹿车，携一壶酒，使人荷锸而随之，谓曰：死便埋我。其遗形骸如此。著有《酒德颂》。皮日休诗："他年谒帝言何事？请赠刘伶作醉侯。"

残　春

章甫①从诸老，今为两世人。惟书尚开眼②，非酒孰关身。远水涵清镜③，晴云蹙细鳞④。篱边花未尽，作意醉残春。

---

①章甫：古服制，殷时冠名，即缁布冠。古冠礼，始加缁布

冠。《仪礼》："章甫，殷道也。"《后汉书·舆服志》："委貌冠，前高广，后卑锐，所谓夏之毋追，殷之章甫也。"②开眼：《楞严经》："开眼见明，名为见外。闭眼见暗，名为见内。"杜甫诗："湖城城南一开眼。" ③清镜：喻水光莹然貌。庾信《春赋》："池中水影悬胜境。" ④细鳞：喻层云貌。《吕氏春秋》："山云草莽，水云鱼鳞。"

晨起偶得五字戏题稿后

推枕悠然起，吾诗忽欲成。虽云无义语①，犹异不平鸣②。有得忌轻出，微瑕③须细评。平生五字句④，垂老愧长城⑤。

---

①无义语：犹云无稽语。《维摩经》："是无义语，是无义语报。" ②不平鸣：自诉枉屈，为不平之鸣。韩愈《送孟东野序》："大凡物不得其平则鸣。" ③微瑕：小疵也。④五字句：犹言五言诗。 ⑤愧，原作"垂"，据钱仲联校注本改。长城：喻诗格之缜密也。刘长卿自称其诗为五言长城。见《唐书·秦系传》："系与刘长卿善为诗赋赠答。权德舆曰：长卿自以为五言长城，系用偏师攻之，虽老益壮。"

蜀　汉

蜀汉①崎岖外，江湖莽苍中②。冷官③家世事，独立古人风。已老学犹力，久穷诗未工④。悠悠千载后，此意与谁同？

---

①蜀汉：谓蜀郡与汉中也。《战国策》："栈道千里，通于蜀汉。"　②《庄子·逍遥游》："适莽苍者，三餐而反。"注："司马云：莽苍，近郊之色也。李云：近野也。支遁云：冢间也。崔云：草野之色。"此当以崔说作解。　③冷官：谓清闲之官吏。苏轼诗："冷官无事室庐深。"张籍诗："年长身多病，独宜作冷官。"　④久穷诗未工：欧阳修《梅圣俞诗集序》："世谓诗人多穷，非诗能穷人，殆穷者而后工也。"

砭　愚

储药如丘垄①，人愚未易医。信书②安用尽，见事可怜迟③。错自弹冠日④，忧从识字时⑤。今朝北窗卧，句句味陶诗⑥。

---

①丘垄：堆积如阜状。　②信书：读书而不怀疑，是曰信

书。《孟子》："尽信书，则不如无书。" ③见事可怜迟：遇事滞缓也。《史记·范雎传》："穰侯智士，而见事迟。" ④弹冠：谓整冠出仕也。《汉书》："王阳在位，贡公弹冠。"按王吉与贡禹友，吉既贵显，贡禹亦将出仕，故云。 ⑤忧从识字时：识字为求知识之阶梯，但善知识为烦恼之因，知识愈高，则忧亦愈多。老子哲学思想，推崇无智，亦以此故。苏轼诗："人生识字忧患始。" ⑥陶诗：指陶潜诗。

舍南野步

枯蔓络荆篱，幽花映荻扉。驯獐①惊不起，归鹤倦犹飞。
野色连收网，边愁入捣衣②。壮图空自笑，事事与心违。

---

①獐：兽名，亦名麞，似鹿而小，毛褐色，性驯。 ②捣衣牵连边愁，典出李白《子夜秋歌》："长安一片月，万户捣衣声。秋风吹不尽，总是玉关情。何日平胡虏，良人罢远征。"

子遹为其长兄置酒予亦与焉作五字示之

乌衣兄弟集①，我亦据胡床②。晚菊数枝在，小园幽兴长。
霜清桑落③熟，汤嫩雨前④香。草草⑤虽堪笑，他年未易忘。

---

①乌衣兄弟：按《南史·王僧虔传》："僧虔为御史中丞，甲族由来多不居宪台。王氏分枝，居乌衣者，位官微减。僧虔为此官，乃曰：此乌衣诸郎坐处，我亦可试为耳。" ②据胡床：《世说新语》："庾亮便据胡床，与诸贤士谈咏竟夕。" ③桑落：酒名。 ④雨前：茶名。谷雨前所采者，因名。《学林新编》："茶之佳者，造在社前，其次火前，其次雨前。" ⑤草草：劳心也。《诗经》："劳人草草。"校按：《新五代史·汉臣传·李业》："帝大惧，谓大臣曰：'昨太草草耳。'"指草率，马虎。

与村邻聚饮

冬日乡间集，珍烹得遍尝。蟹供牢九①美，鱼煮脍残香。鸡跖宜菰白②，豚肩杂韭黄③。一欢君勿惜，丰歉岁何常。

---

①牢九："牢丸"之讹，古食品名，粉团之属。束皙《饼赋》：春馒头，夏薄壮，秋起溲，冬汤饼，四时皆宜，惟牢丸乎？宋人讹为牢九。苏轼诗："岂惟牢九荐古味，要使真一流仙浆。"《归田录》又作"牢久"。 ②鸡跖：鸡之足踵也。《吕氏春秋》："善学者，如齐王之食鸡也。必食其跖，数千而后足。"喻为学务博而始有味。跖，亦作"蹠"。菰白：蔬类植物。生于陂泽，俗称茭白。 ③豚肩：豚之上下肢也。《礼

记》："晏平仲祀其先人，豚肩不掩豆。"韭黄：韭根名韭黄，韭之美在黄，豪贵皆珍之。（见《本草》）

初　秋

藉草沾衣露，沿溪掠面风。桐凋无茂绿，莲老有疏红。小彴①欹危度，邻园曲折通。新秋得强健，一笑莫匆匆。

①小彴：横木渡水之小浮桥也。苏轼诗："略彴横秋水。"

又

初夜月犹淡，入秋风已清。萤孤无远照，蝉断有遗声。命薄惭勋业，才疏负圣明。青鞋若耶路①，亦足慰平生。

①若耶：溪名，在浙江绍兴南。杜甫诗："若耶溪，云门寺，吾独胡为在泥滓？青鞋布袜从此始。"

自嘲老态

世念秋毫①尽，浑如学语儿②。得床眠易熟，有饭食无时。纱帽簪花③舞，盆池弄水嬉④。从今转无事，静坐不吟诗。

①秋毫：喻事物之微细者。《史记》："秋毫无所害。" ②学语儿：咿哑学语之小儿也。杜甫诗："学语小儿知姓名。" ③簪花：戴花也。宋司马光中进士甲科，年甫冠，性不喜华靡，闻喜宴独不戴花，同列语之曰：君赐不可违。乃簪花一枝。杜牧诗："有恨簪花懒。" ④水嬉：水上之嬉戏也。《述异记》："吴王作天池，池中造青龙舟，舟中盛陈妓乐，日与西施为水嬉。"

天气作雪戏作

八十又过二，与人风马牛①。深知老当逸，孰谓死方休。细衲兜罗袜②，奇温吉贝③裘。闭门薪炭足，雪夜可无忧。

---

①风马牛：喻不相涉也。《左传》："君处北海，寡人处南海，唯是风马牛不相及也。"注："风，放也；马牛，牝牡相诱也。言两地远隔，牝牡不能相诱也。" ②细衲：谓缝缀之精致。兜罗：《本草》以为木绵。《方舆志》言："平缅出娑罗树，大者高三五丈，结子有绵，纫绵织为白毡兜罗绵。此亦斑枝花之类。"《宋史·大食国传》："所贡有龙脑、兜罗锦、球锦襈、蕃花簟。"《翻译名义集》：兜罗棉，或云妒罗棉。妒罗，树名。绵从树生，因而并称，如柳絮也。 ③吉贝：草也。缉其花为布。粗曰贝，精曰氎。见《唐书·南蛮传》。《南史》："林邑国有金山，石皆赤色，出玳瑁、贝齿、吉贝、沉香木。吉贝者，树名也。其花成时如鹅毳（cuì），抽其绪纺之作布，布与

纻布不殊，亦染成五色，织为斑布。”疑即今之棉花，《唐书》以为草本，《南史》以为木本耳。校按：乃木棉。

杂 感

春晚晴还雨，村深醉复醒。溪添半篙绿，山可一窗青。药品随长镵，花名记小屏。闲身幸无事，吟啸送余龄。

溪 园

跌宕欲忘形①，溪园半醉醒。静看猿哺果，闲爱鹤梳翎②。矮榻水纹簟③，虚斋④山字屏。更须新月夜，风露对青冥⑤。

---

①跌宕：放荡不羁貌。《三国志·简雍传》：“性简傲跌宕，在先主坐席，犹箕踞倾倚，威仪不肃。”忘形：忘己之形体也。《庄子》：“故养志者忘形。”杜甫诗：“忘形到尔汝。”
②鹤梳翎：谓鹤自理其翎毛也。苏轼诗：“病鹤不梳翎。”
③水纹簟：谓纹如水浪之席也。李益诗：“水纹珍簟思悠悠。”
④虚斋：谓空无所有之书斋也。 ⑤青冥：喻天也。王维诗：“百里遥青冥。”《楚辞》：“据青冥而摅（shū）虹兮，遂倏忽而扪天。”

追凉小酌

绿树暗鱼梁①，临流追晚凉。持杯属②江月，散发据胡床③。苦荬腌齑美④，菖蒲⑤渍蜜香。醉来呼稚子，扶我上南塘。

---

①鱼梁：水堰也。堰水为关空，承之以笱，以捕鱼，梁之曲者曰罶。《诗·小雅》："敝笱在梁。"　②属：付也。③胡床：宋陶谷《清异录》称："胡床，施转关以交足，穿绠絛以容坐，转缩须臾，重不数斤。"《演繁露》称："今之交床，本自虏来，始名胡床。隋改交床，唐穆宗时又名绳床。"　④苦荬：蔬类植物。野生，家栽者俗称苦苣。齑（jī）：《周礼·天官·醢人》："凡醢酱所和，细切为齑。"　⑤菖蒲：草类，生于水边，叶有平行脉，花小，色淡黄，为肉穗花序。

寓　兴

穷巷①无来客，秋风独浩歌。壮年闲处老，佳日病中过。甚欲携长镵，仍思拥短蓑②。逢山皆可隐，不必上三峨③。

①穷巷：冷僻小巷也。陶潜诗："穷巷寡轮鞅。" ②短蓑：短蓑衣也。此喻简率。孟郊诗："短蓑不怕雨。" ③三峨：指四川峨眉山。其脉自岷山绵延而来，突起为大峨、中峨、小峨之秀峰，三山相连，名曰三峨。大峨山岩洞重复，龛谷幽阻，中峨、小峨两山俱在峨眉市南。苏轼诗："三峨我乡里。"

寄隐士

乳窦①寒犹滴，岩扉②夜不扃。奇书窥鸟迹③，灵药得人形④。浩浩⑤天风积，冥冥⑥海气清。倘逢王内史⑦，更为乞黄庭。

①乳窦：岩窦石隙，每有液质滴下，是为乳窦。江淹诗："乳窦既滴沥，丹井复寥泬。" ②岩扉：此喻以山岩为屏蔽也。 ③鸟迹：谓古代之文字。《吕氏春秋》"苍颉作书"注："苍颉生而知书，仿鸟迹以成文章。" ④灵药得人形：指人参，参极品略似人形，故云。最为补益药品。周繇以人参遗段柯古诗："人形上品传方志，我得真英自紫团。" ⑤浩浩：水大貌。《尚书》："浩浩滔天。" ⑥冥冥：渺远空洞貌。《扬子》："鸿飞冥冥。" ⑦王内史：王羲之尝为会稽内史，故称王内史。

读李杜诗

濯锦沧浪客①，青莲澹荡人②。才名塞天地，身世老风尘。士固难推挽③，人谁不贱贫。明窗数编在，长与物华④新。

---

①濯锦：指濯锦江，在蜀中，即浣花溪。杜甫诗："濯锦江边未满园。"沧浪客：喻遁迹之隐逸者。杜甫诗："卿到朝廷说老翁，飘零已是沧浪客。"　②青莲：李白，号青莲居士。李白《答湖州迦叶司马问白是何人》诗："青莲居士谪仙人，酒肆逃名三十春。"澹荡：犹言恬澹。泊然无营，不慕荣利。李白诗："吾亦澹荡人。"　③推挽：此喻汲引也。前牵曰挽，后送曰推，引之使前。《左传》："或推之，或挽之。"　④物华：言万物之菁华也。王勃文："物华天宝，龙光射牛斗之墟。"

蔬　饭

春事已阑珊①，山村未褪寒②。笋生初入馔，荠老尚登盘。僧饭时分钵③，园蔬不仰官。枯肠④更禁搅，姑置密云团。

①春事：谓农事也。《书传》："冬寒无事，并入室处，春事既起，丁壮就功。"阑珊：犹言衰落。白居易诗："诗情酒兴渐阑珊。"又："诗情经意渐阑珊。"李群玉诗："丝管阑珊归客尽。" ②未褪寒：犹言依然寒冷也。 ③钵：僧家饭器也。梵语作钵多罗，此名应器，言是器体、色、量三者皆应法也。 ④枯肠：谓思虑枯竭也。卢仝《谢寄新茶诗》："三碗搜枯肠，惟有文字五千卷。"

园中作

湖曲旧诛茅①，松阴近结巢。安闲多熟睡，衰退少新交。雨渍丁香②结，春生豆蔻梢。良晨不把酒，新燕解相嘲。

①诛茅：剪茅为屋也。杜甫诗："傍此烟霞茅可诛。"
②丁香：常绿乔木。一名鸡舌香。李商隐诗："芭蕉不展丁香结。"

异梦①

山中有异梦，重铠奋雕戈②。敷水西通渭，潼关③北控河。凄凉鸣赵瑟④，慷慨和燕歌⑤。此事终当在，无如老死何。

①异梦，原作“梦异”，据钱仲联校注本改。　②重铠：重甲也。《北史·贺若敦传》：敦弟谊素有威名，时年老，犹能重铠上马，甚为北夷所惮。雕戈：戈之有纹者。庾信赋：“横雕戈而对霸主。”　③潼关：关隘名。后汉建安中置，西薄华山，南临商岭，北距黄河，东接桃林，历代皆为要地。　④赵瑟：秦筝赵瑟喻声之凄凉者。鲍照歌：“秦筝赵瑟挟笙竽。”⑤燕歌：燕中之曲，亦凄怆之声。王勃赋：“徘徊郢调，凄怆燕歌。”

秋　怀

火食①非初志，衣尘②每自哀。危途触滟滪③，归兴薄蓬莱④。逋客⑤传琴调，高僧乞药栽。人间岂不好？病眼自慵开。

①火食：谓以火热之而食。《礼记》：“南方曰蛮，雕题交趾，有不火食者矣。”按疏称，因地暖燠，虽不火食，不为害云。　②衣尘：衣蒙尘也。　③滟滪：即滟滪堆，在瞿唐峡口，一名淫预堆，亦名犹豫堆。《水经注》：“白帝城西江中，有孤石，为淫滪石，冬出水二十余丈，夏即没。”李肇《国史补》：“蜀之三峡，最号峻急，四月五月尤险，故行者歌之曰：滟滪大如牛，瞿唐不可留；滟滪大如马，瞿唐不可下。”1958年冬炸除。　④蓬莱：《史记》称，蓬莱、方丈、瀛洲为三神山。

此喻仙境也。　⑤逋客：犹言避世者。此按《山堂肆考》说。孔稚圭《北山移文》：“为君谢逋客。”周颙隐居北山，后弃而入仕，故以此称之。白居易诗：“汉容黄绮为逋客。”

小　室

窗几穷幽致，图书发古香①。尺池鱼鲦鲦②，拳石树苍苍③。老去身犹健，秋来日自长。养生④吾岂解，懒或似嵇康⑤。

①古香：古画色黑或淡黑，则积尘所成，自有一种古香可爱。见《洞天清录》。校按：陆游自注称：“古香见米元章《书画史》。”米芾《画史》：“古纸素有一般古香也。”　②鲦鲦：尾长貌。《广韵》称：鱼掉尾也。《诗经·卫风》：“鳣鲔发发。”按《释文》称“发发”，《韩诗》作“鲦鲦”云。③拳石：石大如拳。白居易《庐山草堂记》：“聚拳石为山，环斗水为池。”苍苍：深青貌。　④养生：谓养生法也。《庄子》有《养生主》篇：“生以养存，而养必有道，是之为主。”故名。　⑤嵇康：三国魏谯郡人，字叔夜，丰姿俊逸，醒若孤松独立，醉若玉山将颓，导气养性，著《养生篇》。拜中散大夫，不就，常弹琴以自乐。景元中为司马昭所害。又按康性好服食，常采御上药，以为安期彭祖之伦可以善求而得也。其《养生篇》云：“性复疏懒，头面常一月十五日不洗。”游诗“懒或似嵇康”语乃本此。

小　室

术浅难医忘，文疏不送穷①。诗囊②逢厄运，药裹③少新功。小室香凝碧，明窗日射红。邻翁来问疾，少话莫匆匆。

---

①送穷：韩愈有《送穷文》，略言主人使奴星结柳作车，缚草为船，载糗与粻，三揖穷鬼而告之，云云。　②诗囊：唐李贺每旦日出骑弱马，从小奚奴，背古锦囊，遇所得书投囊中，及暮归足成之。见《唐书·李贺传》。放翁他诗亦有“古锦诗囊觅句忙”之句。又按《霏雪录》，南唐僧齐己顶有瘤赘，时号诗囊。　③药裹：药物也。王维诗：“松龛藏药裹。”

梦中江行过乡豪家赋诗二首
既觉犹历历能记也

筑屋傍江皋，墙垣缔结牢。深门荫杨柳，高架引葡萄。黍酒①欢迎客，麻衫旋束条。儿孙勿游惰，常念起家②劳。

---

①黍酒：黍所酿酒也。犹言黍醅。游他诗：“黍醅新压野鸡肥。”　②肇兴家道，谓之起家。司马光《示康广宏》诗：“勿矜从事早，当念起家劳。”

蒲席乘风健，江潮带雨浑。树余梢缆迹，崖有刺篙痕。酒酹湘君①庙，歌招屈子魂。客途嗟草草，无处采芳荪。

---

①湘君：湘水之神。屈原《九歌》有《湘君》篇。《史记·秦始皇本纪》："上问博士曰：湘君何神。博士对曰：闻之，尧女，舜之妻，而葬此。"李白诗："日落长沙秋色远，不知何处吊湘君。"

数日不作诗

吾诗郁不发，孤寂奈愁何！偶尔得一语，快如疏九河①。黄流②舞浩荡，白雨助滂沱③。门外无来客，花前自浩歌。

---

①九河：古时黄河，自孟津而北，分为九道。《孟子》："禹疏九河。" ②黄流：谓酒也。《诗经》："瑟彼玉瓒，黄流在中。" ③白雨：即雨也。苏轼诗："白雨跳珠乱入船。"杨巨源诗："应看白雨打江声。"滂沱：大雨貌。《诗经》："月丽于毕，俾滂沱矣。"

柯山道上作

道路如绳直①，郊原似砥平②。山为翠螺涌③，桥作彩虹明。午酌金丸橘，晨炊玉粒④杭。江村好时节，及我疾初平。

---

①绳直：引绳以度其直，谓直之至也。《诗经》："俾立室家，其绳则直。"潘岳赋："遐阡绳直，近陌如矢。"　②砥平：言平甚也。《诗经》："周道如砥。"陆龟蒙诗："频攀峻过斗，未造平如砥。"　③翠螺涌：言苍翠涌起如螺旋状。刘禹锡诗："遥望洞庭山翠色，白银盘里一青螺。"　④玉粒：谓米也。杜甫诗："素丝絜长鱼，碧酒随玉粒。"黄庭坚诗："香舂玉粒送官仓。"

春晚杂兴

池面萍初紫，墙头杏已青。携儿撑小艇，留客坐孤亭。相法无侯骨①，生年直酒星②。正须遗万事，莫遣片时醒。

---

①相法无侯骨：犹言无须凭借骨相术也。　②年，原作"平"，据钱仲联校注本改。酒星：犹言酒仙。皮日休诗："吾

爱李太白，身是酒星魂。”

赛 神

岁熟乡邻乐，辰良祭赛多。荒园①抛鬼饭，高杌置神鹅②。人散丛祠③寂，巫归醉脸酡④。饥鸦更堪笑，鸣噪下庭柯⑤。

---

①荒园：废园也。 ②杌（wù）：本作坐具解，即杌子也。此称置祭品用之高脚杌子。杌，钱仲联校注本作“机”。校按：此诗为五律，“杌”字处须仄声。“机”字平声。神鹅：祭品名。游自注云：“村人谓祭神之牲为神猪、神鹅。” ③丛祠：作荒祠解。《史记》：“又间令吴广之次近所旁丛祠中，夜篝火，狐鸣呼曰：大楚兴，陈胜王。卒皆夜惊恐。” ④脸酡：与“颜酡”同。饮酒而赭色着面也。《楚辞》：“美人既醉，朱颜酡些。” ⑤庭柯：庭树也。

三月二十日儿辈出谒孤坐北窗

园林春已空，陂港雨新足。泥深黄犊健，桑老紫椹①熟。丰年逋负少，村社餍②酒肉。微风吹醉醒，起和饭牛曲③。

---

①椹（shèn）：与“葚”同，桑实也。熟则紫，故曰紫椹。②餍（yàn）：饱也。《孟子》：“则必餍酒肉而后反。” ③宁戚欲干齐桓公，因穷无以自达，饭牛车下，击牛角而疾商歌。

书直舍壁

道山①西下路，杳杳历重廊。地寂闻传漏，帘疏有断香。渠清水马②健，屋老瓦松③长。欲出重欹枕，无何觅故乡。

---

①道山：在福建闽侯之东南。 ②水马：轻舟也。《荆楚岁时记》：“治其舟使轻利，谓之水马。” ③瓦松：常绿草名，生屋上及深山石罅中，叶厚，细长而尖，多数相重，远望如松，故名。

晨　起

齿豁①不可补，发脱无由栽②。清晨明镜中，老色苍然来。余年亦自惜，未忍付酒杯。抽架取我书，危坐③阖复开。万世见唐虞④，夔龙⑤获亲陪。寥寥三千年，气象扼可回。岂以七尺躯，愿受世俗哀⑥？道在无不可，廊庙均蒿莱⑦。

---

①豁：开。　②无由栽：无法重生。　③危坐：端坐貌，如言“整襟危坐”。　④唐虞：尧舜时也。　⑤夔龙：虞舜之二臣名，夔典乐，龙作纳言。（并见《虞书》）　⑥愿，钱仲联校注本作“顾”。哀：怜。　⑦均：同。蒿（hāo）莱：草名，艾类。

闻　雁

霜高木叶空，月落天宇①黑。哀哀断行雁，来自关塞北。江湖稻粱少，念汝安得食？芦深洲渚冷，岁晚霰雪逼。不知重云外，何处避毕弋②？我穷思远征，羡汝有羽翼。

---

①天宇：天空也。《宋史》：“天宇澄霁，烛焰凝然。”　②毕弋：犹言网罗。毕，捕鸟之小网。《诗经》：“鸳鸯于飞，毕之罗之。”弋，以绳系矢而射也。《诗经》：“弋凫与雁。”

湖塘晚眺

绿树暗村墟，青山绕草庐。奉祠①神禹旧，驰道暴秦余。浦色沉烟网，畦声入雨锄。清秋又如许，幽愤若为摅②。

---

①奉祠：宋制设祠禄之官。时励行新政，患疲老不任事者废职，

欲悉罢之，乃使任官观，以食其禄。　②摅（shū）：舒展也。

又

病起闲无事，时来古渡头。烟中卖鱼市，月下采莲舟。帆鼓娥江晚，菱歌①姥庙秋。长吟无杰句②，聊以散吾愁。

①菱歌：采菱者所唱之曲。李白诗：“菱歌清唱不胜春。”②杰句：佳句也。

夜　归

疏钟渡水来①，素月依林上②。烟火认茅庐，故倚船篷望。

①句谓于舟中闻远寺疏钟，宛若涉水而来。　②舟上闲眺，低处望高远，见皓月当空，宛若依附于林上。以上二语，其情真切，宛在舟中。放翁诗擅长白描，而随处无不合于实际。

秋雨排闷十韵

今夏久无雨，从秋①却少晴。空濛②迷远望，萧瑟③送寒声。衣润香偏著，书蒸蠹欲生。坏檐闻瓦堕，涨水见堤平。沟溢池鱼出，天低塞雁征。萤飞明暗庑，蛙闹杂疏更。药醭④时须焙，舟闲任自横。未忧荒楚菊，直恐败吴秔。夜永灯相守，愁深酒细⑤倾。浮云会消散，鼓笛赛西成⑥。

---

①从秋：秋至也。　②空濛：雨气貌。张平子赋："朝雨空濛如薄雾。"　③萧瑟：萧条瑟缩貌。《楚辞》："萧瑟兮草木摇落而变衰。"　④药醭：药受湿生霉也。醭（bú）：物腐败生白花皆曰醭。杨诚斋诗："梅天笔墨多生醭。"　⑤酒细：原作"细酒"，据钱仲联校注本改。　⑥西成：言秋时农事收获告成也。白居易诗："见此今人饱，何必待西成。"

城南王氏庄寻梅

涸池积槁①叶，茅屋围疏篱。可怜庭中梅，开尽无人知。寂莫终自香，孤贞见幽姿。雪点满绿苔，零落尚尔奇。我来不须晴，微雨正相宜。临风两愁绝，日暮倚筇枝②。

---

①槁：原作"稿"，据钱仲联校注本改。　②筇枝：即筇杖。筇：一种竹。实心，节高，宜于作拐杖。《老学庵笔记》："筇竹杖蜀中无之，乃出徼外蛮峒，蛮人持至泸叙间卖之。一枝才四五钱，以坚润细瘦九节而直者为上品。"

西村晚归

小坞花垂尽，平堤草次迷。日长莺语久，风定絮飞低。子响闻棋院，舟横傍钓溪。归途不知处，依约埭东西①。

①依约：疑似未决也，犹言依稀。埭：土堰也。

古筑城曲①

筑城声酸嘶，汉月②傍城低。白骨若不掩，高与长城齐。

①古筑城曲：乐府杂曲歌辞名。《淮南子》曰：秦发卒五十万筑修城，西属流沙，北系辽水，东结朝鲜，中国内郡，挽车而饷之，后因有《筑城曲》。　②汉月：汉家月也。梁简文帝诗："秋檐照汉月，愁帐入胡风。"

又

长城高际天，三十万人守①。一日诏书来，扶苏先授首②。

①三十万人守：秦使蒙恬将三十万众，筑长城，起临洮，至辽东，延袤万余里。　②扶苏：秦始皇长子。被杀曰授首，犹言予人以首也。《晋书》："鲸鲵皆授首。"

又

百丈筑城身，千步掘城濠。咸阳三月火①，始悔此徒劳。

---

①咸阳三月火：《史记》：项羽引兵西屠咸阳，杀秦降王子婴，烧秦宫室，火咸阳三月不灭。

又

峄山访秦碑①，断裂无完笔。惟有筑城词，哀怨如当日。

---

①峄山访秦碑：峄山，在山东邹县东南，高秀独出，积石相临，殆无土壤，石多孔穴，洞达相通。秦碑：秦始皇上峄山刻石颂秦德即此碑。杜甫诗："峄山之碑野火焚。"

古 意

千金募战士，万里筑长城。何时青冢月①，却照汉家营。

---

①青冢：墓也。墓无草木，远望之，冥濛作黛色，因曰青冢。

又

夜①泊武昌城，江流②千丈清。宁为雁奴③死，不作鹤媒④生。

---

①夜，原作“长”，据钱仲联校注本改。另原合两诗为一诗，亦据之改。　②流：原作“照”，据钱仲联校注本改。　③雁奴：沙渚中群雁夜宿，动计千百，大者居中，小者围于外，以察动静，防意外，故名。此喻宁为人而牺牲一己之意。　④鹤媒：捕鹤者用来诱捕野鹤之鹤。陆龟蒙、高启皆有《鹤媒歌》。高启诗云：“鹤媒独步荒陂水，仰望云间飞不起。远看过鸟下南汀，鼓翼相迎似相喜。”

书 适

老翁年七十，其实如童儿。山果①啼呼觅，乡傩②喜笑随。群嬉累③瓦塔，独立照盆池。更挟闲④书读，浑如⑤上学时。

---

①果：原作“儿”，据钱仲联校注本改。 ②傩（nuó）：指迎神赛会而言。徐铉诗：“更对乡傩羡小儿。” ③累：堆。 ④闲，钱仲联校注本作“残”。 ⑤浑如：好比。

村 夜

寂寂山村夜，悠然醉倚门。月昏天有晕①，风软水无痕。迹为遭谗远②，身由不仕尊③。敢嗟车马绝，同社自鸡豚④。

---

①晕（yūn）：日月周围之光影也。 ②放翁以荫补登仕郎，为秦桧所嫉。桧死，始为宁德主簿。 ③《易》：“不事王侯，高尚其志。” ④同社自鸡豚：韩愈诗：“愿为同社人，鸡豚宴春秋。”

泛　舟

去去泛轻舠①，飘然兴自豪。叶凋山寺出，溪瘦②石桥高。草径牛羊下③，烟村鹳鹤号。还家一杯酒，未畏暮风饕④。

①舠（dáo）：小舟也。　②瘦：此作减少解，意谓溪水日退浅，而桥益形其高。　③牛羊下：《诗经》："日之夕矣，牛羊下来。"　④饕：贪也。

夜　汲

酒渴起夜汲，月白天正清。铜瓶响寒泉，闻之心自醒。井边双梧桐，映月影离离①。上有独栖鹊，细爪握高枝。我欲画团扇，良工不可求。三叹拊庭楯②，浩然③风露秋。

①离离：分披繁盛貌。张衡赋："朱实离离。"此言桐叶照地，综错离离。　②庭楯：庭中之栏干也。　③浩然：感慨深也。

随 意

随意上渔舟，幽寻①不预谋。清溪欣始泛，野寺忆前游。丰岁鸡豚贱，霜天柿栗稠②。余生知有几？且置万端忧。

①幽寻：探幽也。 ②稠：多也。束皙诗："黍发稠花。"

新 岁

改岁钟馗①在，依然旧绿襦②。老庖供馎饦③，跣婢暖屠苏④。载糗⑤送穷鬼，扶箕迎紫姑⑥。儿童欺老瞶⑦，灯下聚呼卢⑧。

①改岁钟馗在：即世俗所传钟馗辟鬼事。滥觞于唐代，时翰林例于岁暮进钟馗像，并以赐大臣，民间亦贴钟馗像于门首，宋元明之际犹然。其后改悬于端午，则犹存其遗意而已。②襦（rú）：短衣也。亦作细密之罗解。《周礼》："蜡则作罗襦。" ③馎饦：饼饵名，亦称"不托"。陈亮《答朱子书》云："巧新妇做不得无面馎饦。" ④屠苏：酒名，亦作"酴酥"。昔人居屠苏屋以酿酒，因名。相传为华佗之方，元日饮

之，辟不正之气。　⑤糗（qiǔ）：干粮也。《书》：“峙乃糗粮。”　⑥扶箕：即扶乩。以盘承沙，卜休咎。紫姑：神名。刘敬叔《异苑》：紫姑姓何名媚字丽娘，寿阳李景之妾，不容于嫡，常役以秽事，于正月十五日，感激而死，故世人以是日作其形，夜于厢间或猪栏边迎之，亦谓之坑三姑。　⑦瞶（guì）：目无睛也。老瞶：言懵懂老人也。　⑧灯下，钱仲联校注本作“明烛”。呼卢：赌戏也。《珊瑚钩诗话》：“樗蒲起自老子，今谓之呼卢，取纯色而胜之之义。俗言呼卢喝雉。”《山堂肆考》：“古者乌曹氏作博，以五木为子，有枭、卢、雉、犊、塞，为胜负之采，博头有刻枭形者，为最胜，卢次之，雉、犊又次之，塞为下，故名。”

对　酒

闲愁如飞雪，入①酒即消融。好花如故人，一笑杯自空。流莺有情亦念我，柳边尽日啼春风。长安不到十四载，酒徒往往成衰翁。九环②宝带光照地，不如留君双颊红。

---

①入，原作“对”，据钱仲联校注本改。　②九环：服制品极。《隋书·礼仪志》：“侯王贵臣，多服九环带，惟天子带加十三环，以为差异。”

柳桥晚眺

小浦闻鱼跃，横林待鹤归。闲云不成雨，故傍碧山①飞。

①碧山：山岚苍翠貌。

顷岁从戎南郑屡往来兴凤闲暇日追怀旧游有赋

昔戍蚕丛北，频行凤集南。烽传戎垒密，驿远客程贪。春尽花犹坼，云低雨半含。种畬①多菽粟，蓺木杂松柟。妇汲惟陶器，民居半草庵。风烟迷栈阁，雷霆起湫潭。城郭秦风近，村墟蜀语参。快心逢旷野，刮目望浮岚。考古时兴感，无诗日每②惭。嘉陵最堪忆，迎马柳毵毵③。

①畬（yú）：治田也。《诗经》："如何新畬"。 ②日每，据钱仲联校注本作"每自"。 ③柳毵毵（sān）：柳条细长貌。

沙　头

游子行愈远，沙头[1]逢暮秋。孙刘鼎足地，荆益犬牙[2]州。鼓角风云惨，江湖日夜浮。此生应衮衮，高枕看东流。

---

①沙头：地名，即沙市。今为湖北荆州市一行政区。　②荆益：荆州、益州。犬牙：言两地毗连，彼此相错如犬牙。

长 门 怨[1]

寒风号有声，寒日惨无晖。空房不敢恨，但怀岁暮悲。今年选后宫，连娟[2]千蛾眉。早知获谴速，悔不承恩[3]迟。声当彻九天，泪当达九泉。死犹复见思，生当长弃捐[4]。

---

①长门怨：乐府楚调名，为汉武陈皇后作。后退居长门宫，愁闷悲思，令司马相如作《长门赋》。帝见而伤之，复得亲幸。后人因其赋而为长门怨。　②连娟：纤弱貌。《汉书》："美连娟以修嫮兮。"　③承恩：承君之恩也。杜甫诗："承恩数上南薰殿。"　④弃捐：弃置之也。班婕妤诗："弃捐箧笥中，恩情中道绝。"

山　行

山光秀可餐，溪水清可啜。白云映空碧，突起若积雪。我行溪山间，灵府①为澄澈。崚嶒②崖角立，蟠屈路九折。黄杨与冬青，郁郁自成列。其根贯石罅，横逆③相纠结。上扪雕鹘巢④，下历豺虎穴。流泉不可见，锵然响环玦。出山日已暮，林火远明灭。小憩得樵家，题诗记幽绝。

---

①灵府：犹言心。《庄子》："不可入于灵府。"　②崚嶒：山高貌。　③逆：钱仲联校注本作"逸"。　④雕、鹘：俱为猛禽，巢于高树。

书　叹

三代藏宝器，世守参河图①。埋湮则已矣，可使列市区。文章有废兴，盖与治乱符。庆历嘉祐②间，和气扇大炉。数公实主盟，浑灏配典谟③。开辟始欧王④，菑畬逮曾苏⑤。大驾初渡江，中原皆避胡。吾犹及故老，清夜陪坐隅。论文有脉络，千古著不诬。俯仰四十年，绿发⑥霜蓬枯。孤生尊所闻，秉节不敢渝。久幽士固有，速售理则无。

世方乱珉玉⑦，吾其老江湖。

---

①河图：伏羲氏王天下，龙马负图出于河，遂则其文，以画八卦。　②庆历、嘉祐：均宋仁宗年号。　③典谟：古圣贤相诰诫之辞也。《书》有尧典、舜典、大禹谟、皋陶谟。　④欧王：指欧阳修、王安石。　⑤菑畬：垦田一岁曰菑，三岁曰畬。曾苏：指曾巩、苏轼、苏辙。　⑥绿发：黑发也。⑦珉玉：喻好坏、贵贱。梁武帝文："欲使珉玉异价，泾渭分流。"

月 下 作

畏暑不巾袜，步月搘①短筇。瘦身发鬅鬙②，顾影如孤松。径幽萤开阖③，池涨鱼噞喁④。飞泉穿北垣，珠玉相撞舂。东湖更奇绝，百亩银初镕。但能抱琴往，绝恨欠鹤从。重露倾荷盘，微风堕芙蓉。欢言美清夜，缥渺吹疏钟。空中飞仙人，粲然⑤冰雪容。笑我老尘世，不记瑶台⑥逢。

---

①搘（zhī）：支撑。钱本作"楮"。　②鬅鬙（péng zēng）：发乱貌。放翁他诗："倚屏吟啸发鬅鬙。"　③开阖：钱本作"阖开"。　④噞喁（yǎn yóng）：鱼口露出水面咂动貌。⑤粲然：笑貌。郭璞诗："粲然启玉齿。"　⑥瑶台：仙处也。李商隐诗："更在瑶台十二层。"

南津胜因院亭子

南江平无风，如镜新拂拭。渔舟不点破，潋潋千顷碧。阑干西北角，云散山争出。坡陁①竞南走，翠入窗户窄。江山不世情，作意娱此客。岂无尊中酒，豪饮非宿昔。明当还成都，尘土埋马迹。后岩②在眼中，飞去无羽翼。

①坡陁：山径崎岖貌。亦作陂陀、坡陀。司马相如赋："登坡陁之长阪兮。" ②后岩：山名，在凤凰山后，山水尤奇绝。后，原作"复"，据钱仲联校注本改。

醉中怀眉山旧游

劲酒少和气，哀歌无欢情。故乡不敢思，登高望锦城①。锦城那得去，仿佛蟆颐②路。遥知尊前人，指我题诗处③。我虽流落夜郎天，遇酒能狂似少年。想见东郊携手日，海棠如雪柳飞绵。

①望锦城：锦官城，在四川成都市南。《益州志》："锦城在益州南管桥东流江南岸，昔蜀时故锦官也。"杜甫诗"锦官城外柏森森"即指此。 ②蟆颐：山名。在四川眉山县东七里，

形似蝦蟆颐，故名。　③处，原作“去”，据钱仲联校注本改。

感　秋

会稽八月秋始凉，梧桐叶落覆井床。月明缟树绕惊鹊，露下湿草啼寒螿。丈夫行年①过六十，日月虽短志意长。匣中宝剑作雷吼，神物②那得终摧藏。君不见昔时东都宗大尹③，义感百万虎与狼。疾危尚念起击贼，大呼过河身已僵。

---

①行年：言所经历之年也。《国语》：“行年五十矣。”《庄子》：“蘧伯玉行年五十，而知四十九年之非。”　②神物：谓异物也。张华书：“详观剑文，真干将也。莫邪何复不至？虽然，天生神物，终当合耳。”　③宗大尹：指宋宗泽，字汝霖，义乌人，有文武才略。建炎初，为东京留守，大破金兵。屡上疏请高宗归汴，为黄潜善等所沮，忧愤而死。垂死，尚部勒诸将北伐，忽大呼“过河”者三，随即殒绝。其忠耿有如是。详《宋史》本传。

夜闻湖中渔歌

梦回一灯翳复明，卧闻湖上渔歌声。呜呜乍低忽更起，袅袅欲断还微萦。初随缺月堕烟浦，已和残角吹江城。悲伤似击渐离筑①，忠愤如抚桓伊筝②。放臣③万里忧国泪，戍客④白首怀乡情。峡猿失侣方独宿，沙雁垂翅犹遐征。巴巫竹枝⑤短亭晚，潇湘欸乃孤舟横。世间此恨故相似，使我百感何由平！

---

①渐离筑：战国燕太子丹遣荆轲刺秦王。至易水上，其友高渐离击筑，荆卿和而歌，为变徵之音，士皆垂泪涕泣。（《战国策》）庾信文："壮士一去，燕南有击筑之悲。" ②桓伊筝：晋谢安婿王国宝，素无检，安恶而抑制之。孝武末，国宝以安功名盛极而构会之。帝召桓伊饮宴，安侍坐，命伊吹笛。伊吹为一弄，放笛云：臣于筝分，乃不及笛，然自足以韵合歌管，请以筝歌。伊便抚筝而歌怨诗，声节慷慨，安泣下沾衿，越席就之，捋其须曰，使君于此不凡。帝甚有愧色。见《晋书》。③放臣：放逐之臣也。马融赋："放臣逐子，弃妻离友。" ④戍客：谓戍役边外者，犹言戍人。李白诗："戍客望边色，思归多苦颜。" ⑤竹枝：乐府名。本出巴渝，末如吴声，有和声。元和中，刘禹锡谪其地，始创新词。其《竹枝序》："竹枝，巴歈也，巴儿联歌，吹短笛击鼓以赴节，歌者扬袂睢舞。其音协黄钟之羽，末如吴声，含思宛转，有淇濮之艳焉。"

壬子除夕

前村后村燎火①明，东家西家爆竹声。老逢新正幸强健，却视徂岁②何峥嵘！儿时祝身愿事主，谈笑可使中原清。岂知一出践忧患，敛缩岂复希功名。雪霜满鬓觉死近，节物③到眼空叹惊。蚕官社公正暖热④，春盘傩鼓争施行⑤。蓬门车马所不至，山僧野叟相逢迎。呜呼吾曹见事晚，古俗实在蚩蚩⑥氓。茅檐一笑语儿子，明当满举⑦屠苏觥。

---

①燎火：即俗所称火把也。亦称燎炬。《隋书》："鸣鼓聒天，燎炬照地。"　②徂岁：往岁也。杜甫诗："今夕何夕岁云徂。"　③节物：应时物也。　④蚕官：司蚕之神也。放翁他诗亦有"一春箫鼓祭蚕官"之句。官，原作"宫"，据钱仲联校注本改。社公：里社之神也。《公羊传》注："社者，土地之主也。"　⑤春盘：宋《岁时广记》引唐《四时宝镜》载："立春日食萝菔、春饼、生菜，号春盘。"《武林旧事》称："春前一日，后苑造办春盘，翠缕红丝，备极精巧。"杜甫诗："春日春盘细生菜。"傩鼓：指村赛之鼓声也。傩：驱疫也。《礼记·月令》："季春之月，命国难，九门磔攘以毕春气。仲秋之月，天子乃难以达秋气。季冬之月，命有司大难，旁磔出土牛，以送寒气。"　⑥蚩蚩：淳朴貌。《诗经》："氓之蚩蚩。"　⑦举：原作"奉"，据钱仲联校注本改。

杜敬叔寓僧舍开轩松下以虚濑名之来求诗

君不见洛阳八节滩①，未至一舍闻惊湍②。生绡六幅③谁所画，入眼能令三伏寒。又不见桐庐七里濑④，溅雪跳珠舞澎湃。羊裘老子去千年，绝世孤风凛如在。杜陵之孙今胜流⑤，飘然不必事远游。结茅古寺听松吹，坐擅洛水桐江秋。放翁百念俱已矣，独有好奇心未死。约君少待秋月明，抱琴来宿写滩声。

---

①八节滩：滩名。白居易《开龙门八节滩诗序》："东都龙门潭之南，有八节滩、九峭石，舟筏过此，例及破伤，舟人楫师，推挽束缚，大寒之月，裸跣水中，饥冻有声，闻于中夜。"
②惊湍：疾濑也。薛道衡《豫章行》："却带惊湍万里流。"
③六幅：谓六幅画绢也。杜荀鹤诗："惟将六幅绢，写得九华山。"韩愈诗："生绡数辐垂中堂。"　④桐庐：在今浙江。《唐书·地理志》："睦州新定郡有桐庐县。"吴均《与朱元思书》："自富阳至桐庐，一百余里，奇山异水，天下独绝。"七里濑：即七里滩，亦作七里泷，在桐庐严陵山西，连亘七里。
⑤流：原作"游"，据钱仲联校注本改。

癸丑十一月下旬温燠如春晦日忽大风作雪

今年一冬晴日多，草木萌甲①风气和。百钱布被未议赎，老翁曝背儿行歌。吾侪小人虑不远，积雪苦寒来岂晚。青天方行三足乌②，不料黑云高巉嵼③。明朝雪恶冻复饿，儿啼皲皴④翁噤卧。九重巍巍那得知⑤，阁门催班百官贺。

---

①萌甲：草木种子脱去皮壳而萌发。草木始生曰萌。《礼》："草木萌动"。甲，谓草木初生之莩子。　②三足乌：阳数起于一，成于三，故日中有三足乌。　③巉嵼（jiǎn chǎn）：山势盘曲貌。东方朔文："望高山之巉嵼。"　④皴（cūn）：（皮肤）因受冻而裂开。　⑤九重：天子所居。《楚辞》："君门兮九重。"巍巍：高大貌。《论语》："巍巍乎惟天为大。"

拄 杖 歌

道人四壁空无有，一炷清香闲袖手。床边独有拄杖①子，疾病相扶真我友。禅房按膝秋听雨，野店敲门暮赊酒。畏途九折历欲尽，世上谁如君耐久。老矣更踏千山云，何可一日无此君②。归来灯前夜欲半，露柱说法③君应闻。

①拄杖：犹俗言拐杖。　②君：此指拄杖。晋王徽之尝寄居空宅中，便令种竹。或问其故，但啸咏，指竹曰：何可一日无此君。　③说法：释家讲道曰说法。《维摩经》："维摩诘因以身疾，广为说法。"

山头鹿

呦呦①山头鹿，毛角自媚好。渴饮涧底泉，饥啮林间草。汉家方和亲②，将军灞陵老③。天寒弓刀劲，木落霜气早。短衣日驰射，逐鹿应弦倒。金盘犀箸命有系，翠壁苍崖迹如扫。何时诏下北击胡，却起将军远征讨。泉甘草茂上林④中，使我母子常相保。

①呦呦：鹿鸣声。《诗经》："呦呦鹿鸣。"　②和亲：谓与敌方议和而结亲也。《汉书》："高祖取家人子为公主，妻单于，使刘敬往结和亲约。"王维诗："当令外国惧，不敢觅和亲。"　③据《汉书·李广传》："尝夜从一骑出，从人田间饮，还至亭，灞陵尉醉，呵止广。广骑曰：故李将军。尉曰：今将军尚不得夜行，何乃故也！上召拜广右北平太守。广请灞陵尉与俱，至军而斩之。"　④上林：上林苑。位于陕西西安西，

及周至、户县界。秦旧苑，汉武帝更增广之。周袤三百里，离宫七十所。

艾如张①

锦膺绣羽名山鸡，清泉可饮林可栖。稻粱满野弃不啄，虽有奇祸无阶梯。东村西村烟雨晚，萧艾离离林薄浅②。翩然一下骇机③发，汝虽知悔安能免。汉家天子南山④下，万骑合围⑤穷日夜。犬牙鹰爪⑥死不辞，触机折颈吁可悲。

---

①艾如张：汉鼓吹“铙歌十八曲”之一。艾，与“刈”同，芟草也。如，读为而。古《艾如张》乐府：“艾而张罗，夷于何，行成之，四时和。”又曰：“雀以高飞奈雀何？”谓因搜狩以习武事也。见《乐府诗集》。 ② 萧艾：杂草也。离离：繁盛貌。《诗经》：“彼黍离离。” ③骇机：陷阱也。 ④南山：东方朔曰：南山，天下之阻也，南有江淮，北有河渭，其地从河陇以东，商洛以西，厥壤肥饶。《诗经》：“节彼南山。” ⑤合围：谓合而围逼之也。《礼记》：“天子不合围。”此亦谓田猎。 ⑥犬牙鹰爪：喻彼此相制貌。陈琳文：“谓其鹰犬之材，爪牙可任。”

首春连阴

入春十日九日阴，积雪未解雨复霪①。西家船漏湖水涨，东家驴病街泥深。去秋宿麦不入土，今年米贵如黄金。老妪哭子那可听，僵死不覆黔娄衾②。州家遣骑馈春酒③，欲饮复止吾何心。出门空叹岁华速④，已见微绿生高林。

---

①霪：久雨也。《淮南子》："禹沐浴霪雨。" ②黔娄：复姓。黔娄先生，齐隐士也。贫甚，殁而衾不蔽体。后人因以为贫士之喻。《高士传》："黔娄先生卒，覆以布被，覆额则足见，覆足则头见。曾晳曰：斜其被，则敛矣。妻曰：斜之有余，不若正之不足。"元稹诗："谢公最小偏怜女，自嫁黔娄百事乖。" ③春酒：酒名，冻时酿之。《毛传》谓之冻醪。《诗经》："为此春酒。" ④岁华速：犹言岁月易逝也。《旧唐书·张说传》："昔侍春诵，绸缪岁华。"

丰年行

南村北村春雨晴，东家西家地碓声。稻陂正满绿针密，麦陇无际黄云①平。前年谷与金同价，家家流涕伐桑柘②。岂知还复有今年，酒肉如山赛春社。吏不到门人昼眠，老稚安乐如登仙。县前归来传好语，黄纸赎放身丁钱③。

---

①黄云：五谷熟，田野金黄。《东方朔传》："天有黄云来覆车，五谷大熟。" ②柘（zhè）：落叶灌木，产北地，干疏直，木里有纹，叶厚而尖，可饲蚕。 ③黄纸：即黄册也。统计户口之册籍，男女始生为黄，人口之增，由于生息，故云。丁钱：即丁税。唐末，马殷据湖南，始征郴桂等处民丁钱绢米麦（见《通志》）。宋以后因之。

秋获歌

墙头累累①柿子黄，人家秋获争登场。长碓捣珠②照地光，大甑炊玉③连村香。万人墙进输官仓，仓吏炙冷不暇尝。讫事散去喜若狂，醉卧相枕官道傍。数年斯民厄凶荒，转徙沟壑殣相望④。县吏亭长如饿狼⑤，妇女怖死儿童僵。岂知皇天赐丰穰，亩收一钟富万箱⑥。我愿邻曲谨盖藏⑦，缩衣节食勤耕桑。追思食不餍糟糠，勿使水旱忧尧汤⑧。

---

①累累：相连系之貌。 ②捣珠：犹言舂米也。 ③炊玉：犹言以瓦器煮饭也。苏轼诗："浮浮大甑长炊玉。" ④转徙沟壑：《孟子》："老弱转乎沟壑。"喻死无棺椁至填于溪谷也。殣（jǐn）：饿死也。《左传》："道殣相望。"

⑤亭长：秦汉之制，每十里一亭，亭其长，掌捕劾盗贼。隋因之，以为流外之号。唐主守省门，通传禁约。饿狼：喻狠戾貌。《后汉书·仲长统传》："使饿狼守庖厨，饥虎牧牢豚，遂至熬天下之脂膏，斲生人之骨髓。" ⑥钟：古量名。受六斛四斗，或曰十斛也。《左传》："釜十则钟。"《史记》："郑国白渠，灌溉相通，黍稷之饶，亩号一钟。"万箱：犹言万廪也。《诗经》："乃求万斯箱。"鲍照诗："京廪开万箱。"
⑦谨盖藏：犹言谨贮之也。《礼记》："孟冬之月，命百官谨盖藏。" ⑧尧汤：尧禹有九年之水，汤有七年之旱，故云。

秋霁遣怀

陆生少日心胆壮，万里凭陵寄疏放。玉关曾誓马革裹①，沧海岂忧鱼腹葬②。人生富贵本细事，钓筑③逢时俱将相。正令④不遇亦何慊，药镵丹炉老青嶂。今年秋晚苦多雨，三十六溪⑤新绿涨。极知世事不足论，霁日小舟行可榜。

---

①玉关：即玉门关。《元和郡县志》："玉门故关，在龙勒县西，为西域门户。"马革裹：谓马革裹尸，力战而死也。《后汉书·马援传》："大丈夫当死于疆场，以马革裹尸耳。"
②鱼腹葬：谓葬身于鱼腹也。屈原《渔父词》："宁赴湘流而葬

于江鱼腹中，安能以皓皓之白，蒙世俗之尘埃也乎！” ③钓筑：喻贱役也。《宋书》：“屠钓，卑事也；版筑，贱役也。太公起为周师，傅说去为殷相。” ④令，原作“今”，据钱仲联校注本改。 ⑤三十六溪：喻溪多也。赵嘏诗：“三十六溪春水高。”又例如骆宾王诗：“汉家离宫三十六。”亦指宫殿之多，非真有此数也。

村邻会饮

陆子白首安耕桑，乐事遽数乌能详？长罗家家雪作面，画楫处处青分秧。迎获船归潮入浦，祈蚕会散月满廊。有时邻曲苦招唤，茅檐扫地罗壶觞。堆盘珍脍似河鲤，入鼎大胾胜胡羊。披绵黄雀①曲糁美，斫雪紫蟹椒橙香。老人饱食可无患，摩挲酒瓮与饭囊②。儿孙扶侍递相送，笑语无间歌声长。人间哀乐不可常，掠剩有鬼在汝傍。常忧水旱虞螟蝗，力行孝弟招丰穰。

---

①黄雀：苏轼《牛尾狸》：“披绵黄雀漫多脂。”注：“黄雀出江西临江军，土人谓脂厚曰披绵。” ②酒瓮与饭囊：《金楼子》：祢衡云：“荀彧可与强言，余皆酒瓮饭囊。”

对酒怀丹阳成都故人

劳生常羡髑髅乐①，死时却悔生时错。花②前有酒不肯狂，回首朱颜已非昨。君看古来贤达人，终日饮酒全其真③。世间万事竟何有，金樽翠杓④差关身。放翁少日无凡客，飞觞纵乐皆豪杰。清歌一曲梁尘起⑤，腰鼓⑥百面春雷发。故人仙去蓬莱宫⑦，鸾丝凤竹⑧醉春风。石帆山下孤舟雪，一段清愁付此翁。

---

①髑髅：死人首也。髑髅冥顽，不识哀乐，故可乐。生人皆未来之髑髅，故可羡。《庄子》："庄子之楚，见空髑髅，髐然有形。" ②花，原作"巷"，据钱仲联校注本改。 ③全其真：谓精诚聚于一也。《庄子》："真者，精诚之至也。"《晋书·曹毗传》："因能全真养和，夷迹洞庭。"高适诗："老大贵全真。"按真乃释氏常语，如言真如、真谛，犹儒者之言诚也。 ④金樽翠杓：喻饮具之富丽也。夷陵女子《空馆夜歌》诗："绿樽翠杓，为君斟酌。今夕不饮，何时欢乐。" ⑤清歌一曲梁尘起：喻歌声缭绕，至动梁尘也。刘向《别录》："鲁人虞公，发声清晨，歌动梁尘。" ⑥腰鼓：古乐器，其制大者瓦，小者木，皆广首纤腹，亦谓之细腰鼓。苏轼诗亦有"腰鼓百面如春雷"之语。 ⑦蓬莱宫：唐高宗建。故址在今陕西西安东，即大明宫。杜甫诗："忆昔献赋蓬莱宫。"

⑧鸾丝凤竹：谓笙箫之属，细乐也。刘咏《堂阳亭子诗序》："隋珠与赵璧相宣，凤竹与鸾丝迭奏。"

牧羊歌

牧羊忌太早，太早羊辄伤。一羊病尚可，举群无全羊。日高露晞①原草绿，羊散如云满川谷。小童但搢②竹一枝，岂必习诗知考牧③。

①晞：谓早露已干。《诗经》："白露未晞。"　②搢（jìn）：《说文》："搢，插也。"　③谓究心于牧事也。

题赵生①画

东都画手排浮萍，天子独赏一赵生。幅缣尺纸皆厚赐，众吏妒媢都人惊②。尔来一笔不复见，好事往往空闻名。奇哉此独出劫火③，论价直恐千金轻。老廉④博士最别识，一见自谓双眼明。老夫寓居旱河上，矮轴正向幽窗横。饭余扪腹⑤看不厌，林外重阁高峥嵘。凭谁唤住两禅客，水边共听烟钟声？

①放翁自注云："赵生名廉，宣和末得幸。廉宣仲为予

言。”　②众，原作“象”，据钱仲联校注本改。妒媢：忌嫉也。《史记》：“宪王病甚，王后以妒媢不常侍病。”③劫火：火灾厄也。白居易诗：“苦海不能漂，劫火不能焚。”④老廉：指廉宣仲。　⑤扪腹：喻饱貌。苏轼诗：“先生食饱无一事，散步逍遥自扪腹。”

灯下晚餐示子遹

家贫短衣不掩骭①，空庖凄凄灶不爨。老翁八十②忍饥熟，兀坐空堂日常旰③。今年闰余九月寒，那敢遽议南山炭④。艰难幸复致一餐，哺歠⑤灯前百忧散。遹子挟册于于⑥来，时与老翁相论难⑦。但令歆向⑧竟同归，门前籍湜⑨何忧畔。

---

①不掩骭（gàn）：衣不蔽胫也。喻贫甚貌。宁戚《饭牛歌》：“短布单衣适至骭。”　②十，原作“篇”，据钱仲联校注本改。　③旰（gàn）：晚也。《左传》：“日旰君勤，可以出矣。”　④白居易《乐府》：“卖炭翁，伐薪烧炭南山中。”　⑤歠(chuò)：吸，喝。《楚辞·渔父》：何不哺其糟而歠其醨？　⑥于于：行貌。韩愈文：“枯槁沉溺，魁闳宽通之士，必且洋洋焉动其心，峨峨焉缨其冠，于于焉而来矣。”⑦论难：责难也。《后汉书》：“车驾幸太学，会诸博士，论难于前。”　⑧歆向：刘向与其子刘歆也。欧阳修《答圣俞》

诗："诗章尽崔蔡，论议皆歆向。"　⑨籍湜：韩文公弟子，张籍、皇甫湜也。苏轼《韩文公庙碑》："汗流籍湜走且僵。"

野　饮

农事未兴思一笑，春荠可采鱼可钓。霏霏小雨忽已晴，堤上相携踏残照。村场酒薄亦有力，把盏相娱不辞釂①。眼花耳热②言语多，霍然已醒如过烧③。人生百年会有尽，世事万变谁能料？酒空人散寂无声，为君试作苏门啸④。

---

①釂（jiào）：饮酒尽也。《礼记》："长者举未釂，少者不敢饮。"　②眼花耳热：饮酒微醉之态。李白诗："眼花耳热后，意气素霓生。"　③霍然：散之速也。司马相如赋："霍然云消。"枚乘文："涊然汗出，霍然病已。"过烧：犹退烧。④苏门啸：晋阮籍尝于苏门山遇孙登，与商略终古，及栖神道气之术，登皆不应，籍因长啸而退。（见《晋书》）

喜小儿辈到行在①

阿纲学书蚓满幅②，阿绘学语莺啭木③。截竹作马④走不休，小车驾羊⑤声陆续。书窗涴壁⑥谁忍嗔？啼呼也复可怜人。却思边马饮江水，敢道春风无战尘。传闻贼弃两京走，列城争为朝廷守。从今父子见太平，花前饮水勿饮酒。

---

①儿，据钱仲联校注本添。行在：天子巡行，所居曰行在。《汉书》：“征诣行在。”天子以四海为家，故谓所居为行在。②蚓满幅：墨沈淋漓，如蚓满幅也。《晋书·王羲之传》：“子云近出，擅名江表，然仅得成书，无丈夫之气，行行若萦春蚓，字字如绾秋蛇。” ③莺啭木：喻学语似莺声婉啭于林间也。④截竹作马：折竹骑以当马也。《博物志》称小儿七岁曰竹马之戏。《晋书》：“桓温少时，与殷浩共乘竹马。” ⑤驾羊：谓乘羊车也。晋卫玠少时乘羊车于洛阳市，见者以为玉人。（见《晋书》） ⑥涴（wò）：污，弄脏。涴壁：污墙壁也。韩愈诗：“勿使泥尘涴。”苏轼诗：“仍好画书墙，涴壁常遭骂。”

上巳[1]临川道中

二月六夜春水生，陆子初有临川行。溪深桥断不得渡，城近卧闻吹角声。三月三日天气新，临川道中愁杀人。纤纤女手桑叶绿，漠漠客舍桐花春。平生怕路如怕虎，幽居不省游城府。鹤躯苦瘦②坐长饥，龟息③无声惟默数。如今自怜还自笑，敛版低心事年少。儒冠未恨终自误，刀笔④最惊非素料。五更欹枕一凄然，梦里扁舟水接天。红蕖绿芰梅山下，白塔朱楼禹庙边。

①上巳：三月上旬之巳日。《韩诗章句》："郑国之俗，三月上巳，之溱洧两水，执兰招魂续魄，祓除不祥。"后此风相沿不改。《后汉书》："是月上巳，官民皆洁于东流水上。"魏以后，但用三月三日，不复用巳日。（见《宋书·礼志》） ②鹤躯苦瘦：喻瘦甚似鹤立也。苏轼诗："羡君清瘦真仙骨，更助飘飘鹤背驱。" ③龟息：效龟之吐纳也。《芝田录》："袁天纲相李峤曰，睡则气从耳出，名龟息，必大贵寿。" ④刀笔：谓刀笔吏也。乃书吏之掌案牍者。《史记·萧何世家》："萧相国何于秦时为刀笔吏。"《汉书·贾谊传》："俗吏之所务，在于刀笔筐箧。"

雨霁出游书事

十日苦雨一日晴，拂拭拄杖西村行。清沟泠泠①流水细，好风习习②吹衣轻。四邻蛙声已阁阁③，两岸柳色争青青④。辛夷先开半委地⑤，海棠独立方倾城⑥。春工⑦遇物初不择，亦秀燕麦开芜菁。荠花如雪⑧又烂漫，百草红紫那知名？小鱼谁取置道侧？细柳穿颊⑨危将烹。欣然买放寄吾意，草莱无地苏疲氓。

①泠泠：水声。《古乐府》："山溜何泠泠。" ②习习：微风和舒。《诗经》："习习谷风。" ③阁阁（gé）：

蛙鸣声。韩维诗："阁阁蛙乱鸣。" ④青青（jīng）：繁盛貌。《古诗》："青青河畔草。" ⑤辛夷：落叶乔木。其花初出时，尖锐如笔，故又谓之木笔。有紫白二色，大如莲花，香味馥郁。韩愈诗："辛夷高花最先开。"委地：弃置于地也。⑥倾城：喻美色也。汉李延年歌："北方有佳人，绝世而独立，一顾倾人城，再顾倾人国。宁不知倾城与倾国，佳人难再得。"⑦春工：犹言天工也。 ⑧荠（jì）：蔬类植物，花四瓣色白，故云如雪。 ⑨细柳穿頬：谓以柳条穿入鱼鳃也。苏辙诗："柳条穿頬洗黄金。"

怡斋

东湖仲夏草树荒，屋古无人亭午凉。萱房微呀①不见日，笋箨自解时吹香。野藤蟠屈入窗罅，湿菌扶疏生屋梁。跨沟数椽最幽翳，涨水及槛雨败墙。静涵青蘋舞藻荇，闲立白鹭浮鸳鸯。芙蕖虽瘦亦弥漫，照眼翠盖遮红妆。水纹珍簟②欲卷却，团团素扇懒复将。天风忽送塔铃语③，唤觉清梦游潇湘④。

---

①萱房微呀：萱草花房，含苞微放。 ②簟：原作"箪"，据钱仲联校注本改。 ③塔铃语：塔顶铃声也。郑元祐诗："浮云变灭知何在，闲听松风语塔铃。" ④潇湘：水名。湘水合潇水之称也。《山海经》："交潇湘之渊。"按，潇

湘合流处，在湖南零陵北，其地有潇湘镇。

观小孤山①图

江平风不生，镜面渺千里。轲峨万斛舟②，远望一点耳。大孤江中央，四面峭插水。小孤特奇丽，丹翠凌云起。重楼邃殿神之家，帐中美人粲如花。游人徙倚阑干处，俊鹘横江东北去。

---

①小孤山：山名。在安徽宿松东百二十里，江西彭泽北大江中，别于彭蠡湖中之大孤，故称小孤，俗讹作小姑。兀峙江心，四面斗绝，惟南崖可登，与彭郎矶相对，为江中扼要处。苏轼《长江绝岛图》“山苍苍，江茫茫，小孤大孤江中央”，即指此。

②轲（kē）峨：高伟貌。放翁他诗亦有“轲峨大艑望如豆”之句。万斛舟：谓载舟之大舟也。杜甫诗：“万斛之舟行若风。”

长歌行

人生不作安期生①，醉入东海骑长鲸②。犹当出作李西平③，手枭逆贼清旧京④。金印煌煌⑤未入手，白发种种⑥来无情。成都古寺卧秋晚，落日偏傍僧窗明。岂其马上破贼手，哦诗长作寒螿⑦鸣？兴来买尽市桥酒，大车磊落⑧堆长瓶。哀丝豪竹⑨助剧饮，如巨野⑩受黄河倾。平时一滴不入口，意气顿使千人惊。国仇未报壮士老，匣中宝剑夜有声。何当凯还⑪宴将士，三更雪压飞狐城⑫。

---

①安期生：秦琅琊人，卖药海上，号抱朴子。始皇与语三日夜，赐金璧，皆置去，留书以别，谓后千年求我于蓬莱山。始皇遣徐生卢生入海求之。未至，遇风波而还。汉武帝时，少君言上曰：臣常游海上，见安期生。安期生食巨枣，大如瓜。 ②鲸：海兽名，外形如鱼，实兽类。骑鲸，喻快事也，按唐李白自署曰海上骑鲸客。盖以豪宕自励也。范成大诗："我欲往骑金背鲸。" ③李西平：即唐李晟，洮州临潭人。德宗时平朱泚，收复京师，以功累官至司徒，封西平王。德宗尝曰：天生李晟，以为社稷，非为朕也。其见重如此。 ④指兴元元年六月，李晟等收复京城，朱泚亡走，其将韩旻斩之以降。 ⑤煌煌：光明闪烁貌。⑥种种：喻发短貌。《左传》："予发如此种种，予奚能为？" ⑦寒螀：寒蝉。《风土纪》：七月而寒螀鸣于夕。 ⑧磊落：此喻错杂不一貌。《后汉书》："连衡者方印磊落。"
⑨哀丝豪竹：谓弦管之声悲壮动人也。杜甫诗："酒肉如山又一时，初弦哀丝动豪竹。" ⑩巨野：泽名。即《禹贡》之大野。在山东巨野县北，泽最广大，元末为黄河所决，遂堙。
⑪还，与"旋"同。《礼记》："还相为本也。" ⑫飞狐城：隋置，今为河北涞源县。

初到荣州①

乱山缺处城楼呀，双旗萧萧晚吹笳②。烟深绿桂临绝壑，霜落残濑③鸣寒沙。废台已无隐士啸，遗宅尚④有高人家。铃斋⑤下榻约僧话，松阴枕石放吏衙。杯羹最珍慈竹笋⑥，瓶水自养山姜花。地炉堆兽炽石炭⑦，瓦鼎号蚓⑧煎秋茶。少年远游无百里，一饥能使行天涯。岂惟惯见蓬婆⑨雪，直恐遂泛星河槎⑩。故巢肯作儿女恋，异境会向乡闾夸。一杯径醉帻自堕⑪，灯下发影看鬖髿⑫。

---

①荣州：唐置。治所在公井县（今四川自贡市西十里贡井）。②笳：胡人卷芦叶吹之，故名胡笳。李益诗："几处吹笳明月夜。"③残濑：余湍也。水势湍急处曰濑。　④尚，钱仲联校注本作"上"。　⑤铃斋：山斋也。韩翃诗："他日铃斋内，知君亦赋诗。"　⑥杯羹：一杯羹也。《独异志》：李德裕奢侈，每食一杯羹，其费约钱三万。慈竹：竹之丛生，子母相依者，长干中耸，群筱外护，向阳则茂，亦谓之子母竹。蜀境产之，四月生笋，笋端下垂如柳丝。唐王勃有《慈竹赋》。杜甫诗："慈竹春阴覆。"　⑦堆兽炽石炭：制炭为兽形，堆而炽之。晋羊琇性豪侈，屑炭和作兽形以温酒，洛下贵豪咸竞效之。（见《晋书》）　⑧瓦鼎号蚓：石鼎纹窍似蚯蚓者，发声号鸣，喻沸腾状也。韩愈《石鼎联句》："时于蚯蚓窍，微作苍蝇声。"

⑨蓬婆：山名。《元和郡县志》："柘州城西四面险阻，易于固守，有安戎江蓬婆水，在州南三十里。大雪山，一名蓬婆山，在柘县西北百里。"杜甫诗："已收滴博云间戍，更夺蓬婆雪外城。" ⑩河槎：《拾遗记》："尧登位三十年，有巨查浮于西海，查上有光若星月，常浮绕四海，十二年一周天，周而复始，名曰贯月查，亦谓挂星槎。"又《博物志》："天河与海通，近世有人居海渚者，年年八月，有浮槎去来不失期。"刘禹锡诗："星槎上汉杳难从。" ⑪径，原作"经"，据钱仲联校注本改。帻（zé）：韬发之巾也。 ⑫鬖髿：喻乱发也。郭璞《江赋》："缘苔鬖髿乎研上。"

题醉中所作草书卷后

胸中磊落藏五兵①，欲试无路空峥嵘。酒为旗鼓笔刀槊，势从天落银河倾。端溪石池②浓作墨，烛光相射飞纵横。须臾收卷复把酒，如见万里烟尘清。丈夫身在要有立，逆胡运尽行当平。何时夜出五原③塞，不闻人语闻鞭声。

---

①五兵：戈、殳、戟、酋矛、夷矛也。 ②端溪石池：指端溪砚。苏易简《砚谱》："端溪有斧柯茶园，将军池，同是一溪，惟斧柯出者大不过三四指，最津润难得。"按，斧柯山即柯烂山，中有砚坑，宋时采砚于此，取其益墨而至洁也。 ③五原：郡名。《后汉书·郡国志》："并州五原郡，秦置为九原，

武帝更名。”郡治在九原县（县治在今内蒙古包头市九原区麻池镇西北），隶属于朔方刺史部。

出塞曲

佩刀一刺山为开①，壮士大呼城为摧。三军甲马不知数，但见动地银山来②。长戈逐虎祁连③北，马前曳来血丹臆。却回射雁鸭绿④江，箭飞雁起连云黑。清泉茂草下程时，野帐牛酒⑤争淋漓。不学京都贵公子，唾壶麈尾事儿嬉⑥。

---

①事见《后汉书·耿恭传》：“恭仰叹曰：闻昔贰师将军，拔刀刺山，飞泉涌出。” ②白居易诗：“渔阳鼙鼓动地来。” ③祁连：即天山。匈奴呼天曰祁连。山在甘肃张掖西南，绵亘甘凉之境，一名南山，亦名雪山、白山。按此为南祁连。北祁连即今新疆之天山，在哈密城北，自葱岭分支，蜿蜒而东，延袤数千里，即《西域传》所称北山。杜佑《通典》称：“自张掖以西，至于庭州，山皆周遍。”盖统南北两祁连而言也。 ④鸭绿：古马訾水又名盐难水，亦曰浿水。《唐书》：“高丽马訾水出靺鞨之白山，色若鸭头，号鸭绿江。” ⑤牛酒：典出《史记·司马相如传》：“卓王孙临邛诸公，皆因门下献牛酒以交欢。” ⑥唾壶：本承唾之器。晋王敦酒后辄咏魏武乐府：老骥伏枥，志在千里。烈士暮年，壮心不已。以如意击

唾壶为节，壶口尽缺（见《晋书》）。麈尾：拂尘也。麈尾辟尘，古常以为拂尘。《南史》："麈尾蝇拂是王谢家物。"

初春出游

春风初来满刀州，江水照人如泼油。犊车芳草南陌头，家家倾资事遨游。万里桥西系黄骝①，为君一登散花楼②。半年长斋废觥筹③，兴来忽典千金裘④。小桃婀娜⑤弄芳柔，红兰⑥茁芽满春洲。垆边女儿不解愁，斗草才罢还藏钩⑦。可怜世人自拘囚，盎中乾坤舞蜉蝣⑧。百年苦短去日遒⑨，问君安用万户侯⑩。

---

①骝：赤马也。泛指骏马。《诗经》："骐骝是中。"张祜诗："觅得黄骝被紫鞍。" ②散花楼：楼名。李白《上皇西巡歌》："北地虽夸上林苑，南京还有散花楼。"顾云诗："散花楼晚挂残虹，濯锦秋江澄倒碧。" ③长斋：茹素也。《南史》："刘虬精信释氏，衣粗布，礼佛长斋。"杜甫诗："苏晋长斋绣佛前。"觥：酒器。筹：所以行酒令者。欧阳修文："觥筹交错，坐起而喧哗者，众宾欢也。" ④千金裘：喻贵服也。《说苑》："千金之裘，非一狐之皮也。"李白诗："五花马，千金裘，呼儿将出换美酒。" ⑤婀娜：艳丽貌。曹植赋："华容婀娜，令我忘餐。" ⑥红兰：香草也。江淹《别赋》："见红兰之受露。" ⑦斗草：谓以草相赛之戏也。

《荆楚岁时记》："五月五日有斗百草之戏。"藏钩：《风土记》："义阳腊日，饮祭之后，叟妪儿童为藏钩之戏，分二曹以较胜负。" ⑧蜉蝣：虫名，头似蜻蛉而小。夏秋之交，多近水而飞，一炊顷则死。以喻朝生暮死。 ⑨遒：尽。《楚辞》："岁忽忽而遒尽兮。" ⑩万户侯：食邑万户之侯爵也。《史记·李广传》："文帝谓广曰：惜乎子不遇时！如令子当高帝时，万户侯岂足道哉！"

浣溪女一作浣花女

江头女儿双髻丫①，常随阿母供桑麻。当户夜织声咿哑，地炉豆秸煎土茶。长成嫁与东西家，柴门相对不上车。青裙竹笥②何所嗟，插髻烨烨③牵牛花。城中妖姝脸如霞④，争嫁官人慕高华。青骊一出天之涯，年年伤春抱琵琶。

---

①双髻丫：两环髻也。苏轼诗："还将一枝春，插向两髻丫。" ②青裙竹笥：喻嫁奁之菲薄也。《后汉书·戴良传》："良五女并贤，有求姻，辄便许嫁，疏裳布被，竹笥木屐以遣之。"苏轼诗："青裙缟袂饷田家。" ③烨烨：光盛闪烁貌。《诗经》："烨烨震电。" ④脸如霞：脸泛红貌。韩偓诗："向镜轻匀衬脸霞。"张耒诗："晚妆新晕脸边霞。"

丰桥旅舍作

我本山林人①，心期在尘表②。出门消底物③？两屩④万事了。群儿何足愠⑤？为尔常悄悄⑥。今朝山中路，更喜相识少。三叉市人醉争席，丰桥逆旅留馈食⑦。少妇梳髻高一尺，梭声札札当户织。

---

①山林人：犹言遁世者。　②尘表：出尘物之外也。《南史·阮孝绪传》："挂冠人世，栖心尘表。"韦应物诗："远迹出尘表。"　③底物：疑辞。何物也。唐人诗常用底字，如底事、底处等。杜甫诗："陶冶性灵存底物。"元稹诗："眼前须底物，座右任他铭。"　④屩（jiǎo）：履也。木曰屐，麻曰屩。《史记》："虞卿蹑屩担簦。"　⑤愠（yùn）：含怒也。⑥悄悄：忧貌。《诗经》："忧心悄悄。"　⑦馈食：祭祀献熟食，谓之馈食。《仪礼》有特牲馈食礼，少牢馈食礼。

二月十六日赏海棠

常年春半花事竟，今年春半花始盛。衰翁不减少年狂①，走马②直与飞蝶竞。妍华有露洗愈明，纤弱无风摇不定。莫放飘零作红雨③，剩看倩笑④临妆镜。溪梅枯槁堕岩谷，山杏轻浮真妄媵。欲夸绝艳不胜说，纵欠浓香何足病。华灯银烛⑤摇花光，翠杓金船⑥豪酒兴。夜阑感事独凄然，繁枝空折谁堪赠？

---

①少年狂：言少年多豪兴也。乘肥马，衣轻裘，驰逐经过为乐。罗虬诗：“不是红儿些子貌，当时争得少年狂。” ②走马：此指走马看花也。孟郊诗：“春风得意马蹄疾，一日看遍长安花。” ③红雨：喻落花之状如雨也。李贺诗：“桃花乱落如红雨。” ④倩笑：解颜启齿，美在口辅，谓之倩笑。《诗经》：“巧笑倩兮。” ⑤银烛：喻烛光皎洁也。按《拾遗记》浮忻国贡兰金之泥。此金出汤泉，百铸，其色变白，有光如银，即银烛也。杜牧诗：“银烛秋光冷画屏。” ⑥翠杓金船：酒器名。

思 故 山

千金不须买画图，听我长歌歌镜湖。湖山奇丽说不尽，且复为子陈吾庐。柳姑庙前鱼作市，道士庄畔菱为租。一弯画桥出林薄①，两岸红蓼连菰蒲。陂南陂北鸦阵黑，舍西舍东枫叶赤。正当九月十月时，放翁艇子无时出。船头一束书，船后一壶酒。新钓紫鳜鱼，旋洗白莲藕。从渠贵人食万钱②，放翁痴腹常便便③。暮归稚子迎我笑，遥指一抹西村烟。

①林薄：言草木丛杂处。木丛生曰林，草丛生曰薄。《晋书》："士讳登朝，竞赴林薄。" ②食万钱：《晋书·何曾传》："食日万钱，犹曰无下箸处。"喻奢豪也。 ③便便：肥满貌。《后汉书·边韶传》：韶曾昼日假卧，弟子私嘲之曰：边孝先，腹便便。懒读书，但欲眠。

雨后极凉料简箧中旧书有感

日昳小雨不至晡①，雨虽未足凉有余。细泉泠泠咽幽窦，清吹策策惊高梧。笠泽②老翁病苏醒，欣然起理西斋书。十年灯前手自校，行间颠倒黄与朱③。区区朴学④老自信，要与万卷归林庐。尔来世俗喜变古，凿空饰诈⑤无根株。愀然⑥抚几三太息，力薄抱恨何由祛？兰台漆书非己责⑦，且为签縢除蠹鱼⑧。

①日昳（dié）：太阳偏西。晡（bū）：申时，即下午三点到五点。《汉书·五行志》："日中时，食从东北过半，晡时复。" ②笠泽：湖名。一说即今太湖；一说系太湖东岸一小湖，在今江苏吴江市境。《左传》："越伐吴，吴子御之笠泽，夹水而阵。" ③黄与朱：校勘者以朱黄色为别也，故曰朱黄。《唐书》："得书熟诵乃录，雠比勤勤，朱黄不去手。" ④朴学：谓校雠之学也。《汉书·儒林传》："上曰：吾始以尚

书为朴学，弗好。”苏轼诗：“我家六男子，朴学非时新。” ⑤凿空饰诈：犹言游谈悬揣而无根柢也。《史记·公孙宏传》：“夫以三公为布被，诚饰诈，欲以钓名。” ⑥愀（qiǎo）然：容色变也。多指悲伤、严肃。 ⑦兰台：汉藏秘书之官观，以御史中丞掌之。《通典》：“中丞在殿中兰台，掌图籍秘书。”后以御史台称兰台。又汉班固为兰台令史，受诏撰《光武本纪》，故史官亦称兰台。漆书：古竹简文字也。《仇池笔记》：“孔壁汲冢竹简蝌蚪皆漆书。” ⑧签縢（téng）：谓书签书囊也。《唐书·马怀素传》：“文籍盈漫，皆炱朽蟫断，签縢纷舛。”蠹鱼：书蛀虫也，亦称白鱼。常衮诗：“香消蠹字鱼。”黄庭坚诗：“莫作白鱼钻蠹简。”

长歌行

燕燕①尾涎涎，横穿乞巧楼②，低入吹笙院。鸭鸭觜唼唼③，朝浮杜若洲，暮宿芦花夹。嗟尔自适天地间，将俦命侣意甚闲。我今独何为，一笑乃尔悭。世上悲欢亦偶然，何时烂醉锦江边。人归华表④三千岁，春入箜篌十四弦⑤。

---

①燕燕：重言燕也。《诗经》：“燕燕于飞。”《汉书·外戚传》：“童谣曰：燕燕尾涎涎，张公子，时相见。成帝每微行出，常与张放俱，而称富平侯家，故曰张公子。 ②乞巧楼：唐时京师七夕，贵家多结彩楼于庭，谓之乞巧楼。王建《宫

词》："每年宫女穿针夜，敕赐诸亲乞巧楼。" ③鸭鸭：喻鸭鸣声。唼唼（shà）：喻水鸟聚食声。 ④华表：墓上石柱也，亦称望柱。《搜神记》："辽东城门有华表柱。有一白鹤来集。言曰：有鸟有鸟丁令威，去家千岁今来归，城郭如故人民非。何不学仙去，空见冢累累。" ⑤箜篌：乐器名。《释名》谓师延所作靡靡之乐，空国之侯所存也。故亦作空侯。《事物纪原》：箜篌，汉灵帝好之，体曲而长，二十三弦，抱于怀中，两手齐奏之。十四弦：《宋史·乐志》："下官调又有中管倍五者，有曰羌笛孤笛，曰双韵、十四弦以意裁声，不合正律。"

夜观秦蜀地图

往者行省临秦中，我亦急服叨从戎。散关①摩云俯贼垒，清渭如带陈军容②。高旌缥缈严玉帐③，画角悲壮传霜风。咸阳不劳三日到，幽州正可一炬空。意气已无鸡鹿塞④，单于合入葡萄宫⑤。灯前此图忽到眼，白首流落悲途穷。吾皇英武同世祖，诸将行策云台功⑥。孤臣昧死欲自荐，君门万里无由通。正令选壮不为用，笔墨尚可输微忠。何当勒铭⑦纪北伐，更拟草奏祈东封。

---

①散关：亦曰大散关。在陕西宝鸡西南，为秦蜀往来之要道。自关距和尚原极近，两山关控斗绝，出可以攻，入可以守，

实表里之形势也。亦称嵴谷。《蜀志》：诸葛亮复出散关，围陈仓。　②军容：行军之气象纪律也。《新书》：“士卒孰练也，军容孰整也。”陈，原作“除”，据钱仲联校注本改。③玉帐：即玉帐术。《云谷杂记》：《艺文志》有《玉帐经》一卷，乃兵家厌胜之方位，谓主将于其方置军帐，则坚不可犯，犹玉帐然。其法出于黄帝遁甲云。　④鸡鹿塞：《水经注》：“自窳浑县西北，出鸡鹿塞。”位于今内蒙古自治区西部磴口县（巴彦高勒）西北，狼山西南段哈隆格乃峡谷南口。　⑤单于：匈奴称其君长曰单于。见《汉书》。卢纶诗：“月黑雁飞高，单于夜遁逃。”葡萄宫：宫名。《汉书》：元寿二年，单于来朝，舍之于上林葡萄宫。　⑥云台：汉永平中，显宗追感前世功臣，乃图画二十八将于南宫云台（《后汉书》）。　⑦勒铭：刻石以纪功也。

后一日复雨

一雨三日水抹堤，南村北村云凄凄。天公约束龙返穴，不忍嘉谷沉涂泥。日光清薄潦未缩①，起视又叹行云西。初才淅沥洒窗户，俄已湍泻鸣沟溪。丰凶相乘若翻手，振救小缓辄噬脐②。穷闾③腐儒不预此，且收芋栗宽儿啼。

---

①缩，原作“宿”，据钱仲联校注本改。另，钱校本“龙返穴”作“龙反穴”。　②振，原作“赈”，据钱仲联校注本

改。噬脐：言后悔无及也。《左传》："若不早图，后君噬脐。"以口啮腹脐，喻不及事也。　③穷闾：陋巷也。《史记》："子贡结驷连骑，排藜藿，入穷闾，过谢原宪。"

城西接待院后竹下作

水边小丘因古城，上有巨竹数百个。一径蛇蟠不容脚，平处乃可十客坐。袅袅共看风枝舞，簌簌时听春箨堕。古佛不妆香火冷，瘦僧如腊袈裟破①。门前西去长安路，日夜轴轳衔尾过。老夫本乏台省②姿，且就清阴曲肱卧。

---

①腊（xī）：干肉也（《说文》）。袈裟：梵语僧服曰袈裟，本名迦罗沙曳，省罗曳二字，止称迦沙，葛洪著《字苑》，始添衣作袈裟。　②台省：汉尚书称中台，在禁省中，故称台省。

题少陵画图像

长安落叶纷可扫，九陌①北风吹马倒。杜公四十不成名②，袖里空余《三赋》草③。车声马声喧客枕，三百青铜④市楼饮。杯残炙冷正悲辛⑤，仗内斗鸡催赐锦⑥。

---

①九陌：汉长安城中，有八街九陌，后为都城大道之喻。韩愈诗："虽有九陌无尘埃。"杨巨源诗："九陌华轩争道路。"②此采杜甫诗："男儿生不成名身已老，三年饥走荒山道。"③采杜诗："忆献三赋蓬莱宫。"按杜甫举进士不中第，曾奏赋三篇，擢河西尉，故云。　④采杜诗："速来相就饮一斗，恰有三百青铜钱。"　⑤采杜诗："残杯与冷炙，到处潜悲辛。"　⑥采杜诗："斗鸡初赐锦，舞马既登床。"

夜　归

晡时折舵离西兴①，钱清②夜渡见月升。浮桥沽酒市嘈囋③，江口过埭牛凌兢④。寒齑煮饼坐茅店，小鲜供馔寻鱼罾。偶逢估客⑤问姓字，欢笑便足为交朋。须臾一饱各散去，帆席健快如超腾。云间戍楼鼓坎坎⑥，山尾佛塔灯层层。夜分到家趋篝火⑦，稚子惊起头鬅鬙。道途辛苦未暇说，一尊且复驱严凝。

---

①西兴：本名西陵，为吴越通津。苏东坡诗："江上秋风晚来急，为传钟鼓到西兴。"　②钱清：即钱清驿。《嘉泰会稽志》：山阴县有钱清驿，在县北五十里。　③嘈囋：声也。犹言嘈杂。束皙赋："抑扬嘈囋，或疾或徐。"陆机《文赋》："务嘈囋而妖冶。"　④埭（dài）：往来舟船征榷之所，两岸树转轴，舟过以绠系舟尾，或以人，或以牛，推轴挽之而前。凌

兢：寒凉战栗也。储光羲诗："马足凌兢行。" ⑤估客：商贩也。《世说新语》："闻江渚间估客船上，有咏诗声，甚有情致。" ⑥坎坎：击物声。《诗经》："坎其击鼓。" ⑦篝火：以笼覆火也。

秋 怀①

少时本愿守坟墓，读书射猎毕此生。断蓬遇风不自觉，偶入戎幕从西征。朝看十万阅武罢，暮驰三百巡边行。马蹄度陇雹声急，士甲②照日波光明。兴怀徒寄广武③叹，薄福不挂云台④名。颔须白尽愈落莫，始读法律亲笞榜⑤。讼氓满庭闹如市，吏牍围坐高于城。未嫌樵唱作野哭，最怕甜酒倾稀饧⑥。平生养气颇自许，虽老尚可吞司并。何时拥马横戈去，聊为君王护北平⑦。

---

①秋怀，原作"怀秋"，据钱仲联校注本改。 ②士甲：甲士也。兵士之称。以其带甲，故云。 ③广武：在河南荥阳北，东连荥泽，西接汜水，楚汉相持于此。晋阮籍尝登广武，观楚汉战处，叹曰：时无英雄，使孺子成名。 ④云台：汉宫中高台，以其高起干云，故名。 ⑤笞榜：谓用刑也。笞为五刑之一，榜揭示于众也。《史记·张耳传》："笞榜数千，身无可击。"校按：此处榜即搒（péng），用棍或板打之意。此诗通篇押八庚韵。 ⑥饧：糖薄也。《扬子方言》："饧谓之糖。"

《释名》："饧，洋也，煮米消烂，洋洋然也。"苏轼诗："火冷饧稀杏粥稠。"此句寓甘言蜜语之意。校按：饧，此处音xíng，有加稀、变软之意。　⑦北平：《汉书·地理志》："右北平郡属幽州。"《史记》：汉李广拜北平太守，匈奴闻之，号曰汉之飞将军，避之数岁。不敢入右北平。

焉耆①行

焉耆山头暮烟紫，牛羊声断行人止。平沙风急卷寒蓬，天似穹庐②月如水。大胡太息小胡悲③，投鞍欲眠且复起。汉家诏用李轻车④，万丈战云来压垒⑤。

---

①焉耆：汉唐西域国名，土名喀喇沙尔。在今新疆中央。《唐书》谓焉耆国都城，四面大山，海水缭其外，尤擅形胜。按焉耆亦作焉支。《通典》："甘州删丹县有焉支山，匈奴失之。乃歌曰：失我焉支山，使我妇女无颜色。"焉支产红蓝，可为燕脂，阏氏资以为饰，故云。　②穹庐：毡革覆帐，其上穹隆，故名。《史记》："匈奴父子同穹庐而卧。"《古乐府》："敕勒川，阴山下，天似穹庐，笼盖四野。"　③胡：古为北狄之别称，以其素为中国边患，故曰胡虏。秦汉时，匈奴最强。所称胡虏，皆指匈奴而言。始皇使蒙恬北击胡，晁错上书言，汉兴以来，胡虏数入边地皆是。　④李轻车：指汉李蔡。《汉书·李广传》："广从弟蔡，元朔中为轻车将军。"　⑤压垒：逼其

军垒也。

荆州歌

楚江鳞鳞①绿如酿，衔尾江边系朱舫。东征打鼓挂高帆，西上汤猪联百丈。伏波古庙占好风，武昌白帝②在眼中。倚楼女儿笑迎客，清歌未尽千觞空。沙头巷陌三千家，烟雨冥冥③开橘花。峡人住多楚人少，土铛争响茱萸茶。

①鳞鳞：谓水纹如鱼鳞也。苏轼诗："曲池流水细鳞鳞。" ②白帝：指白帝城。 ③冥冥：幽昧貌。《庄子》："昭昭生于冥冥。"

横塘

横塘南北埭西东，拄杖飘然乐未穷。农事渐兴人满野，霜寒初重雁横空。参差楼阁高城上，寂历村墟细雨中①。新买一蓑②苔样绿，此生端欲伴渔翁。

①寂历：犹言寂寞。唐张道济诗："空山寂历道心生。"村墟：犹言村落、村市。庾子山诗："摇落小村墟。" ②放翁自注：是日偶买蓑衣甚妙。

芳草曲

蜀山深①处逢孤驿，缺甃②颓垣芳草碧。家在江南妻子病，离乡半岁无消息。长安城门西去路，细霭斜阳芳草暮。樽前一曲渭城歌③，马蹄万里交河戍④。人生误计觅封侯，芳草愁人春复秋。只愿东行至沧海⑤，路穷草断始无愁。

---

①深，原作“远”，据钱仲联校注本改。　②甃（zhòu）：凡以砖砌物，皆曰甃。如以砖垒为井壁等是。　③渭城歌：《乐府》曲名。本王维诗：“渭城朝雨浥轻尘，客舍青青柳色新。劝君更尽一杯酒，西出阳关无故人。”苏轼诗：“十千美酒《渭城歌》。”　④交河戍：戍于交河也。交河故城在新疆吐鲁番市西，汉车师前王庭地，唐置交河郡，属西州。岑参诗：“缭绕斜吞铁关树，氛氲半掩交河戍。”　⑤沧海：指大海。特指东海。《初学记》：“东海之别有渤澥，故东海共称渤海，又通谓之沧海。”苏轼赋：“寄蜉蝣于天地，渺沧海之一粟。”

新夏感事

百花过尽绿阴成，漠漠①炉香睡晚晴。病起兼旬疏把酒，山深四月始闻莺。近传下诏通言路②，已卜年余见太平。圣主不忘初政③美，小儒唯有涕纵横。

---

①漠漠：无声也。《荀子》：“听漠漠而以为汹汹。”此言袅袅炉香，极沉静之致。　②通言路：谓朝廷进言之路也。《后汉书·袁绍传》：“操（指曹操）欲迷夺时明，杜绝言路。”　③初政：谓临政之初也。《晋书·景帝纪》：“时天子颇修华饰，帝谏曰：履端初政，宜崇元朴，并敬纳焉。”

留题云门草堂

小住初为旬月期，二年留滞①未应非。寻碑野寺云生屦，送客溪桥雪满衣。亲涤砚池②余墨渍，卧看炉面散烟霏③。他年游宦④应无此，早买渔蓑未老归。

---

①留滞：留连也。《史记·太史公自序》：“留滞周南，不得与封禅之事。”　②砚池：洗砚池也。杜荀鹤诗：“野泉声入砚池中。”又傅休奕《砚赋》：“节方圆以定形，锻金铁而为池。”亦作砚低洼储水处解。例如史肃诗：“雨添窗下砚池满。”　③烟霏：烟霭也。　④游宦：犹言遨游以求仕进也。《史记》：“深惟士之游宦，所以至封侯者微甚。”

临安春雨初霁

世味年来薄似纱，谁令骑马客京华①。小楼一夜听春雨，深巷明朝卖杏花。矮纸斜行闲作草，晴窗细乳戏分茶②。素衣莫起风尘叹，犹及清明可到家。

---

①客，原作“驻”，据钱仲联校注本改。京华：京师也。南宋迁都临安。　②细乳：水沸貌。戏，原作“试”，据钱仲联校注本改。分茶：分茶品之优劣也。校按：分茶指宋人饮茶之点茶法，乃将茶置盏中，缓注沸水，以茶筅或茶匙搅动，无何盏而现白色浮沫，即所谓细乳。《挥麈后录余话》：“上命近侍取茶具，亲手注汤击拂。少顷，白乳浮盏面，如疏星淡月。”《清异录》：“馔茶而幻出物象于汤面者，茶近通神之艺也。”

渡浮桥至南台①

客中多病废登临②，闻说南台试一寻。九轨③徐行怒涛上，千艘④横系大江心。寺楼钟鼓催昏晓，墟落⑤烟云自古今。白发未除豪气在，醉吹横笛坐榕阴⑥。

---

①南台：在福建闽侯县南九里闽江中，即钓台山。　②登

临：登山临水也。孟浩然诗："江山留胜迹，我辈复登临。" ③轨：车辙也。《周礼》："经涂九轨。" ④千艘：喻船之多也。白居易诗："百筏千艘鱼贯来。" ⑤墟落：作村落解。王维诗："斜阳照墟落，穷巷牛羊归。" ⑥榕阴：榕树之阴也。榕树，常绿乔木，产于闽广，高四五丈，干既生枝，枝复生根，下垂至地，又复为干，叶如木麻，其荫甚广。《榕城随笔》称："闽中多榕树，因号榕城。"

送七兄赴扬州帅幕

初报边烽照石头①，旋闻胡马集瓜州②。诸公谁听刍荛③策，吾辈空怀畎亩忧。急雪打窗心共碎，危楼望远涕俱流。岂知今日淮南④路，乱絮飞花送客舟。

---

①石头：山名。在江苏江宁西，北缘大江，南抵秦淮口，城在山后。六朝以来，皆守此为固。诸葛孔明所谓钟山龙蟠，石头虎踞者，即指此。 ②瓜州：地名。在今江苏扬州南，亦称瓜埠洲。当运河之口，与镇江斜值，为南北襟要处。 ③荛（ráo）：刈草曰刍，析薪曰荛。指樵夫而言。刍荛遂成自谦之辞。 ④淮南：古淮水以南地，唐十道之一，西抵汉，南据江，北距淮。

村　居

富贵功名不拟伦①，且浮舴艋②寄烟村。生憎快马随鞭影，宁作痴人记剑痕③。樵牧相谙欲争席④，比邻渐熟约论婚。晨舂夜绩吾家旧，正要遗风付子孙。

---

①《礼记》："拟人必于其伦。"　②舴艋（zé měng）：小舟也。见《博雅》。张志和诗："两两三三舴艋舟。"　③见《吕氏春秋》：楚人有涉江者，其剑自舟中坠于水，遽刻其舟，入水求之。舟已行矣，而剑不行。求剑若此，不亦惑乎？东坡亦有"堪笑东坡痴钝老，区区犹记刻舟痕"之诗。　④争席：言争坐次也。《庄子》："其反也，舍者与之争席矣。"

赠粉鼻①

连夕狸奴磔②鼠频，怒髯噀血护残囷③。问渠何似朱门里④，日饱鱼飧⑤睡锦茵。

---

①粉鼻：陆游自注：畜猫名也。　②磔（zhé）：分裂肢体也。　③噀（xùn）血：犹言喷血也。残囷：犹言剩余之贮藏所也。囷（qūn）：廪之圆者。《诗》："胡取禾三百囷兮。"

④渠：代名词，指狸奴而言。朱门：谓豪富之家也。《晋书·曲允传》："允金城人，与游氏世为豪族，西州为之语曰：曲与游，牛羊不数头。南开朱门，北望青楼。" ⑤鱼飧：以鱼为餐，无兼味也。《公羊传》："赵盾趋而出，灵公心怍焉，使勇士往杀之，俯而窥其户，方食鱼餐。"

夏夜泛舟书所见

山房①犹复畏炎蒸，长掩柴门愧老僧。两桨去摇东浦月，一龛回望上方灯②。惊飞宿鸟时呼侣，腾起长鱼有脱罾③。夜半归来步松影，真成赤脚踏层冰④。

---

①山房：书室。《宋史·李常传》："读书庐山白石僧舍，既擢第，留所抄书九千卷，名舍曰李氏山房。" ②龛（kān）：浮图塔也。一曰塔下室也。俗因谓供佛之小室曰佛龛。上方：谓地势最高之处。杜甫诗："上方重阁晚，百里见纤毫。"《释典》作胜地解。解琬《登慈恩寺浮图应制》："瑞塔临初地，金舆幸上方。" ③脱罾：犹言漏网。罾（zēng）：鱼网也。《汉书》："置人所罾鱼腹中。" ④此喻蹑足松影下，宛如履于坚冰之上也。杜甫诗："安得赤脚踏层冰。"

病中简仲弥性唐克明苏训直

移疾还家暂曲肱①，依然耐久北窗灯。心如泽国春归雁，身是云堂旦过僧②。细雨佩壶寻废寺，夕阳下马吊荒陵。小留莫厌时追逐，胜社年来冷欲冰。

---

①移疾：移书称疾，仕者求退之辞也，犹言移病。《汉书·韩延寿传》："移病不听事。"曲肱：枕臂也。　②云堂：禅堂也。支遁诗："洁己升云堂。"旦，原作"早"，据钱仲联校注本改。旦过僧：指夕来投宿一夜，翌晨即离之僧。

望江道中

吾道非耶①来旷野，江涛始此去何之？起随乌鹊初翻后，宿及牛羊欲下时②。风力渐添帆力健，橹声常杂雁声悲。晚来又入淮南路，红树青山合有诗。

---

①见《史记·孔子世家》："《诗》云：匪兕匪虎，率彼旷野。吾道非耶，吾何为至此。"　②牛羊欲下时：谓入暮牛羊入栏时也。见《诗经·王风》："君子于役，日之夕矣，牛羊下来。"

秋夜读书每以二鼓尽[1]为节

腐儒碌碌叹无奇[2]，独喜遗编不我欺。白发无情侵老境，青灯[3]有味似儿时。高梧策策[4]传寒意，叠鼓冬冬迫睡期[5]。秋夜渐长饥作祟，一杯山药进琼糜[6]。

---

①尽，原作“壶”，据钱仲联校注本改。 ②腐儒：谓陈腐不合时宜之学者。《汉书》：“为天下，安用腐儒？”碌碌：凡庸貌。《史记》：“九卿碌碌奉其官。”贾岛诗：“碌碌复碌碌，百年双转毂。” ③青灯：指灯光。韦应物诗：“坐使青灯晓。”姚偓诗：“青灯语夜阑。” ④策策：落叶声。韩退之诗：“秋风一披拂，策策鸣不已。” ⑤叠鼓：乐器名，俗称小击鼓。岑参诗：“鸣笳叠鼓拥回军。”谢朓诗：“叠鼓送华辀。”冬冬：鼓声也。《唐书》：“马周上言，令金吾每街悬鼓，夜击止其行李，以备窃盗。时人呼为冬冬鼓。” ⑥山药：即山薯。《南方草木状》：“土薯即山药，又名山薯。”按本名薯蓣，因避唐代宗讳（预），改为薯药，继避宋英宗讳（曙），径改此名。见《负暄杂录》。琼糜：琼浆也，玉糁也。《说文》：糜，糁也。黄庭坚诗：“厨人清晓献琼糜。”

游山西村

莫笑农家腊酒浑，丰年留客足鸡豚。山重水复疑无路，柳暗花明又一村。箫鼓追随春社①近，衣冠简朴古风②存。从今若许闲乘月，拄杖无时夜叩门。

---

①春社：古节候之名。《月令广义》："立春后五戊为春社。"　②古风：有古人之风度也。《唐书·王仲舒传》："穆宗常言仲舒之文有古风。"杜甫诗："质朴古人风。"

观村童戏溪上

雨后溪水掠堤平，闲看村童戏晚晴。竹马踉跄冲淖去①，纸鸢跋扈挟风鸣②。三冬③暂就儒生学，千耦④还从父老耕。识字粗堪供赋役，不须辛苦慕公卿。

---

①竹马：儿童游戏，折竹骑以当马也。桓温少时，与殷浩共乘竹马。见《晋书·殷浩传》。踉：行不迅也。潘岳《射雉赋》："踉跄而徐来。"校按：踉跄，今皆读为去声，古音皆为平声。淖（nào）：泥也。雨后道路沾濡难行之处，曰泥淖。《左传》："有淖于前，乃皆左右相违于淖。"　②纸鸢：玩

具，俗称鹞子。《独异志》："侯景围台城，简文作纸鸢，飞空告急于外。"跋扈：作强梁解。《后汉书·崔骃传》："黎共奋以跋扈兮。"按《庶物异名疏》："渔者插竹编以取鱼，谓之扈业，大鱼跋扈而出，故名强梁曰跋扈。" ③三冬：冬季三月也。《汉书·东方朔传》："朔年十二学书，三冬文史足用。"游自注云："村人惟冬三月，遣儿童入小学。" ④耦：两人同耕。《诗经》："千耦其耘，徂隰徂畛。"

上虞①逆旅见旧题岁月感怀

舴艋为家东复西，今朝破晓下前溪。青山缺处日初上，孤店开时莺乱啼。倦枕不成千里梦，坏墙②闲觅十年题。漆园傲吏犹非达③，物我区区岂足齐④。

---

①上虞：汉置隋废，故城在今浙江上虞西，地名虞宾，舜避丹朱于此。唐复置县，即今治。 ②坏墙：谓颓垣败壁也。温庭筠诗："落叶龙蛇满坏墙。" ③漆园：故城在山东菏泽市北。《史记》："庄周尝为蒙漆园吏。"又安徽定远、河南商丘皆有漆园，亦俱云庄周为吏处。非达：不达观也。凡喜怒哀乐为境遇所拘束，意识以是仍有沾滞，是谓非达观。贾谊赋："达人大观，物无不可。" ④物：世间形形色色也。我：我见也。《庄子》有《齐物论》，其旨以为自是非彼者，物论也，因立说以齐之。

舜庙怀古

云断苍梧①竟不归，江边古庙锁朱扉②。山川不为兴亡改，风月③应怜感慨非。孤枕有时莺唤梦，斜风无赖④客添衣。千年回首消磨尽，输与渔舟送落晖。

①苍梧：亦曰九嶷。《史记》："舜崩于苍梧。"又《礼记》："舜葬于苍梧之野。"谢朓诗："云去苍梧野。"　②朱扉：谓赤色之山门也。杜甫诗："晓入朱扉启。"　③风月：见《梁书·徐勉传》："常与门人夜集，客有虞暠求詹事五官，勉正色答云：今夕止可谈风月，不宜及公事。时人咸服其无私。"　④斜风无赖：犹言无情斜风也。

霜　风

十月霜风吼屋边，衣裘未办一铢绵①。岂惟饥索邻僧米②，真是寒无坐客毡③。身老啸歌悲永夜④，家贫撑拄⑤过凶年。丈夫经此宁非福，破涕灯前一粲然⑥。

①一铢绵：喻其衣之轻也。《佛经》说诸天人衣，重自数铢至半铢不等。贾至诗："舞怯铢衣重。"　②索米：乞米也。

《汉书·东方朔传》："臣言可用，幸异其礼。不可用，罢之。无令但索长安米。"杨亿诗："空教索米向长安。" ③寒无坐客毡：犹言天寒无毡垫待客坐也。《唐书·郑虔传》："在官贫约甚，淡如也。"杜甫尝赠以诗曰："才名四十年，坐客寒无毡。" ④啸歌：长啸歌吟也。《晋书》："犹不废我啸歌。"永夜：长夜也。 ⑤撑拄：支持也。 ⑥粲然：笑貌。《谷梁传》："军人皆粲然而笑。"《文选》："灵妃顾我笑，粲然启玉齿。"

僧房假榻

过尽青山唤渡船，晚窗洗脚卧僧毡①。剩偿平日清游愿，更结来生熟睡缘。吞啄②渐稀如老鹤，鸣声已断似寒蝉③。旁观莫苦嘲痴钝，此妙吾宗秘不传。

---

①卧僧毡：犹言借宿禅榻也。黄庭坚诗："夜雨鸣廊到晓悬，相看不归卧僧毡。" ②吞啄：喻齿豁者饮食也。陆龟蒙《水鸟诗》："雏巢吞啄即一例，游处高卑殊不停。" ③寒蝉：蝉至天寒则不鸣，故名。喻懦弱缄默貌。《后汉书》："刘胜位为大夫，见礼上宾，而知善不荐，闻恶无言，隐情惜己，自同寒蝉，此罪人也。"

题徐子礼宗丞自觉斋

末俗纷纷只自谩①，惟公肯向静中观②。闲看此事从何得，正自他人着力难。茶熟松风生石鼎③，香残云缕绕蒲团④。江湖多少痴禅衲⑤，踢破青鞋觅话端⑥。

---

①谩（mān）：犹言晚近浇风大都偏于自欺也。　②静中观：以客观的眼光，评量外界之形形色色，是谓静观。刘禹锡诗："众音徒起灭，心在静中观。"　③石鼎：煮具。皮日休诗："松扉欲启如鸣鹤，石鼎初煎若聚蚊。"　④香残云缕：犹言残香缭绕如云缕也。蒲团：坐具。僧坐禅及跪拜所用，厥状团圆，故曰蒲团。许浑诗："吴僧诵经罢，败衲倚蒲团。"　⑤禅衲：谓僧人也。　⑥青鞋：即山野人所服之素履。杜甫诗："青鞋布袜从此始。"话端：俗言话头也。《鹤林玉露》："陈了翁日与家人会食，食已，必举一话头，令家人答。"

雨中泊赵屯有感

归燕羁鸿共断魂，荻花枫叶泊孤村。风吹暗浪重添缆，雨送新寒半掩门。鱼市人烟横惨淡，龙祠①箫鼓闹黄昏。此身且健无余恨，行路虽难莫更论。

①龙祠：指祭神而言，匈奴俗，岁有三龙祠，常以正月、五月、九月戊日祭天神。南单于既内附，兼祠汉帝，因会诸部议国事，走马及骆驼为乐。

武昌感事

百万呼卢事已空①，新寒拥褐一衰翁。但悲鬓色成枯草，不恨生涯②似断蓬。烟雨凄迷云梦泽③，山川萧瑟④武昌宫。西游处处堪流涕，抚枕悲歌兴未穷。

①百万：晋刘毅樗蒲一掷百万。呼卢：《珊瑚钩诗话》："樗蒲起自老子，今谓之呼卢，取纯色而胜之之义。" ②生涯：指所处之境。庾信文："非常之锡，有溢生涯。" ③云梦：《周礼·职方氏》："正南荆州泽薮曰云梦。" ④萧瑟：萧条瑟缩貌。《楚辞》："萧瑟兮草木摇落而变衰。"

初　寒

船尾寒风不满旗①，江边丛祠常掩扉。行人畏虎少晨起，舟子捕鱼多夜归。茅叶翻翻②带宿雨，苇花漠漠弄斜晖③。伤心到处闻砧杵④，九月今年未授衣⑤。

①不满旗：喻风不劲貌。　②翻翻：微动貌。　③句谓芦花弥漫，与夕阳相掩映也。　④砧杵（chú）：皆捣衣之器。《古子夜秋歌》："佳人理寒服，万结砧杵劳。"　⑤九月授衣，见《诗经·豳风》。谓是时妇功成，可备御寒之衣也。唐有授衣假。张籍诗："初喜授衣假。"

马　上

灯前薄饭陈盐齑①，带睡强出行江堤。五更落月移树影，十月清霜侵马蹄。荒陂嗈嗈已度雁②，小市喔喔初鸣鸡③。可怜万里觅归梦，未到故山先自迷。

①薄饭：犹《论语》所谓菲饮食也。黄庭坚诗："薄饭荐腒鲞。"盐齑：素食也。朱松诗："读书有味盐齑好。"　②荒陂：山陂旷野处。李白诗："城濠失往路，马首迷荒陂。"嗈嗈（yōng）：雁鸣声。《诗经》："雝雝鸣雁。"毛传："雝雝，雁声和也。"　③小市：犹言村落小市也。韩翃诗："汉室长陵小市中。"喔喔：鸡鸣声也。白居易诗："喔喔鸡下树，辉辉日上梁。"

过东瀼滩入马肝峡

书生①就食等奔逃，道路崎岖信所遭。船上急滩如退鹢②，人缘绝壁似飞猱③。口夸远岭青千叠④，心忆平波绿一篙。犹胜溪丁⑤绝轻死，无时来往驾舸艚⑥。

①书生：谓不善治生之学者也。《南史》："陛下今欲伐国，而与白面书生辈谋之，事何由济？" ②鹢（yì）：水鸟名，色白，善翔不畏风。《左传》："六鹢退飞过宋都，风也。"亦称舟为鹢。沈佺期诗："战鹢逢时去。" ③缘：循。《孟子》："犹缘木而求鱼也。"校按：缘指攀缘。李白《蜀道难》："黄鹤之飞尚不得过，猿猱欲度愁攀缘。"猱（náo）：猿属。《尔雅》："猱猿善援，故名飞猱。"曹植诗："仰手接飞猱。" ④青千叠：谓层层岚翠也。 ⑤溪丁：犹言舟子也。 ⑥舸艚：峡中小船。

巴东令廨白云亭①

寇公壮岁落巴蛮②，得意孤亭缥缈③间。常倚曲栏贪看水，不安四壁怕遮山。遗民④虽尽犹能说，老令⑤初来亦爱闲。正使官清贫至骨，未妨留客听潺潺⑥。

①巴东：古郡名。春秋时为巴国，汉刘璋分巴郡，置巴东郡，今重庆云阳奉节等地。廨（xiè）：官舍曰廨署，此作动词解，犹言设廨也。　②寇公：指寇准。《宋史·寇准传》："准字平仲，华州人，年十九举进士，历官集贤殿大学士，同中书门下平章事，以太子太傅致仕，封莱公。"按寇准曾知巴东县，人呼为寇巴东。此诗所以有"寇公壮岁落巴蛮"之句。苏轼诗："莱公昔未遇，寂寞寇巴东。"巴蛮：蛮夷之域也。元稹诗："二月除御史，三月使巴蛮。"　③缥缈：高远貌。白居易诗："山在虚无缥缈间。"　④遗民：言留遗之民也。《左传》："卫之遗民，男女七百有三十人。"　⑤老令：老吏也。苏轼诗："平原老令更可悲，六十青衫贫欲死。"　⑥潺潺：水声也。欧阳修文："渐闻水声潺潺，而泻出于两峰之间者，酿泉也。"

雪　晴

腊尽春生白帝城①，俸钱虽薄胜躬耕②。眼前但恨亲朋少，身外原知得丧轻③。日映满窗松竹影，雪消并舍鸟乌声。老来莫道风情④减，忆向烟芜信马行⑤。

---

①白帝城：在今重庆奉节东，三国时蜀汉以此为防吴之重险，昭烈帝改名永安，殂于此。　②躬耕：谓亲治农事也。《蜀志·诸葛亮传》："臣本布衣，躬耕于南阳。"　③得

丧：犹言得失也。　④风情：犹言风趣也。苏轼诗：“消磨未尽只风情。”　⑤信马行：犹言任马驱驰也。《韩非子》：“管仲、隰朋从桓公而伐孤竹。春往冬返，迷惑失道。管仲曰：老马之智可用也。乃放马而随之，遂得道。”俗有信马行之说，疑出此。

山　寺

篮舆①送客过江村，小寺无人半掩门。古佛负墙尘漠漠②，孤灯照殿雨昏昏③。喜投禅榻④聊寻梦，懒为啼猿更断魂⑤。要识人间盛衰理，岸沙君看去年痕⑥。

---

①篮舆：竹轿也。《晋书·陶潜传》：“王弘问其所乘。答曰：素有脚疾，向乘篮舆，亦足自反。乃令一门生二儿供舉之。至州，而言笑赏适，不觉有羡于华轩也。”　②漠漠：弥漫。陆机诗：“街巷纷漠漠。”　③昏昏：黯淡貌。《列子》：“昏昏昧昧，纷纷若若。”　④禅榻：参禅之榻也。杜牧诗：“今日鬓丝禅榻畔，茶烟轻飏落花风。”　⑤按《搜神后记》称：有人杀猿子，猿母悲啼死，破其腹，肠皆断裂。以是俗有啼猿断魂之语。　⑥近山寺有峡突出，峡涨时，水高数十丈，至冬尽落，以是沙岸水痕显然，因有此语。

晚晴书事呈同舍(试院作)

鱼复①城边夕照红，物华②偏解恼衰翁。巴莺③有恨啼芳树，野水无情入故宫。许国渐疏悲壮志，读书多忘愧新功。因君共语增惆怅，京洛交游欲半空。

①鱼复：春秋时庸国鱼邑，汉置县，因山为城，所谓赤岬山也。公孙述至鱼复，见白龙出井中，自以承汉土运，改号鱼复，为白帝城。见《寰宇记》。按故城在今重庆奉节县东。　②物华：万物之菁华也。杜甫诗：“且尽芳樽恋物华。”　③巴莺：杜甫诗：“巴莺纷未稀，徼麦早向熟。”

自　咏

朝衣无色如霜叶，将奈云安别驾何①！钟鼎山林②俱不遂，声名官职两无多。低昂未免闻鸡舞③，慷慨犹能击筑④歌。头白伴人书纸尾，只思归去弄烟波。

①云安：今重庆奉节。《唐书·地理志》：“夔州云安郡，天宝元年更名，有云安县置盐官于此。”杜甫诗：“峡里云安县，江楼翼瓦齐。”别驾：官名。《晋书·职官志》：“州置刺

史，别驾、治中从事、诸曹从事等员。”《通典》：“汉别驾从事史一人。刺史行部，别乘一乘传车，故称别驾。”唐改郡丞为别驾，亦即后世府通判是也。　②钟鼎山林：俱风雅事也。杜甫诗：“钟鼎山林各天性。”　③低昂：《汉书》：“奋袖低昂，顿足起舞。”闻鸡舞：晋祖逖闻鸡起舞，励志建功立业。④击筑：战国燕太子丹遣荆轲刺秦皇，至易水上，其友高渐离击筑，荆轲和而歌，为变徵之声。庾信文：“壮士一去，燕南有击筑之悲。”

初夏新晴

曲径泥新晚照明，小轩才受①一床横。翩翩②乳燕穿帘影，蔌蔌新篁解箨声③。药物屏除知病减，梦魂④安稳觉心平。深居不恨无来客，时有山禽自赞名⑤。

---

①才受：适容也。　②翩翩：鸟飞轻疾貌。《诗经》：“翩翩者雏。”　③蔌蔌（sù）：风声轻疾之貌。鲍昭赋：“蔌蔌风威。”篁：竹之通称也。柳宗元诗：“檐下修篁十二竿。”解箨声：竹箬解脱声。　④梦魂：心有所思，精诚入于梦寐，是曰梦魂。李白诗：“梦魂不到关山难。”　⑤自赞名：犹言自唤其名也。譬如杜宇其鸣若曰“不如归去”，鹧鸪鸣声婉转如“行不得也哥哥”，世俱以其鸣声名之，以是闻其声，即知其名。韩偓诗：“时有幽禽自唤名。”

睡起时闭试院中[1]已月余矣

深闭重门谢簿书[2]，日长添得睡工夫。水纹竹簟凉如洗，云碧纱橱[3]薄欲无。半吐山榴看着子，新来梁燕见将雏。梦回茗碗[4]聊须把，自扫桐阴置瓦炉。

①中，据钱仲联校注本添。　②簿书：记钱谷出纳之簿籍也。《汉书·贾谊传》："大臣特以簿书不报，期会之间，以为大故。"《周礼》注："主计会之簿书。"　③纱橱：碧纱帐也。司空图诗："一双白鹤隔纱橱。"放翁他诗亦有："酣酣美睡付纱橱。"　④茗碗：茗器也。韩愈诗："茗碗纤纤捧。"

小　市

小市门前沙作堤，杏花虽落不沾泥。客心尚壮身先老，江水方东[1]我独西。暂憩轩窗仍汛扫[2]，远游书剑[3]亦提携。子规[4]应笑飘零惯，故傍茅檐尽意啼。

①江水方东：江水东流，趋势也。杜甫诗："天生江水向东流。"　②汛扫：谓洒扫也。扬雄文："况尽汛扫前圣数千载功业。"　③书剑：谓从征或做客时随身之物也。高适诗：

“谁知书剑老风尘。” ④子规：即杜鹃，亦称杜宇。鸣声凄厉，能动旅客归思。

邻山县道上作

微雨晴时出驿门，乱莺啼处过江村。挽花翠袖沾余馥①，迎日征鞍借小温②。客路一身真吊影，故园万里欲招魂。鬓毛无色心犹壮，藉草悲歌对酒樽。

---

①余馥：余香也。如言余香馥郁。 ②小温：微暖也。

柳林酒家小楼

桃花如烧酒如油①，缓辔②郊原当出游。微倦放教成午梦，宿酲③留得伴春愁。远途始悟乾坤大④，晚节偏惊岁月遒⑤。记取晴明果州路⑥，半天高柳小青楼⑦。

---

①桃花如烧：喻繁盛貌。酒如油：苏轼诗：“白酒无声滑泻油。”又：“银瓶泻油浮蚁酒。” ②辔（pèi）：马缰也。《诗经》：“执辔在手。”缓辔，犹言缓驰。 ③酲（chéng）：喝醉了神态不清。《诗经》：“忧心如酲。” ④乾坤大：犹言宇宙宽也。杜甫诗：“牢落乾坤大。” ⑤遒：尽也。《楚

辞》：“岁忽忽而遒尽兮。”韩愈诗：“空怀焉能果，但见岁已遒。”　⑥果州：唐武德四年置。因四川南充城西有盛产黄果（广柑）之果山，故定名“果州”。　⑦小青楼：始指妓馆，此诗指酒家小楼也。钱仲联校注本校记称：“当出”，明刊涧谷本作“常自”；“晴明”，明刊涧谷本作“清明”；“小”，明刊涧谷本作“出”。

南　池

二月莺花满阆中①，城南搔首立衰翁。数茎白发愁无那，万顷苍池②事已空。陂③复岂惟民食足，渠成终助霸图④雄。眼前碌碌谁知此，漫走丛祠乞岁丰⑤。

①二月莺花：谓二月间景物，堪资玩赏之意。莺花，喻景物缤纷貌。卢仝《楼上女儿曲》：“莺花烂漫君不来，及至君来花已老。”阆（làng）中：地名。秦置，刘璋时巴西郡治，为三巴之一。阆水迂曲，经其三面，故城在今县西，隋改阆内，唐徙治张仪城，宋徙大获山，即今县，明清属四川保宁府治。郑元祐诗：“归到阆中三月尽，江花如锦照鞍鞯。”　②苍池：此指南池。杜诗所谓“安知有苍池，万顷浸乾坤”者，今已尽废，俱为感慨之辞。　③陂：泽障也。泽险要处，筑阜以为障蔽者。④霸图：雄图也。陈子昂诗：“霸图怅已矣，驱马复归来。”唐明皇《送张说巡边》：“雄图出庙堂。”　⑤漫走：枉走也。

丛祠：荒祠也。按南池上有汉高帝庙，似即指此。

自 笑

自笑谋生事事疏，年来锥与地俱无①。平章春韭秋菘味②，拆补天吴紫凤③图。食肉定知无骨相④，珥貂⑤空自诳头颅。惟余数卷残书在，破箧萧然笑獠奴⑥。

---

①锥末至微，此喻至微也。《传灯录》：“去年无卓锥之地，今年锥也无。” ②平章：此作品评解。韭、菘：俱为蔬类。《南史·周颙传》：“文惠太子问颙菜食何味最胜。曰：春初早韭，秋末晚菘。” ③天吴紫凤：谓服饰也。杜甫诗：“天吴与紫凤，颠倒在短褐。”苏辙诗：“海涯风物画成图，错落天吴兼紫凤。” ④无骨相：犹言状貌。无骨相喻猥屑也。《北史》：“但卿骨相不当贵耳。”又韩愈诗：“自叹虞翻骨相屯。” ⑤珥貂：汉侍中常侍之冠，皆插貂尾金珰，附蝉为饰，故称贵要曰珥貂。《南史·朱异传》：“历官自员外常侍，至侍中，四官皆珥貂。”曹植《王仲宣诔》：“戴蝉珥貂，朱衣皓带。” ⑥破箧萧然：犹言破箧无长物也。獠（lǎo）：《集韵》：“西南夷谓之獠。”杜甫有《示獠奴阿段诗》。

归次汉中[1]境上

云栈屏山[2]阅月游，马蹄初喜蹋梁州[3]。地连秦雍[4]川原壮，水下荆扬[5]日夜流。遗虏孱孱宁远略[6]，孤臣耿耿独私忧。良时恐作他年恨，大散关头又一秋。

---

①汉中：战国楚地，秦置汉中郡，统前陕西汉中、兴安及湖北郧阳诸府，蜀汉以后，始专以汉中府为汉中郡。　②云栈屏山：《舆程记》："陕西栈道长四百二十里，自凤县东北草凉驿，为入栈道之始，南至褒城之开山驿，路始平，为出栈道之始。"绵绵如连云，故称云栈。屏山，喻崇山峻岭，宛如屏蔽也。　③梁州：汉中有梁山，州以此名，蜀汉以后置梁州于汉中，隋废。扬雄《益州牧箴》："岩岩岷山，古曰梁州。"　④秦：秦古国名，嬴姓，伯益之后，在甘肃秦州，春秋时领有今陕西省，故亦称陕西曰秦。雍：亦古九州之一。《尚书·禹贡》："黑水西河惟雍州。"应劭曰：雍，壅也。四面有山壅塞为固也。又为西北之位，阳所不及，阴气壅阏也。今陕西、甘肃及青海额济纳之地皆是。《晋书·地理志》："秦雍流人，多南出樊沔。"　⑤荆：古九州名。《尚书》："荆及衡阳惟荆州。"《尔雅》："汉南曰荆州。"李巡曰：汉南其气燥刚，秉性强梁，故曰荆。荆，强也。《释名》以为取荆山之名。扬：亦古州名。《禹贡》："淮海惟扬州。"《尔雅》："江南曰扬

州。”李巡注：“江南其气燥劲，厥性轻扬。”故名。　⑥孱孱（chán）：窘迫也。曾巩文：“养其饥孱。”远略：谓立功于远方也。《左传》：“齐侯不务德而勤远略。”

长木晚兴

沮水嶓山名古今①，聊将行役当登临。断桥烟雨梅花瘦，绝涧风霜槲②叶深。末路清愁常衮衮③，残冬急景易骎骎④。故巢东望知何处？空羡归鸦解⑤满林。

---

①沮水：《汉书·地理志》：“武都郡沮县，沮水出东狼谷。”《说文》：“沮水出汉中房陵，东入江。”嶓山：即嶓冢山，在陕西宁强县北，汉水所出。《汉书·地理志》：“山在陇西郡氐道县，汉水出焉。”　②槲（hú）：落叶亚乔木，俗名大叶栎。　③末路：犹言将尽之时也。《汉书》：“秦系曲台之宫，悬衡天下，至其晚节末路，张耳陈胜连从兵以叩函谷，咸阳遂危。”衮衮：纷纷貌。《晋书》：“前言往行，衮衮可听。”亦可作滚滚解，水貌，喻清愁如水流，滚滚不尽也。杜甫诗：“不尽长江滚滚来。”　④骎骎：马行疾貌。《诗经》：“载骤骎骎。”　⑤解：分散。

成都岁暮始微寒小酌遣兴

革带频移纱帽宽，茶铛欲熟篆香残①。疏梅已报先春信，小雨初成十月寒。身似野僧犹有发，门如村舍强名官。鼠肝虫臂②原无择，遇酒犹能罄一欢。

---

①茶铛：瀹茗之具也。姚合诗：“煮药污茶铛。”篆香：按《香谱》：“近世尚奇者，作香篆，其文准十二辰，分一百刻，凡燃一昼夜已。”篆香当即此。　②鼠肝虫臂：喻微贱者。见《庄子》：“伟哉造化，又将奚以汝为？以汝为虫臂乎？以汝为鼠肝乎？”

分韵作梅花诗得东字

浅寒篱落清霜后，疏影池塘淡月中。北客同春俱税驾①，南枝与我两飘蓬②。从来遇酒千钟少，此外评花四海空。惟恨广平风味③减，坐看徐庾擅江东④。

---

①税驾：犹言解驾，休息也。《史记》：“我未知所税驾。”　②飘蓬：飘零也。杜甫诗：“秋来相顾尚飘蓬。”③广平风味：喻诗品之绮丽也。广平，指唐宋璟。璟封广平郡

公，因名。皮日休《桃花赋序》："余尝慕宋广平之为相，贞姿劲质，刚态毅状，疑其铁肠与石心，不解吐婉媚辞，而有《梅花赋》，清便富艳，得南朝徐庾体，殊不类其为人也。" ④徐庾：徐，指徐陵。陵，字孝穆，南朝梁陈间东海郯（今山东郯城）人。博涉史籍，梁武帝时任东宫学士。为一代文宗。详《陈书·徐陵传》。庾，指庾信。信，南北朝新野人，字子山，博览群书，文章摛藻艳丽，与徐陵齐名，时称为徐庾体。详《北史·庾信传》。擅江东：犹言无出其右也。按晋王坦之字文度，弱冠有名，语曰，江东独步王文度。

海棠范希元园

谁道名花独故宫①？东城盛丽足争雄。横陈锦障阑干外②，尽吸红云酒盏中③。贪看不辞持夜烛④，倚狂直欲擅春风。拾遗旧咏悲零落⑤，瘦损腰围拟未工⑥。

---

①故宫：陆游自注："谓故蜀燕王宫。" ②横陈：微侧貌。陆龟蒙《蔷薇诗》："倚墙当户自横陈。"本见宋玉赋："内怵惕兮徂玉床，横自陈兮君之旁。"锦障：谓杂色采纹之屏蔽也。《晋书·石崇传》："崇与贵戚王恺、羊琇之徒，以奢靡相尚。恺作紫丝布步障四十里，崇作锦步障五十里以敌之。" ③喻海棠花光映入酒樽也。韩愈诗："欲知花鸟处，水上觅红云。" ④谓继烛赏花也。苏轼《海棠诗》亦有："只恐夜深

花睡去，高烧银烛照红妆。”　⑤拾遗：官名。唐置左右拾遗，掌供奉讽谏。此指唐杜甫。甫字子美，肃宗朝拜右拾遗，因名。放翁深以不得见杜甫海棠诗为怅，故有此语。　⑥喻苦吟也。

独游城西诸僧舍

我是天公度外①人，看山看水自由身②。藓崖直上飞双屐③，云洞前头岸幅巾④。万里欲呼牛渚月⑤，一生不受庾公尘⑥。非无好客堪招唤，独往飘然觉更真。

---

①度外：犹言不在意也。《后汉书·隗嚣传》：光武积苦兵间，时隗嚣、公孙述未平，谓诸将曰：且当置此二子于度外。　②自由身：谓可以率行己意之身也。罗隐诗：“世间难得自由身。”　③藓崖：丛生藓草之岩崖也。屐（jī）：履之泛称，如草屐，锦屐。古音为入声。刘长卿诗：“披榛着双屐。”　④幅巾：古服制。用缣向后幞发，后汉末王公多委王服，以幅巾为雅。白居易诗：“乌纱独幅巾。”　⑤牛渚月：乘月牛渚也。《晋书·袁宏传》：“谢尚镇牛渚，秋夜乘月，率尔与左右微服泛江。会宏在舫中讽咏，声既清，辞又藻拔，驻听久之，即迎升舟，与之谈论，申旦不寐。”李白《夜泊牛渚怀古》：“牛渚西江夜，青天无片云。登舟望秋月，空忆谢将军。”　⑥庾公：指晋庾亮。亮居外镇而执朝之权。导内不能平，尝遇西风尘

起，举扇自蔽曰：元规尘污人。见《晋书·王导传》。按，元规即庾亮字。

醉中感怀

早岁君王记姓名，只今憔悴①客边城。青衫犹是鹓行②旧，白发新从剑外③生。古戍旌旗秋惨淡，高城刁斗④夜分明。壮心未许全消尽，醉听檀槽出塞声⑤。

---

①憔悴：忧貌。　②鹓行：谓朝班也。杜甫诗："去岁兹辰捧御床，五更三点入鹓行。"　③剑外：唐人称剑阁以南蜀中地区为剑外。杜甫诗："剑外忽传收蓟北。"　④刁斗：古行军用具，夜鸣之以警众报时者也。《史记·李广传》："广行无部伍行阵，就善水草屯舍止，人人自便，不击刁斗以自卫。"注："以铜为鐎，受一斗，昼炊饭食，夜击持行，名曰刁斗。"杜甫诗："刁斗催昏晓。"　⑤檀槽：乐器名。檀木所为之琵琶槽也。《谈宾录》："开元中，有中官白秀贞，自蜀回，得琵琶以献，其槽以逻逤檀为之。"李商隐诗："檀槽一抹广陵春。"唐后主诗："余暖在檀槽。"出塞：汉横吹曲名。《晋书·乐志》："《出塞》《入塞》曲，李延年造。"《晋书·刘波传》："刘畴避乱坞壁，贾胡百数欲害之，畴无惧色，援笳而吹之，为《出塞》《入塞》之声，以动其游客之思。于是群胡皆垂泣而去。"又按《西京杂记》："戚夫人善歌《出塞》《入塞》

《望归》之曲。”

送客至江上

多事经旬不出城，今朝送客此闲行。郊原远带新晴色，人语中含乐岁①声。天际敛云山尽出，江流收涨水初平。故园社友应惆怅②，五岁无端弃耦耕③。

①乐岁：丰年也。《孟子》：“乐岁终身饱。”　②惆怅：悲哀貌。《楚辞》：“惆怅兮而私自怜。”　③耦耕：犹言结伴而耕也。《论语》：“长沮桀溺耦而耕。”

深　居

作吏难堪簿领迷①，深居聊复学幽栖②。病来酒户③何妨小，老去诗名不厌低。零落野云寒傍水，霏微④山雨晚成泥。自怜甫里家风⑤在，小摘残蔬绕废畦。

①簿领迷：犹言沉迷于簿书也。刘公干诗：“沉迷簿领书，回回自昏乱。”　②幽栖：犹言隐居。《唐书》：“有嘉遁幽栖、养高不仕者，州牧各以名荐。”谢灵运诗：“资此永幽栖。”　③酒户：古言酒量，有大户小户之名，亦称酒晕曰酒

户。白居易诗："犹嫌小户常先醒。"元稹诗："酒户年年减。" ④霏微：雨雪濛濛貌。 ⑤家风：放翁自以继同宗唐陆龟蒙遗风为宿愿，故有此语。按《唐书·陆龟蒙传》，居松江甫里，多所论撰，时谓江湖散人，或号天随子、甫里先生。

社前一夕未昏辄寝中夜乃得寐

祠事①当行惧不任，未昏②强卧拥孤衾。三更自笑原无睡，万事从来忌有心。檐角河倾秋耿耿③，床头虫语夜愔愔④。若耶溪上蘋花老⑤，倦枕何人听越吟⑥。

---

①祠事：谓社事也。 ②昏：原作"尝"，据钱仲联校注本改。 ③檐角河倾：犹言屋檐角上天河明亮弯环欲倾也。耿耿：明亮貌。谢朓诗："秋河曙耿耿。" ④愔愔（yīn）：犹言默默。唐昭宗谓杜让能曰："朕不欲愔愔度日。" ⑤若耶溪：溪名。亦作若邪。《太平寰宇记》："若耶溪在会稽县东二十八里。"《会稽志》称，即西施浣纱处。李白诗："若耶溪旁采莲女。"蘋：隐花植物，丛生于浅水边。 ⑥越吟：越歌也。王昌龄诗："是夜越吟苦。"

晓　坐

低枕孤衾①夜气存，披衣起坐默忘言。瓶花力尽无风堕，炉火灰深到晓温。空橐时时闻鼠啮②，小窗一一送鸦翻。悠然忽记幽居③日，下榻先开水际门④。

---

①衾：原作“晴”，据钱仲联校注本改。　②鼠啮：鼠碎物也。黄庭坚诗：“独夜不卧听鼠啮。”　③幽居：隐居也。苏轼诗：“年来渐识幽居味，思与高人对榻论。”　④下榻：谓留止也。后汉陈蕃不接宾客，惟徐稚来，特设一榻，去则悬之。后因以下榻为留宾之事。沈约诗：“宾至下尘榻。”水际：谓滨水之地域也。

游修觉寺

上尽苍崖百级梯，诗囊①香碗手亲携。山从飞鸟行边出，天向平芜尽处低。花落忽惊春事晚，楼高剩觉客魂迷。兴阑扫榻禅房卧，清梦还应到剡溪。

---

①诗囊：唐李贺有古锦囊，得句则纳其中。放翁他诗：“古锦诗囊觅句忙。”

小阁纳凉

侵床月白病全苏，掠面风清酒欲无。渺渺塘阴下鸥鹭，萧萧秋意满菰蒲。纵输烟渡横孤艇，也胜京尘暗九衢①。莫遣良工更摹写，此诗端是卧游②图。

---

①九衢：通衢也。宋之问《长安道》：“楼阁九衢春。” ②卧游：宗炳，南北朝宋之隐士，南阳人，字少文，好山水，爱远游，西陟荆巫，南登衡岳，有疾还江陵，叹曰：老疾俱至，名山恐难遍睹，唯澄怀观道，卧以游之。凡所游履，皆图之于室，谓人曰：抚琴动操，欲令众山皆响。

东湖新竹

插棘编篱谨护持，养成寒碧映沦漪①。清风掠地秋先到，赤日行天午不知。解箨时闻声簌簌②，放梢初见叶离离③。官闲我欲频来此，枕簟仍教到处随。

---

①沦漪：水波也。《诗经》：“河水清且沦漪。” ②簌簌（sù）：喻风吹竹声。元稹诗：“风动落花红簌簌。”此则状分披繁盛貌矣。 ③离离：茂密貌。《诗经》：“彼黍离离。”

病后暑雨书怀

发毛萧飒①疾初平，云物轮囷气未清②。水涨小亭无路到，雨多幽草上墙生。窗昏顿减雠书③课，屋老时闻堕瓦声。止酒亡聊④还自笑，少年豪饮似长鲸⑤。

---

①萧飒：喻衰状。飒（sà），衰也。岑参诗："鬓毛飒已苍。"　②云物：犹言景物也。杜甫诗："思飘云物外。"轮囷：喻屈曲盘戾状。《汉书》："蟠木根柢，轮囷离奇。"　③雠书：谓校对文字也。《文选》注："一人读书，校其上下谓校。一人持本，一人读书，若怨家相对为雠。"　④亡聊：同"无聊"。愁闷之义。《楚辞》："心烦愦兮意无聊。"　⑤豪饮似长鲸：喻狂饮也。杜甫诗："饮似长鲸吸百川。"

过野人家有感

纵辔江皋①送夕晖，谁家井臼映荆扉。隔篱犬吠窥人过，满箔蚕饥待叶归②。世态十年看烂熟③，家山万里梦依稀。躬耕本是英雄④事，老死南阳⑤未必非。

---

①江皋：岸也。《汉书》："江皋河濒。"　②箔：养蚕

用具，俗称蚕帘。韩愈诗："春蚕看满箔。"叶：放翁自注："吴人直谓桑曰叶。" ③烂熟：《北齐书·王晞传》："非不爱作热官，但思之烂熟耳。" ④雄，原作"豪"，据钱仲联校注本改。 ⑤南阳：位于河南西南部。诸葛亮《出师表》："臣本布衣，躬耕于南阳。"

月中归驿舍（六月十四日）

岁岁常为锦水①行，驿前双堠②惯逢迎。草深闲院虫相语，人静空廊月自明。病起酒徒嘲小户③，才衰诗律愧长城④。何时却泛耶溪路，卧听菱歌⑤四面声。

---

①锦水：即锦江。在四川境，俗名府河，又名流江。杜甫诗："锦江春色来天地。" ②堠：封土为坛以记里也。 ③小户：谓酒量弱也。陈寿《三国志》："小户虽不入口，亦浇灌取尽。" ④诗律：诗之格律也。杜甫诗："老去渐于诗律细。"长城：喻诗格之缜密也。刘长卿自谓五言长城。 ⑤菱歌：采菱者所唱之歌。王勃赋："听菱歌兮几曲。"李白诗："菱歌清唱不胜春。"

秋　兴

无处逢秋不黯然①，驿前斜日渡头烟。吟肩雅与寒驴称②，归梦频争社燕③先。百岁犹穿几两屐④，千诗不及一囊钱⑤。故应身世如团扇，已向人间耐弃捐⑥。

---

①黯然：伤别貌。江淹《别赋》："黯然魂销者，惟别而已矣。"　②喻体态瘦耸貌。　③社燕：燕子春社来，秋社去，故曰社燕。　④此放翁自慨，起人世浮云之感。按《晋书·阮孚传》："初祖约性好财，孚性好屐，因是累而未判其得失。有诣约，见正料财物。客至屏当不尽，以身蔽之。有诣阮，正见自蜡屐，因叹曰：未知一生当着几两屐。于是胜负始分。"　⑤一囊钱：喻所值无几也。《后汉书·赵壹传》："文籍虽满屐，不如一囊钱。"　⑥弃捐：弃置也。刘向《战国策序》："孟子、荀卿儒术之士，弃捐于世。"

平　云　亭

满榼①芳醪何处倾？金鳌②背上得同行。天垂绿野三边③尽，云与朱阑一样平。烟树迷茫疑误墨，风松萧瑟自新声。黄花未吐无多恨，也胜湘累拾落英④。

①满榼：犹言满樽也。榼，酒器也。《左传》："使行人执榼承饮。" ②金鳌：金鳌岛，在海中。宋高宗航海，尝候潮于此，疑指此。 ③三边：三方也。高适诗："旌节靖三边。" ④湘累：扬雄《反离骚》："叙吊楚之湘累。"注："诸不以罪死曰累。荀息、仇牧皆是也。屈原赴湘死，故曰湘累。"落英：落花也。《楚辞》："夕餐秋菊之落英。"

自上清延庆归过丈人观少留

再到蓬莱路欲平，却吹长笛过青城①。空山霜叶无行迹，半岭天风有啸声。细栈跨云萦峭绝，危桥飞柱插澄清。玉华更控青鸾住②，要倚栏干待月明。

①青城：在四川都江堰市西南，一名丈人山。《青城山记》："岷山连峰接岫，千里不绝，青城乃第一峰也。" ②玉华：楼名。青鸾：《洽闻记》：光武时有大鸟，高五尺，五色备举而多青。诏问百僚，咸以为凤。太史令蔡衡对曰：凡像凤者有五，多赤色者凤，多青色者鸾，此青者乃鸾非凤也。李贺诗："铜镜立青鸾。"

夏日过摩诃池[①]

乌帽翩翩白纻[②]轻，摩诃池上试闲行。淙潺[③]野水鸣空苑，寂历[④]斜阳下废城。纵辔迎凉看马影，袖鞭寻句听蝉声。白头散吏[⑤]原无事，却为兴亡一怆情。

---

①摩诃：池名。在成都。始凿于隋蜀王杨秀，前蜀皇帝王建纳之宫苑，改名龙跃池。至民国3年（1914）全部填平。游他诗亦有“一支春水入摩诃”之句。　②纻：麻属，可织为布。此指夏日葛衣也。　③淙潺(cóng chán)：水声也。苏轼《洞庭春色赋》：“揭春溜之淙潺。”　④寂历：犹言寂寞也。张九龄诗：“江城何寂历。”张说诗：“空山寂历道心生。”⑤散吏：谓闲散之小吏也。《后汉书·胡广传》：“广少孤贫，亲执家苦，长大随辈入郡为散吏。”白居易诗：“散吏闲如客，贫州冷似村。”

寓舍书怀

借得茅斋近笮桥[①]，羁怀[②]病思两无聊。春从豆蔻[③]梢头老，日向樗蒲齿上消[④]。丛竹晓兼风力横，高梧夜挟雨声骄。书生莫倚身常健，未画凌烟鬓已凋[⑤]。

---

①笮（zuó）：竹索也。俗言篾缆。笮桥：竹索所架之桥也。《华阳国志》："少城西南两江有七桥，其一为笮桥。" ②羁怀：旅怀也。 ③豆蔻：植物名，有草豆蔻、白豆蔻、肉豆蔻三种。此指草豆蔻。叶尖长，春日开花成穗，实稍小于龙眼，端锐，皮光滑，仁辛香气和。杜牧诗："娉娉袅袅十三余，豆蔻梢头二月初。" ④樗（chū）蒲：赌博之戏。《太平御览》称老子入胡作樗蒲。《唐国史补》："樗蒲法，三分其子三百六十，限以二关，人执六马，其骰五枚，分上黑下白，黑者刻二为犊，白者刻二为雉。掷之全黑者为卢，其采十六。二雉三黑为雉，其采十四。二犊三白为犊，其采十。全白为白，其采八。四者贵采也，六者杂采也。贵采得连掷打马过关，余采则否。"齿：此作骰子解。按《晋书·葛洪传》："性寡欲，无所爱玩，不知棋局几道，樗蒲齿名。"李商隐诗："囊龠言方喻，樗蒲齿讵知。" ⑤凌烟：凌烟阁。《唐书》："贞观十七年二月，图功臣于凌烟阁。"凋：称衰老也。韦庄诗："当时可爱人如画，今日相逢鬓已凋。"

午　寝

眼涩朦胧不自支，欠伸常恨到床迟①。庭花着雨晴方见，野客②敲门去始知。灰冷香烟无复在，汤成茶碗径须持。颓然却自嫌疏放③，旋了生涯一首诗。

①欠伸：倦貌。气乏则欠，体倦则伸。《礼记》：“侍坐于君子，君子欠伸，撰杖屦，视日蚤莫，侍坐者请出矣。”常，原作“长”，据钱仲联校注本改。　②野客：称山野之人。杜甫诗：“野客茅茨小，田家树木低。”《南唐书》：“潘扆常游江淮间，自称野客。落拓有大志。”　③颓然：颓唐貌。苏轼诗：“颓然笑阮籍，醉几书谢表。”疏放：意气横佚貌。杜甫诗：“嗜酒益疏放。”

晚　起

新晴窗日弄春妍①，幌小屏深②意自便。长恨病多妨痛饮，却缘客少得安眠。雏莺故故③啼檐角，飞絮翩翩④堕枕前。欲着衣裳还懒起，重寻残梦一悠然⑤。

①春妍：春日妍丽。白居易诗：“春妍景丽草树光。”②幌小屏深：犹言帏幔幅狭，而屏蔽深邃也。　③故故：犹言屡屡。杜甫诗：“时时开暗室，故故满青天。”　④翩翩：轻飞貌。⑤悠然：追思貌。陶潜诗：“采菊东篱下，悠然见南山。”

幽居晚兴

借锄剷药喜微香，汲井浇花趁晚凉。胸次何曾横一物，尊前尚欲笑千场。锦江秋雨芙蓉老，笠泽①春风杜若芳。归去自佳留亦乐，梦中何处是吾乡？

---

①笠泽：古水名，今吴淞江，源出太湖，因亦指太湖。《左传》：越伐吴，吴子御之笠泽，夹水而阵。

春　残

石镜①山前送落晖，春残回首倍依依。时平壮士无功老，乡远征人有梦归。苜蓿②苗侵官道合，芜菁③花入麦畦稀。倦游自笑摧颓甚，谁记飞鹰醉打围④。

---

①石镜：山名。在浙江临安境。山之东峰有石镜，光芒如镜。钱镠少时游此，照其形，服冕旋似王者状。唐昭宗封镠为越王，改山名为衣锦山。　②苜蓿：蔬类植物，生于原野。《史记·大宛传》："马嗜苜蓿，汉使取其实来，于是天子始种苜蓿。"　③芜菁：杂草也。　④田猎时合围曰"打围"。

饭昭觉寺抵暮乃归

身堕黄尘①每慨然，携儿萧散亦前缘。聊凭方外②巾盂净，一洗人间匕箸③膻。静院春风传浴鼓，画廊晚雨湿茶烟。潜光寮里明窗下，借我消遥过十年。

---

①黄尘：尘土也。此作俗尘、风尘解。杨炯诗：“千里暗黄尘。”　②方外：犹言世外，僧道亦称方外。本庄子说：“子桑户、孟子反、子琴张，三人相与友。子桑户死。孔子闻之，使子贡往侍事焉。或编曲、或鼓琴，相和而歌。子贡反以告孔子曰：彼何人耶？孔子曰：彼，游方之外者也；而丘，游方之内者也。内外不相及，而丘使汝往吊之，丘则陋矣。”　③匕箸：俱为食器。匕，曲柄浅斗，状如今之羹匙，古分饭匕、牲匕、疏匕、挑匕四种，形制皆同，惟大小长短因所用而异。箸，俗称筷。《礼记》：“饭黍毋以箸。”

合江夜宴归马上作

零露中宵①湿绿苔，江郊纵饮亦荒哉。引杯②快似黄河泻，落笔声如白雨来。纤指醉听筝柱促③，长檠④时看烛花摧。头颅自揣应虚死，马上长歌寄此哀。

---

①中宵：半夜也。《晋书》："或中宵起坐。" ②引杯：举杯也。杜甫诗："看剑引杯长。" ③纤指：柔指也。嵇康赋："飞纤指以驰骛。"筝：乐器，秦声也。蒙恬所造。《因话录》："秦人鼓瑟，兄弟争之，破而两，筝之名，自此始。"筝柱：筝之柱弦也。孟浩然诗："调移筝柱促，欢会酒杯频。" ④檠（qíng）：灯台。

月下醉题

黄鹄①飞鸣未免饥，此身自笑欲何之。闭门种菜英雄老，弹铗思鱼②富贵迟。生拟入山随李广③，死当穿冢近要离④。一樽强醉南楼月，感慨长吟恐过悲。

---

①黄鹄：鸟名，即黄鹤。 ②弹铗思鱼：冯驩弹铗歌曰："长铗归来乎！食无鱼。"喻穷途乏而有所希望者之辞。 ③李广：汉文帝时以击匈奴有功，封散骑常侍。武帝时为北平太守。匈奴畏之，号曰飞将军，避之数岁。 ④要离：春秋时之刺客。吴公子光既弑王僚，使要离刺其子庆忌。要离诈负罪出奔，使吴戮其妻子，而见庆忌于卫，与之俱渡江。至吴地，乘庆忌不意，刺中其要害。庆忌义之，使还吴，以旌其忠。离至江陵，伏剑而死。

岁暮感怀

征尘①十载暗戎衣，虚负名山采药期。少日覆毡曾草檄②，即今横槊尚能诗③。昏昏杀气秋登陇，飒飒飞霜夜出师。会有英豪能共此，镜中未用叹吾衰④。

---

①征尘：旅尘也。王勃诗："谁忍望征尘。"　②《北史》："神武之代，刘蠡升天寒雪深，使人举毡，元康于毡下作军书，飒飒运笔，笔不及冻，俄顷数纸。"　③苏轼《前赤壁赋》："酾酒临江，横槊赋诗，固一世之雄也。"此谓曹操。曹氏父子能于鞍马间为文，故云。　④吾衰：吾老也。《论语》："子曰：甚矣！吾衰也！"

感　秋

西风繁杵捣征衣①，客子关情正此时。万事从初聊复尔②，百年强半③欲何之？画堂④蟋蟀怨清夜，金井⑤梧桐辞故枝。一枕凄凉眠不得，呼灯起作感秋诗。

---

①繁杵：继续不已之槌衣声也。刘禹锡《捣衣曲》："繁杵含清风。"征衣：谓行衣也。许浑诗："朝来有乡信，犹自寄征

衣。” ②聊复尔：犹言姑且如是也。七月七日，北阮盛晒衣服，锦绮夺目。咸以竿挂大布犊鼻裈于庭。或怪之。答曰：未能免俗，聊复尔尔。（见《晋书》） ③强半：大半也。欧阳修诗：“强半光阴醉里消。” ④画堂：汉成帝生于甲馆画堂，为世嫡皇孙，后泛称堂舍曰画堂。 ⑤金井：古代施雕饰于井栏，故称金井。吴均诗：“玉栏金井牵辘轳。”王昌龄诗：“金井梧桐秋叶黄。”

曳策①游房园作

慈竹萧森拱废台②，醉归曳策一徘徊。纷纷落日牛羊下，黯黯长空霰雪来③。三峡猿催清泪落，两京梅傍战尘开。客怀已是凄凉甚，更听城头画角④哀。

---

①策：原作“杖”，据钱仲联校注本改。 ②慈竹：即子母竹，产四川境。萧森：衰飒貌。杜甫诗：“巫山巫峡气萧森。” ③黯黯：阴霾貌。霰雪：雪珠也。《诗经》：“如彼雨雪，先集维霰。” ④画角：古军乐。发声呜呜然，哀厉高亢，闻之令人奋兴，故古时军中用之，以警昏晓、振军气也。杜甫诗：“城阙秋深画角哀。”

闲　意

柴门①虽设不曾开，为怕人行损绿苔。妍日②渐催春意动，好风时卷市声来。学经妻问生疏字，尝酒儿斟潋滟③杯。安得小园宽半亩，黄梅绿李一时栽。

---

①柴门：犹言蓬门也。薛嵎诗："不许车尘入，柴门只半开。"　②妍日：春日妍丽，故曰妍日。　③潋滟（liàn yàn）：水动貌。木华《海赋》："㴩湙潋滟。"此作酒泛貌解。

江亭冬望

霜落江清水见鱼，偶来徙倚草亭孤。雪天黯淡常如晚，烟树微茫直欲无。下泽乘车终碌碌①，上方请剑漫区区②。拟将疏逸消豪气，寻罢酒徒寻猎徒。

---

①下泽乘车：短毂车也。《后汉书·马援传》："从弟少游，常哀吾慷慨多大志，曰：士生一世，但取衣食裁足，乘下泽车，御款段马，为郡掾吏，守坟墓，乡里称善人，斯可矣。致求盈余，但自苦耳。"碌碌：原作"绿绿"，据钱仲联校注本改。②上方请剑：汉成帝时，丞相安昌侯张禹，以帝师位特进，甚尊

重。云曰：臣愿赐上方斩马剑，断佞一人头，以厉其余。上问谁也？对曰：安昌侯张禹。（见《汉书·朱云传》）区区：得志貌。《吕氏春秋》："区区焉相乐也。"

六月十四日宿东林寺

看尽江湖千万峰，不嫌云梦①芥吾胸。戏招西塞山②前月，来听东林寺③里钟。远客岂知今再到，老僧能记昔相逢。虚窗熟睡谁④惊觉，野碓无人夜自舂。

---

①云梦：在湖北安陆市南，本二泽，云在江北，梦在江南。华容以北，安陆以南，枝江以东，皆其地。后悉为邑居聚落，因并称之云梦。　②西塞山：有二，一吴兴之西塞，即今磁湖镇道士矶。一武昌之西塞，韦应物诗"势从千里奔，直入江中断"即指此。按放翁《入蜀记》称："过新野夹地，属兴国军大冶县，晚过道士矶，石壁数百尺，色正青，了无窍穴，而竹树迸根，交络其上，苍翠可爱。自过小孤，临江峰嶂，无出其右。矶一名西塞山，即玄真子《渔父词》所谓'西塞山前白鹭飞'者。"　③东林寺：在江西庐山境。白居易《东林寺经藏西廊记》："元和初，江西观察使韦丹，于庐山东林寺建多罗藏一所。"刘长卿诗："绝巘东林寺。"　④谁，原作"碓"，据钱仲联校注本改。

南定[①]楼遇急雨

行遍梁州到益州②，今年又作度泸③游。江山重复争供眼，风雨纵横乱入楼。人语朱离逢峒獠④，棹歌欸乃⑤下吴舟。天涯住稳归心懒，登览茫然却欲愁。

---

①定，原作“亭”，据钱仲联校注本改。其注引《老学庵笔记》卷三称：“泸州，自州治东出芙蓉桥，至大楼曰南定，气象轩豁。”　②梁州：古九州之一。蜀汉以后置梁州于汉中。益州：州名。汉置，今四川省地。　③泸：水名，在蜀中。《寰宇记》：“汶口入泸川县，又名泸江，即此。”　④峒：南方少数民族所居地。　⑤欸乃：象声词。摇橹声。欸，原作“款”，据钱仲联校注本改。

将至京口[①]

卧听金山古寺钟②，三巴③昨梦已成空。船头坎坎④回帆鼓，旗尾舒舒⑤下水风。城角危楼晴霭碧，林间双塔夕阳红。铜瓶愁汲中濡水⑥，不见茶山⑦九十翁。

---

①京口：今江苏镇江丹徒区，以京岘山得名。一说谓京江之

口也。吴孙权徙镇于此，筑京城，号京镇，寻移秣陵，使孙何镇焉。隋分道伐陈，贺若弼自广陵出京口，即此。 ②金山：在江苏镇江西北，旧在江中，今四周沙涨成陆。释应之《头陀岩记》："金山昔名浮玉，因裴头陀江际获金，贞元二十一年，节制李锜奏易名金山。"徐爰《释问略》："建康东北十里，有蒋山，旧名金山。"金焦为镇江名胜，宿有"焦山山里寺，金山寺里山"之称。而金山古寺钟声，尤为诗人所称咏。如顾况诗："忽忽秋江上，如闻古寺钟。"张祜诗："一宿金山寺，微茫水国分。"苏轼诗："金山楼观何耽耽，撞钟伐鼓闻淮南。"

③三巴：见《华阳国志》："刘璋改永宁为巴郡，以固陵为巴东，徙庞义为巴西太守，是为三巴。"按刘璋永宁郡，今为重庆巴县以东至忠县地；固陵郡今为云阳奉节等县地；巴西郡今为阆中县地。 ④坎坎：用力声。《诗经》："坎坎伐檀兮。"

⑤舒舒：宽缓貌。孟郊诗："后生皆促促，心境谁舒舒？"

⑥中濡：即中泠泉。在今江苏镇江丹徒西北石簰山东。泠，一作"零"，又作"櫺"，亦作"濡"。旧在江中，盘涡深险，冬日水涸，用汲竿汲之可得。今江岸沙涨，此泉已在沙中。又有南泠北泠，古称三濡。刘伯刍谓水之宜茶者，以扬子江南零水为第一，今通称中泠为第一泉，而南泠北泠之名不著矣。唐李德裕使人取中泠水，即此。亦作中濡。又放翁自注云："顷在京口，尝取中濡水寄曾文清公。" ⑦茶山：人名。曾几，字吉甫，赣县人。高宗朝，历官江西浙西提刑，忤秦桧去位，侨寓上饶茶山寺，自号茶山居士。桧死，召为秘书少监，权礼部侍郎，提举玉隆观，致仕，卒谥文清。有《茶山集》八卷。放翁诗法，即传自

茶山，所谓江西派也。

归云门

万里归来值岁丰，解装乡墅乐无穷①。甑炊②饱雨湖菱紫，篾络③迎霜野柿红。坏壁尘埃寻醉墨，孤灯饼饵对邻翁。微官④行矣闽山去，又寄千岩梦想中。

---

①解装：解弛行装也。韩愈诗：“念汝欲别我，解装具盘筵。”颜延之赋：“解装息甲。”乡墅：别馆。　②甑（zèng）炊：以瓦器作炊。　③篾络：指竹筐也。　④微官：小吏也。

偷闲

老向人间未拂衣①，偷闲聊喜息尘机②。丹枫断岸秋来早，淡日孤村客到稀。偶忆雪溪携鹤去，却从云肆③买蓑归。酒徒莫笑生涯别④，久矣渊明悟昨非。

---

①未拂衣：犹言未尝振衣也。此喻疏懒落磊貌。　②尘机：谓外界事物之与吾接触之机缘也。犹释氏所谓“尘缘”。《圆觉经》：“妄认四大为自身相，六尘缘影为自心相。”③云肆：陆龟蒙诗：“石林空寂历，云肆肯哓诜。”　④酒

徒：谓嗜酒之人也。《史记》："吾高阳酒徒也，非儒人也。"生涯：指习常之境况也。庾信文："非常之锡，有溢生涯。"

题斋壁

葺得湖边屋数椽，茅斋低小竹窗妍。墟烟寂历归村路①，山色苍寒酿雪天。性懒杯盘常偶尔，地偏鸡犬亦翛然②。早知栗里多幽事③，虚走④人间四十年。

---

①墟烟：犹言村落炊烟也。陶潜诗："暖暖远人村，依依墟里烟。"寂历：寂寞也。陆龟蒙诗："石林空寂历。"张说诗："空山寂历道心生。"　②地偏：地处偏僻也。陶潜诗："心远地自偏。"翛然：自由自在。白居易诗："竟夕遂不寐，心体俱翛然。"　③栗里：在江西德化县西南。《寰宇记》："柴桑山近栗里原，即此。为陶渊明故居。"按《清一统志》："陶潜宅在德化县西南九十里柴桑里。"此则渊明故居也。至于栗里，《南史·陶潜传》云：潜尝往庐山，王弘令潜故人庞通之赍酒具于半道栗里要之。是栗里在柴桑与庐山之间，断非渊明故居可知。幽事：风雅事也。杜甫诗："稠叠多幽事。"　④虚走：犹言虚度也。

自云门之陶山肩舆者失道行乱山中有茅舍小塘极幽邃求见主人不可意其隐者也

陂池幽处有茅堂，井臼萧条①草树荒。小鸭怯波时聚散，病蔬伤蠹半青黄。童儿冲雨收鱼网，婢子闻钟上佛香。我亦暮年思屏迹②，数椽何计得连墙③？

---

①井臼萧条：喻村落荒芜，少汲水舂米之役。　②屏迹：谓远避也。《北史》：“曲堤虽险何益，但有宋公自屏迹。”　③连墙：谓屋宇比连也。《列子》：“子列子与南郭子连墙二十年，不相谒请，相遇于道，若不相见者。”

题绣川驿

绣川池阁记曾游，落日栏边特地①愁。白首即今行万里，淡烟依旧送孤舟。归心久负鲈鱼鲙②，春色初回杜若洲③。会买一蓑来钓雨，凭谁先为谢沙鸥？

---

①特地：犹言专为此也。戴叔伦诗：“为爱去年梅，凌寒特地来。”　②鲈鱼鲙：美味之一。见《晋书》：张翰因秋风起，乃思吴中莼羹鲈鱼脍，遂命驾归。　③杜若：草类。杜若洲：犹言丛生杜若之洲也。见《楚辞》：“采芳洲兮杜若。”李

商隐诗："溅裙杜若洲。"

东 关

烟水苍茫①西复东，扁舟②又系柳阴中。三更酒醒残灯在，卧听萧萧雨打篷③。

①苍茫：无涯貌。《拾遗记》：少昊母皇娥乘桴木而昼游，经历穷桑沧茫之浦。 ②扁舟：轻舟也。犹言一叶扁舟。《史记》："范蠡既雪会稽之耻，乃乘扁舟浮于江湖。" ③萧萧：喻风声。《史记》："风萧萧兮易水寒。"篷：船具，以覆舟，织竹夹箬为之。

衢州道中作

耿耿①孤忠不自胜，南来清梦绕觚棱②。驿门上马千峰雪，寺壁题诗一砚冰。疾病时时须药物，衰迟处处少交朋。无情最恨寒沙雁，不为愁人说杜陵③。

①耿耿：光大磊落貌。《诗经》："耿耿不寐。" ②觚棱（gū léng）：堂殿上最高转角处也。上自屋脊，下讫前后檐际，以次斜削成三角形。《西都赋》："设壁门之凤阙，上觚棱

而栖金雀。”杜牧诗：“觚棱拂斗极，回首尚迟迟。” ③杜陵：按《存悔斋集杜诗话》称，长安城东有霸陵，文帝所葬。霸南五里，即乐游原，宣帝筑以为陵，曰杜陵。东南十余里，又有一陵差小，许后所葬，谓之少陵。其东即杜曲陵，西即子美旧宅，自称杜陵布衣、少陵野老缘此。

夜坐偶书

衰发萧疏雪满簪①，暮年光景易骎骎②。已甘身作沟中断③，不愿人知爨下音④。病鹤摧颓分薄俸，悲蛩⑤断续和微吟。向来误有功名念，欲挽天河⑥洗此心。

---

①萧疏：错落有清致貌。杜甫诗：“花萼尚萧疏。”雪满簪：喻白发如满头雪簪也。苏轼《送表忠观钱道士诗》：“憔悴云孙雪满簪。” ②骎骎：马行疾貌。《诗经》：“载骤骎骎。”此喻光阴之快也。 ③沟中断：见《庄子》：“赤张满稽曰：百年之木，破为牺尊，青黄而文之，其断在沟中，比牺樽于沟中之断，则美恶有间矣，其于失性一也。”苏轼诗：“蔚为万乘器，不作沟中断。” ④爨下音：爨时所闻之声也。见《后汉书·蔡邕传》：“吴人烧桐以爨者，邕闻火烈之声，知其良木，因请裁为琴，果有美音。” ⑤蛩（qióng）：《埤雅》称蟋蟀一名吟蛩。 ⑥天河：亦名银河，又称银汉、天杭，犹言云汉也。晴夜天空，见有灰白色之带，弯环如河者，即此。

雨夜偶书

高卧空堂风雨来，更阑①频看烛花摧。新凉萧爽秋期近，多病侵寻老境催。万事极知终变灭，一官那得久低回②。床头幸有楞伽③在，更炷炉香手自开。

---

①更阑：犹言更深夜阑也。蔡琰《胡笳十八拍》："更深夜阑兮，梦汝来期。" ②低回：留恋貌。《史记》："低回留之不能去。" ③楞伽：佛经名。宋天竺僧求那跋陀罗译。棱伽，山名，佛为大慧演道于此山。元魏僧达摩以付僧慧可，曰："吾观国中，所有经教，惟《棱伽》可以印心。"亦名《楞伽阿拔多罗宝经》。是经义旨深湛，为大乘之要籍，亦作《骏迦》。按《翻译名义集》，僧伽罗国东南隅，有骏迦山，佛于此说《骏迦经》是也。岑参诗："山阴老僧辨《棱伽》。"

桥南纳凉

曳杖来追柳外凉，画桥南畔倚胡床①。月明船笛参差起，风定池莲自在香。半落星河知夜久，无穷草树觉城荒。碧筒②莫惜颓然醉，人事还随日出忙。

---

①胡床：器具。《贵耳集》：今之校椅，古之胡床也。自来只有栲栳样，宰执侍从皆用之。京尹吴渊奉承时相，出意撰制荷叶托首，遂号曰太师样，即后世所称太师椅也。　②碧筒：饮具。《酉阳杂俎》："魏郑公悫，率宾佐避暑，取荷叶盛酒，刺叶与柄通，屈茎如象鼻，传吸之。名曰碧筒杯。"

客　意

山行曳杖水拏舟，走遍茫茫禹画州①。蝴蝶梦魂②常是客，芭蕉身世不禁秋。早因食少妨高卧③，晚忆茶甘④作远游。龙焙⑤一尝端可去，无心更为荔枝留。

①禹画州：禹治洪水，足迹遍于九州，故云。《左传》："茫茫禹迹，画为九州。"　②蝴蝶梦魂：见《庄子》："昔者庄周梦为蝴蝶，栩栩然蝴蝶也。俄而觉，则遽遽然周也。"　③高卧：喻隐居不仕也。《晋书·谢安传》："屡违朝旨，高卧东山。"　④茶甘：谓好茶津津有甘味也。苏轼诗："茶甘不上眉。"　⑤龙焙：按《宋史·地理志》："建宁府建安县有北苑茶焙龙焙监库。"苏轼送茶词："龙焙今年绝品。"

西村醉归

侠气峥嵘盖九州，一生常耻为身谋。酒宁剩欠寻常债，剑不虚施细碎雠①。岐路凋零白羽箭，风霜破敝黑貂裘②。阳狂③自是英豪事，村市归来醉跨牛。

---

①细碎雠：小仇也。　②见《战国策》："苏秦说秦惠王，书十上而说不行。黑貂之裘敝，黄金百斤尽。"　③阳狂：伪为狂者也。《晋书·王衍传》："杨骏欲以女妻焉。衍耻之，遂阳狂自免。"

月夜泛小舟湖中三更乃归

落日愁思把钓钩，南邻借得采菱舟①。湖心月上明如昼，树杪风生冷逼秋。壮岁功名惭汗马②，暮年心事许沙鸥③。桐江一叶真奇策④，莫为儿曹⑤作滞留。

---

①采菱舟：采菱船也。钱起诗："晚晴贪获稻，闲却采菱船。"　②汗马：言战功也。战马疾驰而汗出，故云。《战国策》："不费汗马之劳。"《史记·晋世家》："矢石之难，汗马之劳。"　③沙鸥：水鸟名。喜随海舶而飞翔，在水中则游泳

以自适。黄庭坚诗："此心吾与白鸥盟。"　④桐江：在浙江桐庐境，合桐溪曰桐江。一叶：犹言一叶扁舟也。　⑤儿曹：犹言儿辈也。《汉书》："光武笑曰，小儿曹乃有大志哉？"

秋　夜

秋气侵帷①梦不成，一灯西壁翳②还明。风高露井③无桐叶，雨急烟村有雁声。击筑谁同燕市饮？赁舂④方作会稽行。从来自许⑤知何等，堪叹江湖白发生。

---

①侵帷：侵入幕幔。　②翳（yì）：隐蔽。《国语》："是去其藏而翳其人也。"　③露井：谓井上无覆也。《古诗》："桃生露井上，李树生桃旁。"　④赁舂：为米工也。按东汉梁鸿，家贫尚节，曾依皋伯通居庑下，为人赁舂。《后汉书》："公沙穆为吴祐赁舂。"　⑤自许：自负也。《晋书·殷浩传》："桓温既以雄豪自许。"李商隐诗："平生自许非忽忽。"

舟过樊江憩民家具食

旅食何妨美蕨薇①，夕阳来叩野人扉。萧萧短鬓秋初冷，寂寂空村岁荐饥②。蓼岸刺船③惊雁起，烟陂吹笛唤牛归。诗情剩向穷途得，蹭蹬④人间未必非。

---

①旅食：犹言客处。戴复古诗："旅食思乡味。"蕨（jué）：羊齿类植物，叶嫩时可食。《诗经》："言采其蕨。"薇：一年生草类，嫩时可食。按周武王平殷乱，伯夷叔齐耻之，誓不食周粟，隐于首阳山，采薇而食之。 ②荐：献，进。荐饥，见《国语》："天殃流行，国家代有。补乏荐饥，道也。不可以废道于天下。" ③蓼（liǎo）：一年生草本，产于水边。蓼岸：谓生蓼之岸滩也。刺船：撑船也。《庄子》："刺船而去。"韩愈诗："刺船犯枯葑。"俱作撑解。 ④蹭蹬：失势貌。李白诗："蹭蹬遭谗毁。"

书叹

多病文园①苦滞留，时时浩叹揽貂裘②。纵无夜雨何曾寐，不为秋风也自愁。今岁顿惊丝鬓③改，此生难继锦江④游。欲谈旧事无人共，日落鸦归又倚楼。

---

①文园：指司马相如。《汉书·司马相如传》："相如拜为孝文园令。"杜牧诗："文园终病渴。" ②此句系指司马相如以鹔鹴裘贯酒事。杜甫诗："永夜揽貂裘。" ③丝鬓：谓鬓白如丝也。白居易诗："斑斑白丝鬓。"

醉书山亭壁

物外①阳狂五百年，扁舟又系镜湖边。飞升②未抵簪花乐，游宦何如听雨眠？绿蚁滟尊芳酝熟③，黑蛟落纸草书颠④。忽拈玉笛⑤横吹去，说与旁人是地仙⑥。

---

①物外：谓不与人事也。犹言世外。《唐书·元德秀传》：乃结庐山阿，弹琴读书，陶陶然遗身物外。　②飞升：腾达也。《黄庭内景经》："飞升十天驾玉轮。"　③绿蚁：酒名。谢朓诗："嘉鲂聊可荐，绿蚁方独持。"滟尊芳酝：犹言满樽美酒也。按，滟尊与潋滟杯同义。　④黑蛟：喻墨沉如蛟之飞舞也。杜甫诗："涛翻黑蛟跃。"落纸：下笔也。杜甫诗："挥毫落纸如云烟。"草书颠：指张旭。唐之书法家，吴人，字伯高，善草书，嗜酒，每大醉，呼叫狂走，乃下笔，或以丝濡墨而书。世号为张颠，又称草圣。杜甫诗："吴郡张颠夸草书，草书非古空雄壮。"　⑤玉笛：乐器名，玉制之笛也。按《西京杂记》称："秦咸阳宫有玉笛，长二尺三寸，二十六孔，吹之则见车马山林，隐隐相次，名曰昭华之琯。"　⑥地仙：犹言人间神仙也。《楞严经》："彼诸众生，坚固服饵，而不休息，食道圆成，名地行仙。"《风月堂诗话》："刘几筑室嵩山，号玉华庵主。每乘牛吹笛，使二妾和之，人目为地仙。"

雨夜感怀

点滴空阶雨送凉，青灯对影独凄伤。身如病木惊秋早，心似鳏鱼[1]怯夜长。铸得黄金犹有术，扫空白发定无方。萧然禅榻君休笑，一卷残书伴枕旁。

---

①鳏鱼：《释名》："鳏鱼，昆也；昆，明也。愁悒不寐，目恒鳏鳏然也。故其字从鱼，鱼目恒不闭者也。"放翁他诗："愁似鳏鱼夜不眠。"

题酒家壁

明主何曾弃不才[1]，书生飘泊自堪哀。烟波东尽江湖远，云栈西从陇蜀回。宿雨送寒秋欲晚，积衰成病老初来。酒香菰脆丹枫岸，强遣樽前笑口开。

---

①不才：本孟浩然诗："不才明主弃。"

雨中遣怀

秋稼连云饱不疑，宁期一败莫支持。雨如梅子初黄日，水似桃花欲动时。正昼蚊虻①驱不去，终朝蛙黾②怒何为？凶年气象堪流涕，禾把纷纷满竹篱。

①虻（méng）：啮人飞虫。刘勰《新论》：“人入山则避蜂虿，入室则驱蚊虻。”　②黾：即金线蛙。《尔雅》：“在水者黾。”

秋　思

秋来情味更堪论，身寄城南五亩园。委辔看山无铁獭①，拾樵煎茗有青猿②。陂塘夜雨添新涨，原野烟芜减旧痕。岂是平生少亲友？略无人肯访孤村！

①铁獭：陆游自注：“梅圣俞马名。”　②青猿：陆游自注：“王元之小童名。”

雨中小酌

晨起占①云日日西，吾庐烟雨正凄迷。愁看场上禾生耳，且泥杯中酒到脐②。窗日几时飞野马③，瓮天惟是舞醯鸡④。前村着屐犹通路，自摘金橙捣鲙齑⑤。

---

①占，原作“瞻”，据钱仲联校注本改。 ②《世说新语》：“桓温有主簿，善别酒，好者谓青州从事，恶者谓平原督邮。青州有齐郡，平原有鬲县。从事言好酒到脐，督邮言恶酒在鬲上住。” ③野马：《庄子》：“野马也，尘埃也”。春气发动，遥望薮泽，犹如奔马，故云。按沈括说：“野马与尘埃乃是两物。野马乃田野间浮气，远望如群羊，又如水波。”龙树曰：“日光着微尘，风吹之野中转，名为阳焰。”即此。 ④醯（xī）鸡：微虫类。《庄子》：“丘之于道也，其犹醯鸡与酒上蠛蠓也。” ⑤鲙齑：以鱼鲙和菜蔬杂捣，曰鲙齑。《南部烟花录》：南人鱼鲙，细缕金橙拌之，号为金齑玉鲙。

村居书触目

雨霁郊原刈麦忙，风清门巷晒丝香。人饶笑语丰年乐，吏省征科化日①长。枝上花空闲蝶翅，林间葚美滑莺吭②。

饱知游宦无多味，莫恨为农老故乡。

---

①化日：《宋史》："化日初长，时当暮春。"　②莺吭（háng）：鸟喉也。左思赋："弄吭清渠。"

秋　夜

老病龙钟①不入城，浊醪粗饭饯余生。未霜村舍秋先冷，无月江边夜自明。出塞虽惭平贼手，下帷②聊喜读书声。山童睡熟青灯暗，自拨残炉候药铛③。

---

①龙钟：衰惫貌。杜甫诗："何太龙钟极"。按，龙钟本为竹名，言老人如竹摇曳，不能自持也。　②下帷：董仲舒为博士，下帷讲诵，三年不窥园。　③铛（chēng）：温器。如酒铛，茶铛。

山　寺

寺门压石危欲崩，槎牙①老松挂苍藤。风传上方出定磬，雨暗古殿长明灯②。宿林野鹘惊复起，争栗山童呼不应③。溪南闻道更幽绝，明日裂布缝行縢。

---

①槎牙：枝柯歧出之貌，亦作杈枒。《方言》："江东谓树歧曰杈枒。" ②长明灯：燃灯供佛前，昼夜不灭，故云长明。《嘉话录》："江宁县寺有长明灯，岁久，火色变青而不热。" ③应（yīng）：答言也。韩偓诗："敲遍阑干唤不应。"

岁 暮

小筑幽栖与拙宜，读书写字伴儿嬉。已无叹老嗟卑意，却喜分冬守岁①时。羹臛②芳鲜新弋雁，衣襦轻暖自缫丝。农家岁暮真堪乐，说向公卿未必知。

---

①守岁：别岁也。《东京梦华录》："除夕士庶之家，围炉团坐，达旦不寐，谓之守岁。" ②羹臛（huò）：菜羹曰羹，肉羹曰臛。按颜师古曰："羹之与臛，烹者以异齑，调和不同，非系于菜也。"

野 饮

青山千载老英雄，浊酒三杯失厄穷①。访古颓垣荒堑里，觅交屠狗卖浆②中。平堤渐放春芜绿，细浪遥翻夕照红。已把残年付天地，骑牛吹笛伴村童。

---

①厄穷：阻塞也。《孟子》："厄穷而不悯。" ②屠狗卖浆：泛称卑贱之役。《后汉书》："亦有鬻缯屠狗轻猾之徒。"《史记》："薛公藏于卖浆家。"

病 起

山村病起帽围宽①，春尽江南尚薄寒。志士凄凉闲②处老，名花零落③雨中看。断香漠漠便支枕④，芳草离离悔倚阑⑤。收拾吟笺停酒碗⑥，年来触事动忧端⑦。

---

①帽围宽：此喻病后消瘦，帽围顿宽。 ②闲，原作"何"，据钱仲联校注本改。 ③名花零落：犹言好花凋谢也。李白诗："名花倾国两相欢。"名花本指芍药而言，后遂为好花之通称。 ④断香：犹言余香缭绕。支枕：倚枕也。 ⑤芳草：香草也。《楚辞》："何昔日之芳草兮，今直为此萧艾也。"离离：喻分披繁盛貌。张衡赋："朱实离离。" ⑥收拾：整理也。苏试诗："收拾费金赀。"吟笺：诗笺也。 ⑦忧端：忧愁之意绪也。白居易诗："端觉忧夜长。"

秋雨北榭作

秋风吹雨到江渍①，小阁疏帘晓色分。津吏②报增三尺水，山僧归入万重云。飘零露井无桐叶，断续烟汀有雁群。了却文书早寻睡，檐声③偏爱枕间闻。

---

①江渍（fén）：江边也，水涯也。《诗经》：“铺敦淮渍。” ②津吏：主津梁之吏，司水利事宜，如闸官之类。 ③檐声：雨打檐声也。

病起小饮

病起新霜满鬓蓬，凭高①一笑与谁同？酒如渌②静春江水，人有洪荒太古风③。野寺钟来夕阳外，寒山树插乱云中。一官正尔妨人乐，只合沧浪④狎钓翁。

---

①凭高：犹言临高。韦庄诗：“由来多感莫凭高。” ②渌（lù）：水清也。司空图《诗品》：“如渌满酒，花时返秋。”王禹偁诗：“秋风江水渌。” ③洪荒：混沌蒙昧之状态。《鲁灵光殿赋》：“洪荒朴略，厥状睢盱。”洪荒，钱仲联校注本作“鸿荒”。太古：远古；上古。《汉书·盖宽饶传》：“王

生予书曰：今君不务循职而已，乃欲以太古久远之事，匡拂天子。”　④沧浪：水名，即汉水。《尚书》：“嶓冢导漾，东流为汉，又东为沧浪之水。”陆机诗：“垂影沧浪泉。”此言水色也。

寄径山印禅师

市朝①声利战方酣，眼看纷纭②每不堪。但有客夸车九九③，了无人问众三三④。会当身返东西蜀，要与公分上下庵⑤。春枕悠然梦何许，两枝筇杖唤鱼潭⑥。

---

①市朝：《战国策》：“争名者于朝，争利者于市。”　②纷纭：钱仲联校注本作“纷纷”。　③九九：《吕氏春秋》：“东野有以九九见者，桓公使戏之曰：九九足以见乎？曰：九九薄能耳，而君犹礼之，况贤于九九者乎？”又《东京赋》：“属车九九，乘轩并毂。”　④三三：语出《传灯录》：无著文喜禅师住五台山华严寺，至金刚窟，遇一老翁，邀入寺，升堂，堂宇皆耀金色。翁踞床，指绣墩命坐。问：此间佛法如何住持？翁曰：龙蛇混杂，凡圣同居。师曰：多少众？翁曰：前三三，后三三。”　⑤上下庵：陆游自注：“赵州有上庵庵主、下庵庵主语。”　⑥唤鱼潭：潭在四川眉山中岩，客至抚掌，鱼即群出。

迓使[1]客出郊夜归过市楼

山川惨澹作秋霖，云物徘徊结夕阴。手版[2]向人惭老大，肩舆出郭当登临。二年雪濑[3]饶羁思，万里冰河歇壮心。却羡喧呼楼上客，隔帘红烛醉更深。

---

①使，原作“事”，据钱仲联校注本改。　②手版：古有简策以纪事。若在君前，以笏纪事，后代用薄。薄，今手版。③雪濑：雪水流沙曰雪濑。

书　意

一鸣辄斥不鸣烹[1]，祸福原知未易评。湖海凄凉身跌宕，杯觞豪举笔纵横。敢希二顷成高卧[2]，但愿诸公致太平。波暖龙舟溯清汴[3]，道边扶杖眼犹明。

---

①不鸣烹：《庄子》：“庄子出于山，舍于故人之家。故人喜，命竖子杀雁而烹之。竖子请曰：其一能鸣，其一不能鸣。请奚杀？主人曰：杀不鸣者。”　②句意犹言雅不欲安乐也。《史记·苏秦传》：“使我有洛阳负郭田二顷，吾岂能佩六国相印乎！”　③清汴：水名。《一统志》称，汴水源出开封荥

阳，合京、索、须、郑四水，东南到中牟县，北入于黄河。龙舟溯清汴，原书误作“龙溯舟清汴”，据钱仲联校注本改。

北窗闲咏

阴阴绿树雨余香，半卷疏帘置一床。得禄仅偿赊酒券①，思归新草乞词章。古琴百衲弹清散，名帖双钩②拓硬黄③。夜出灞亭④虽跌宕，也胜归作老冯唐⑤。

①赊酒券：缓偿酒值之契约。　②双钩：以法书摹刻石上，沿其笔墨痕迹，两边用细线钩出，使秾纤肥瘦，不失其真，曰双钩。　③拓硬黄：谓置纸热熨斗上，以黄蜡涂匀，俨如角枕，毫厘毕见。　④夜出灞亭：指汉李广事，详见前。　⑤冯唐：《史记》：冯唐以李廉为中郎署长，文帝拜车骑都尉，武帝立求贤良，举冯唐。时唐年九十余，不能复为官，乃以唐子冯遂为郎。

云门感旧

总角来游老未忘，背人岁月去堂堂①。稚松看到偃霜盖，废寺忆曾开宝坊②。佛几古灯寒焰短，斋厨③新粟午炊香。兴阑未忍登车去，更倚溪桥立夕阳。

①堂堂：喻气象貌，赵嘏诗："堂堂又见两三春。" ②宝坊：《鸡跖集》："给孤长者，以黄金布地为伽蓝，故号宝坊。" ③斋厨：僧饭所。苏试诗："但爱斋厨法豉香。"

秋 光

年年最爱秋光好，病起逢秋合赋诗。丛菊渐黄人醉后，孤灯初暗雨来时。旧书细读犹多味，老态相寻似有期。早信为农胜觅禄，一生虚作虎头痴①。

①虎头痴：晋顾恺之博学有才气，尝为桓温及殷仲堪参军，谢安深器重之。善画。画人不点睛。曰：传神正在阿堵中。时称恺之有三绝，才绝、画绝、痴绝。以赏官虎头将军，人称虎头痴。

蜗 庐

小葺蜗庐便着家①，槿篱莎径任欹斜②。为生草草僧行脚③，到处悠悠客泛槎④。孤蝶惜衣晴曝粉，稚蜂贪蜜晚争花。有书懒读吾堪愧，睡起何妨自碹⑤茶。

①蜗庐：形似蜗牛壳之小圆舍，犹言小庐也。骆宾王诗："蜗庐未卜安。"着：归宿。犹言着落也。 ②槿（jǐn）：即木槿

也。落叶小灌木，可为藩篱之用。莎：草类。　③草草：凡事苟简曰草草。《五代史》："昨太草草耳。"行脚：僧人游行十方，谓之行脚。项斯诗："从小即行脚，出家来至今。"④悠悠：闲暇貌。《诗经》："悠悠旆旌。"槎：木筏。李峤诗："池如泛槎流。"　⑤硙（wèi）：石磨，碎物之器。此作动词用。

山　园

买得新园近钓矶，旋营茅栋设柴扉。山经宿雨修容①出，花倚和风作态飞。世事只成惊老眼，酒徒频约典春衣。狂吟烂醉君无笑，十丈愁城要解围。

①修容：谓整饬姿态也。

独　夜

独夜迢迢掩素屏，病怀羁思共伶俜①。房栊②十月寒初重，风雨三更酒半醒。繁柝有声时断续，残釭无焰尚青荧③。恍然④唤起西征梦，身卧金牛古驿亭。

①伶俜：行不正貌。潘岳赋："少伶俜而偏孤兮。"

②房栊：窗棂也。班婕妤赋："房栊虚兮风泠泠。" ③残釭：残灯也。元微之诗："残灯无焰影幢幢。"釭，钱仲联校注本作"缸"。缸，盛器。青荧：灯光也。苏轼文："纸窗竹屋，灯火青荧。" ④怳然：恍惚貌。《老子》："道之为物，惟怳惟忽。"

宿野人家

避雨来投白板扉，野人怜客不相违①。林喧鸟雀栖初定，村近牛羊暮自归。土釜②暖汤先濯足，豆秸吹火旋烘衣。老来世路浑谙尽③，露宿风餐未觉非。

---

①不相违：不拒绝也。 ②釜：烹器。《古史考》："黄帝始作釜。" ③世路浑谙尽：谓深知世故也。

晚春感事（四首选一）

和风薄霭过清明，减尽重裘觉体轻。正午轩窗无树影，乍晴阡陌①有莺声。酿成西蜀鹅雏酒②，煮就东坡玉糁羹③。扪腹翛然出门去④，春郊何处不堪行？

---

①阡陌：田间道也。东西为陌，南北为阡。 ②鹅雏酒：酒

名。酒如鹅雏色黄，故名。亦即广汉鹅黄酒之类。苏轼诗：“应倾半熟鹅黄酒。”杜甫诗：“鹅儿黄似酒，对酒爱新鹅。” ③玉糁羹：食品名，亦即玉杵羹之类。《说楛》：“小截山芋为玉杵羹。”又按苏子瞻曰：“过子忽出新意，以山芋作玉糁羹，色香味皆奇绝。作诗云：莫将南海金齑脍，轻比东坡玉糁羹。” ④扪腹：犹言饱也。翛然：无拘无束貌。《庄子》：“翛然而往。”

以事至城南书触目

十里西风吹帽裙①，江城衣杵远犹闻。路如剑阁②逢秋雨，山似炉峰③锁暮云。原上老翁眠犊背，篱根小妇牧羊群。百钱且就村场醉，舌本醇醨④莫苦分。

---

①裙：原作“群”，据钱仲联校注本改。 ②剑阁：即大小剑山，在四川境。《水经注》：“小剑戍西去大剑山三十里，连山绝险，飞阁通衢，谓之剑阁。” ③炉峰：指江西庐山香炉峰。奇峰突起，如炉状，故名。白居易文：“匡庐奇秀甲天下山，山北峰曰香炉峰。”即此。 ④醇醨（chún lí）：醇，厚酒也；醨，薄酒也。犹言味觉厚薄。醇醨，亦作“淳漓”。

初冬从父老饮村酒有作

父老招呼共一觞，岁犹中熟有余粮①。荞②花漫漫浑如雪，豆荚离离未着霜。山路猎归收兔网，水滨农隙架鱼梁。醉看四海何曾窄，且复相扶醉夕阳。

①余粮：粮有余剩也。陶潜诗：“余粮宿中用。” ②荞，原作“曲”，据钱仲联校注本改。

梦断

梦断灯残闻雁声，揽衣起坐待天明。街头浊酒不堪醉，窗外疏梅空复情。人欲见挤真砭石①，身宁轻用作投琼②。南湖可引春畴美，只合躬耕毕此生。

①见挤：受人挤抑。《唐书》：“通王府长史丁琼尝为张延赏挤抑，内怨望。”砭：以石针刺病曰砭。古有此法，今失传。引申之为规谏过失之辞。 ②投琼：掷骰之戏。范成大诗：“灯市早投琼。”注：“吴中腊月，即有灯市，珍奇者数人醵卖之，相与呼卢，彩胜者得灯。”

农　家

低垣矮屋俯江流，浑舍相娱到白头。累世不知名宦乐，百年那识别离愁。饭余常贮新陈谷，农隙①闲眠子母牛。闻道少年俱孝谨，未应家法愧恬侯②。

---

①农隙：农家闲暇之时。《左传》："春搜夏苗，秋狝冬狩，皆于农隙以讲事也。"　②恬侯：《史记·万石传》：石奋子为丞相，谥恬侯。苏东坡诗："不见恬侯万石时。"

梦游散关渭水之间

半生望眼怯天涯①，客里何堪度岁华！但恨征轮②无四角，不愁归③路有三叉。驿窗灯暗传秋柝④，关树烟深⑤宿暮鸦。吡犊老翁头似雪，羡渠生死不离家。

---

①怯天涯：犹言虑于远别。古诗："相去万余里，各在天一涯。"　②征轮：谓远行之车也。　③归：原作"客"，据钱仲联校注本改。　④暗：隐晦貌。《中庸》："暗然而日章。"秋柝：秋日击柝声也。柝，昔夜行所击，以警盗贼。《易》："重门击柝，以待暴客。"　⑤关树烟深：犹言关外

丛林苍翠，暮霭深沉。

喜 晴

久雨群蛙日夜号，乐哉霁色①满江郊。草书已悟屋漏壁②，诗句免悲风卷茅③。唤妇晴鸠④鸣废圃，归林栖鹘⑤补危巢。泥干我亦思来客，未暇移书广绝交⑥。

---

①霁色：晴色也。凡云雾散，雨雪止，皆谓之霁。　②此句有以草书须飘若游云、矫若惊蛇、以淋漓尽致为自励之意。《集事渊海》：“颜鲁公与怀素学草于邬兵曹。或问曰：张长史见公孙大娘舞剑器得低昂回翔之状，兵曹有之乎？怀素以古钗脚为对。鲁公曰：何如屋漏痕？”言其流行自在也。　③风卷茅：如风之卷屋上茅也。杜甫《茅屋为秋风所破歌》：“八月秋高风怒号，卷我屋上三重茅。”　④唤妇晴鸠：按《埤雅》称，鸠阴则屏逐其妇，晴则呼之。语曰天欲雨，鸠逐妇。天既雨，鸠呼妇。林光朝诗：“疏离短短花枝阑，鸠妇不鸣天雨寒。鸠妇离家二百日，亦有姊妹依故山。”　⑤鹘（gǔ）：鸷鸟也。⑥移书：致书也。绝交：断绝任何交往也。《南史·任昉传》：昉有子，东里、西华、南容、北叟，流离不能自振。生平旧交，莫有收恤。西华冬月着葛帔练裙，道逢平原刘孝标，泫然矜之。谓曰：我当为卿作计。乃著《广绝交论》以讥其旧交。到溉见其论，抵之地，终身恨之。”

夏日晚兴

高挂虚①窗对绿池，鸟啼声歇柳阴移。含风珍簟闲眠处，叠雪轻衫②新浴时。泉冷甘瓜开碧玉，手香素藕罥长丝③。夕阳四面渔歌起，又赴邻翁把钓期。

---

①虚：原作“云”，据钱仲联校注本改。　②轻衫：喻轻似蝉翼之罗衣。杜甫诗：“细葛含风软，香罗叠雪轻。”　③罥，原作“骨”，据钱仲联校注本改。坊本或作“雪”。

小　园

窄窄柴门短短篱，山家随分有园池。客因问字来携酒，僧趁分题就赋诗。晨露每看花蕾坼①，夕阳频见树阴移。拂衣司谏②犹忙在，此趣渊明却少知。

---

①花蕾坼：花蕾已放也。犹言破蕾。　②司谏：谏诤政事阙失之官。

西　窗

西窗偏爱夕阳明，好事能来慰此情。看画客无寒具①

手，论书僧有折钗②评。姜宜山茗留闲啜，豉下湖莼③喜共烹。酒炙朱门④非我事，诸君小住听松⑤声。

①寒具：饼饵之类，亦称环饼。晋桓玄好蓄书画。客至尝出而观之。客食寒具，油污其画，后遂不复设寒具。 ②折钗：书法。姜夔《读书谱》："折钗股者，欲其曲折圆而有力。"放翁他诗："气压唐人折钗股。"按此可知唐人论书，已有此语矣。 ③豉下湖莼：豆豉莼羹也。 ④朱门：富豪家。晋曲允与游氏世为豪族。西州为之语曰，曲与游，牛羊不数头。南开朱门，北望青楼。 ⑤松，原作"秋"，据钱仲联校注本改。

题阳关图

谁画阳关①赠别诗？断肠②如在渭桥时。荒城孤驿梦千里，远水斜阳天四垂。青史功名常蹭蹬，白头襟抱足乖离③。山河未复胡尘暗，一寸孤愁只自知。

①阳关：古关名。在今甘肃敦煌西南。《元和志》："以居玉门关之南，故曰阳关。"为出塞必经之地。王维诗"西出阳关无故人"，即指此。 ②断肠：悲之至也。《搜神后记》："有人杀猿子，猿母悲啼死。破其腹，肠皆断裂。"故悲甚曰断肠。李商隐诗："断肠声里唱阳关。" ③乖离：犹言违忤。《法言》："乖离诸子。"

八月三日骤凉有感

残暑侵人畏汗沾①，清秋乍见月纤纤②。自烧熟火添香兽，旋把寒泉注砚蟾③。佳客误占萤入户④，远书空喜鹊鸣檐。悠然独对清灯卧，谁念柴门老病兼？

①汗沾：汗沾湿。白居易诗："妆光舞汗沾。"　②纤纤：尖锐貌。《古诗》："雨头纤纤月初生。"鲍照诗："纤纤如玉钩。"俱喻新月。　③砚蟾：砚滴形似蟾蜍，故名。放翁他诗："水冷砚蟾多薄冻。"　④萤入户：俗以飞萤入室为客至之兆。

冬夜独酌

寒水茫茫①浸月明，疏钟杳杳②带霜清。一樽浊酒③有妙理，十里荒鸡④非恶声。物外虽增新跌宕⑤，胸中未洗旧峥嵘⑥。颓然坐睡蒲团稳，残火昏灯伴五更。

①茫茫：广大无边貌。《左传》："茫茫禹迹，画为九州。"　②杳杳：幽远貌。　③浊酒：醇酒也。陶潜诗："浊醪有妙理。"　④荒鸡：凡鸡夜鸣不时，谓之荒。《晋书·

祖逖传》：祖逖与司空刘琨俱为司州主簿，中夜闻荒鸡鸣，蹴琨觉曰：此非恶声也。因起舞。 ⑤跌宕：放佚不羁貌。《三国志·简雍传》："性简傲跌宕，在先主坐席，犹箕踞倾倚，威仪不肃。" ⑥峥嵘：雄伟高竣貌。未洗旧峥嵘者，犹言未泄郁而不发之牢骚也。

忆 昔

忆昔轻装万里行，水邮山驿不论程。屡经汉帝烧余栈①，曾宿唐家雪外城②。壮志可怜成昨梦，残年惟有事春耕。西窗忽听空阶雨，独对青灯意未平。

---

①烧余栈：《史记》：汉张良说汉王曰：何不烧绝所过栈道，示天下无还心以固项王意。王因使良还，行烧绝栈道。
②雪外城：见前"蓬婆雪外城"注。

幽居初夏(选一)

湖山胜处放翁家，槐柳阴中野径斜。水满有时观下鹭①，草深②无处不鸣蛙。箨龙③已过头番笋，木笔犹开第一花④。叹息老来交旧尽，睡余谁共午瓯茶？

---

①鹭，原作“鹜”，据钱仲联校注本改。　②深，原作“源”，据钱仲联校注本改。　③箨龙：笋也。苏轼诗：“斤斧何曾赦箨龙。”朱乔年诗：“一雷惊起箨龙儿。”　④木笔：一名辛夷。花初发，尖锐如笔，北人呼为木笔。白居易诗：“晴催木笔花。”犹，原作“初”，据钱仲联校注本改。

雪夜感旧

江月亭前桦烛①香，龙门阁上驮声长。乱山古驿经三折，小市孤城宿两当②。晚岁犹思事鞍马，当时那信老耕桑？绿沉金锁③俱尘委，雪洒寒灯泪数行。

---

①桦烛：以桦树之皮卷蜡为烛，曰桦烛。沈佺期诗：“无劳秉桦烛。”　②两当：地名。宋县。杜甫有《两当县吴十侍御江上宅》诗。　③绿沉：本画工设色之名。《邺中记》：“石虎造象牙桃枝扇，或绿沉色，或木兰色，或紫绀色，或郁金色。”杜甫诗：“雨抛金锁甲，苔卧绿沉枪。”绿沉枪，指以绿沉色漆饰之枪。金锁，即金锁甲，以金线连缀甲片而成之甲。

丰　岁

丰岁欢声动四邻，深秋景气粲如春。羊腔酒担①争迎妇，鼍鼓龙船共赛神。处处喜晴过甲子，家家筑屋趁庚申。老翁欲伴乡闾醉，先办长衫紫领巾。

①羊腔酒担：以羊羔美酒为馈礼也。黄庭坚诗："蟹胥与竹萌，乃不美羊腔。"苏轼诗："白衣担酒慰鳏孤。"

舍北行饭

蔓络疏篱草满塘，饱嬉①聊复步斜阳。一霜骤变千林色，两犊新犁百亩荒。野寺僧残尚钟鼓，官堤舟过见帆樯。归来笑补空囊课，寒日谁知亦自长。

①饱嬉：饱食而嬉也。韩愈文："余今之时，既饱而嬉，早夜以无为。"

散步至三家村湖桑埭西村名

人情简朴古风存，暮过三家水际村。见说终年常①闭户，仍闻累世自通婚②。罾船归处鱼飧美，社瓮香时黍酒浑。记取放翁扶杖处，渚蒲烟草湿黄昏。

①常：原作“当”，据钱仲联校注本改。　②累世自通婚：世世为婚姻也。白居易诗：“徐州古长县，有村曰朱陈，一村惟两姓，世世为婚姻。”

东堂睡起

置身事外息吾黥①，独坐空堂一榻横。檐影渐移知日转，树梢微动觉风生。每从山寺开经帙，闲就园公辨药名。若论胸中淡无事，八珍何得望藜羹。

---

①黥：古墨刑也。《庄子》：“庸讵知夫造物者之不息我黥而补我劓，使我乘成以随先生邪？”

八月九日晚赋

薄晚悠然下草堂，纶巾鹤氅①弄秋光。风经树杪声初紧，月入门扉影正方。一世不知谁后死，四时可爱是新凉。从今觅醉真当勉，酒似鹅儿破壳黄。

---

①鹤氅（chǎng）：析鸟羽为裘，曰鹤氅。《晋书》：“着白纶巾鹤氅裘，履而前。”

新治暖室

小堂稳暖纸窗明，低幌围炉亦已成。日阅藏经①忘岁月，时临阁帖杂真行②。诗才退后愁酣战，酒量衰来喜细倾。从此过冬那复事，夜深时听雪来声。

---

①藏经：释氏三藏经典，即经藏、律藏、论藏。经为佛所说；论为菩萨所著，以阐明教义；律记戒规威仪，僧家所守。三藏文字，统称藏经。　②阁帖：《淳化阁帖》，世省为《阁帖》。《辍耕录》："世言《淳化阁帖》，用银锭闩枣木版刻，而以澄心堂纸李廷珪墨印。"真行：魏初有钟胡二家，为行书之法，兼真者为真行，带草者为草行。

试　茶

强饭年来幸未衰，睡魔百万要支持。难从陆羽毁茶论①，宁和陶潜止酒诗②？乳井帘泉③方遍试，柘罗铜碾④雅相宜。山僧剥啄知谁报，正是松⑤风欲动时。

---

①毁茶论：唐李季卿宣慰江南，有荐陆羽者，召之。羽野服挈具而入。季卿不为礼。羽愧之，更著《毁茶论》。　②止酒

诗：戒酒诗也。放翁他诗有“我读渊明《止酒篇》”语。　③乳井帘泉：品茗佳水。　④柘罗铜碾：筛茶碾茶之器。松，原作“秋”，据钱仲联校注本改。

龟[1]堂晚兴

九日春阴一日晴，回塘闲院惬幽情。小鱼出水圆纹见，轻燕穿帘折势成。今日掩关真佚老[2]，向来涉世亦遗名。巡檐更有欣然处，新笋初抽四五茎。

---

①龟，原作“鱼”，据钱仲联校注本改。　②佚老：犹言遗逸之老者也。苏轼诗：“伊川佚老鬓如霜。”《庄子》：“大块载我以形，劳我以生，佚我以老，息我以死。”

观画山水

古北安西[1]志未酬，人间随处送悠悠。骑驴白帝城边雨，挂席黄陵庙外秋[2]。大网截江鱼可脍，高楼临路酒如油。老来无复当年快，聊对丹青[3]作卧游。

---

①古北安西：喻边远之境。《金史》：“居庸、古北、松亭等关，东西千里，山峻相连。”安西，唐置都护府，亦一要隘。

②舟行扬帆，曰挂席。黄陵：黄陵庙，在蜀中。诸葛亮有《黄陵庙》记。　③丹青：画有着色，故称画曰丹青。《晋书·顾恺之传》："尤擅丹青，图写特妙。"

寒夜枕上

屋老霜寒睡不成，迢迢漏鼓[1]过三更。乌啼林外月初上，犬吠水边船夜行。市有歌呼知岁乐，亭无桴鼓[2]喜时平。吾诗欲写还慵起[3]，卧看残灯翳复明。

---

①漏鼓：远处更鼓也。　②桴鼓：以桴击鼓也。《国语》："执桴鼓于军门，使百姓加勇焉。"《汉书》：汉张敞为京兆尹，桴鼓稀鸣，市无偷盗。　③慵起：懒起也。

予十许岁即往来云门诸山今复与诸子来追念凄然

经行犹记髫髦[1]初，所至浑如过故墟。桥废夕阳空鹤表[2]，碑亡春草没龟趺[3]。荒郊渺渺牛羊[4]下，丛木萧萧鸟雀呼。可恨一衰今至此，右携筇杖左人扶。

---

①髧（dàn）：发垂也。《诗经》："髧彼两髦。"《毛传》："髧，两髦之貌。髦者，发至眉，子事父母之饰。"　②鹤表：墓上石柱，亦称华表，或望柱。　③龟趺：碑下石刻画如龟形者称龟趺。《玉海》："淳化三年，御书《孝经》，勒之碑阴，龟饰厥趺，龙蜿其颜。"　④牛羊：钱仲联校注本作"羊牛"。

春　游

春风堤上草萋萋①，草软沙平护马蹄。似盖微云才障日，如丝细②雨不成泥。千秋观③里逢新燕，九里山④前听午鸡。追忆旧游愁满眼，彩船曾系画桥西。

①萋萋：丛草繁盛貌。《诗经》："惟叶萋萋。"　②细，原作"小"，据钱仲联校注本改。　③千秋观：唐贺知章以宅为千秋观而居。　④九里山：《魏书》称彭城郡彭城县有九里山。彭城即今江苏徐州，亦名九凝山。相传为刘项战场。校按：似当指浙江诸暨市枫桥镇之九里山。

闲中自咏

鹤羡清癯①鸥羡闲，衡门②正在水云间。无求尚恨时赊酒，有癖应缘酷爱山。细绕坡头行荦确③，别分泉脉听淙潺。三更不睡看江月，恐有高人夜叩关。

---

①清癯：清瘦有山林意态貌。梅圣俞诗："清癯不欲游岩廊。" ②衡门：犹言敝庐。《诗经》："衡门之下，可以栖迟。"谓卑陋也。 ③荦确：山多大石貌。

秋暑夜兴

寂寂空廊络纬①鸣，消摇岸帻近南荣②。闲眠簟作波纹冷，新浴衣如蝉翼轻③。微雨已收云尽散，众星俱隐月徐行。呼童持烛开藤纸④，一首清诗取次成。

---

①络纬：虫名，即莎鸡，振羽作声，札之不止，如纺织之声，故名络纬，亦名梭鸡。 ②消摇：闲暇自如貌。老人饭后散步摇动其身以消食。故以散步为消摇。南荣：此喻高貌。按屋檐两头如翼者称南荣。梁元帝诗："缇缦卷南荣。" ③新浴：方浴罢也。《楚辞》："新浴者必振衣。"衣如蝉翼：喻衣轻薄如蝉翼也。《海物异名记》："泉女织纱，轻如蝉翼，名蝉翼。" ④烛：原作"灯"，据钱仲联校注本改。藤纸：嵊县剡溪，以古藤为纸，旧最著名。《广舆记》："由拳山在余杭，旁有由拳村出藤纸。"

自　诒

荒圃风烟入荷锄，孤村巷陌看骑驴。少年曾纵千场醉，老境惟存一束书。作意买山[①]虽已矣，忍惭乞米[②]独何欤？所欣肺病秋来减，白发萧萧可自梳。

---

①买山：归隐也。《世说新语》："支道林因人就深公买印山。深公答曰：未闻巢由买山而隐。"　②乞米：唐颜真卿有《乞米帖》。

雨复作自近村归

夜听萧萧未涨溪，朝行滮滮[①]已成泥。可怜鸠取招麾[②]速，谁似云知出处齐？野菊枝长半狼藉[③]，江枫叶落正凄迷。行人也识龟堂老，小榼[④]村醪手自携。

---

①滮滮（guó）：水声。韩愈《蓝田听壁记》："水滮滮循除鸣。"　②招麾：犹言迎拒。《汉书·汲黯传》："招之不来，麾之不去。"　③狼藉：散乱貌。《蟫史》：狼起卧游戏多藉草，而草皆秽乱，故云狼藉。藉，亦作"籍"。　④小榼：小酒器也。《左传》："使行人执榼承饮。"

寒　夕

夜叩铜壶①彻旦吟，了无人会此时心。灯残焰作孤萤②小，火冷灰如积雪深。风急江天无过雁，月明庭户有疏碪。此身毕竟归何许？但忆藏舟黄苇林③。

---

①铜壶：古刻漏器也。王建诗："未明排仗列铜壶。" ②孤萤：此喻微光也。司空图诗："孤萤出荒池。" ③苇林：苇丛也。

村居书喜

红桥梅市晓山横，白塔樊江春水生。花气袭人知骤暖，鹊声穿树喜新晴。坊场①酒贱贫犹醉，原野泥②深老亦耕。最喜先期官赋③足，经年无吏叩柴荆④。

---

①坊场：指官设之专卖场。《宋史·食货志》："今天下坊场，官收而官卖之，岁计缗钱无虑数百万。" ②泥，原作"年"，据钱仲联校注本改。 ③官赋：犹言官课，公家所征之税。《管子》："百乘之国，官赋轨符。" ④荆，原作"门"，据钱仲联校注本改。此诗押八庚韵，作"门"显非。

舟中作

晤语①无人与遣愁，出门聊复弄轻舟。山穿烟雨参差出，水赴陂塘散漫流。隔叶雄雌鸣谷鸟，傍林子母过吴牛②。数家清绝如图画，炊黍何妨得小留。

①晤语：见面交谈。晤语无人，即无人晤语。晤，原作“语”，据钱仲联校注本改。　②吴牛：昔以水牛生江淮间，称吴牛。

舍北溪上垂钓

大耋①还家万事非，垂竿好在绿苔矶。风和山雉挟雌过，村晚吴牛将犊归。春涨新添塘滟滟②，夕云仍带雨霏霏。此生自笑狂颠足，依旧人间一布衣③。

①大耋：原误作“大耄”。据钱仲联校注本改。《易·离》马注称：七十曰耋。此诗嘉泰二年作于山阴，时陆游七十八岁，故称“大耋”。　②滟滟：犹言池塘水泛也。　③布衣：犹今言平民。古者庶人耄老而后衣丝，其余则仅麻枲，故曰布衣。

首　夏

乱山深处著柴荆，岸帻①披衣露气清。宴坐有书聊作伴，出游无客独题名。阴阴密树花初尽，滟滟方池水已平。几许人间堪笑事，今朝百舌②顿无声。

---

①岸帻：谓秃露其额。后汉光武帝岸帻见马援，亦言其脱略形迹。　②百舌：鸟名。伯劳之一种，相似而小，一名反舌，体黑喙尖，色黄黑相杂，鸣声圆滑。

示　客

一点昏灯两部蛙①，客来相对半瓯茶。典衣未赎身饶虱，治米无工饭有沙。每为采菱浮野艇，时因卖药宿山家。青鞋到处堪乘兴，不独云门与若耶。

---

①两部蛙：《南史·孔稚圭传》：“门庭之内，草莱不剪，蛙鸣于中。曰：我以此当两部鼓吹。”

彷　徉

家世由来出楚狂①，湖山垂老得彷徉②。读书坐懒常中废，得句因衰已旋忘。万化随缘寓虫臂③，百年何处异羊肠④？忍饥到死知无恨，免使人嘲作饭囊。

---

①楚狂：春秋时人，姓陆，名通，字接舆，佯狂避世。《论语》："楚狂接舆。"韩愈诗："花前醉倒歌者谁？楚狂小子韩退之。"　②彷徉：徘徊貌。《史记》："彷徉天下。"《汉书》作"方羊"。　③虫臂：喻赋形之渺小。《庄子》："以汝为虫臂乎？以汝为鼠肝乎？"　④羊肠：阪名。《水经注》："羊肠阪在晋阳西北，汉积粟在斯，谓之羊肠仓。石磴萦委如羊肠然，故名。"

出谒晚归

万卷纵横眼欲盲，偶随尺一①起柴荆。渊鱼脱水知难悔，野鹤乘车只自惊。苑路落梅轻有态，御沟②流水细无声。红尘朝暮何时了？促驾归来洗破觥③。

---

①尺一：古诏版。版长尺有一寸，故谓之尺一。亦指书信。

②御沟：即长安御沟，引终南山水从宫内过，故名。《唐诗纪事》：卢渥应举，偶临御沟，见一绝句云："流水何太急，深宫昼日闲。殷勤谢红叶，好去到人间"。　③促驾：急治行具也。　④觥（gōng）：酒器，本作觵。古本以兕角为之，故亦曰兕觥。

湖上夜归

满镜新霜奈老何！扁舟日日醉颜酡。乐如逐兔牵黄犬①，快似麾兵卷白波②。霜近菊花犹未见，雨余橙子已堪搓。湖桑小市人无数，争看山翁击楫歌。

①《史记·李斯传》：牵黄犬，出上蔡东门。　②采东汉擒白波农民军事。

秋　晓

菅席多年败见经，布衾木枕伴残更。嗈嗈①天际雁初度，喔喔舍旁鸡乱鸣。贷米未回愁灶冷，读书有课待窗明。一秋最恨空阶雨，滴破羁怀是此声。

①嗈嗈（yōng）：鸟鸣相和声。《诗经》："嗈嗈鸣雁。"

北　窗

破屋颓垣啸且歌，一窗随处寄婆娑①。阅人每叹同侪少，遇事方知去日多。云湿沙洲秋下雁，雨来荻浦夜鸣鼍②。何时更续扁舟兴？剩载郫筒醉绿萝③。

①婆娑：安坐貌。《黄庭经》："金铃朱带坐婆娑。" ②鼍（tuó）：扬子鳄，通称猪婆龙。 ③郫筒：酒名。古郫县有郫筒池，池旁有大竹，郫人刳其节，倾春酿于筒，信宿香闻村外，断之以献，俗号郫筒酒。绿萝：指武夷山绿萝溪。

幽　居

练褐藤冠物外装，下帘留住欲残香。潇湘客过夸渔具，灊皖①僧来说药方。诗未遽衰犹跌宕，书虽小退亦轩昂②。不缘厌静寻幽事，老去无如白日长。

①灊（qián）皖：地名，汉置灊县，今安徽霍山西有霍山，即灊山。古称南岳。 ②轩昂：此喻书法之挺秀。韩愈诗："字向纸上皆轩昂。"

送子虡[1]吴门之行

相送何由插羽翰，淡烟微雨暗江干。孤怀最怯新春别，病骨难禁昨夜寒。尊酒汝宁嫌鲁薄[2]？釜羹翁自絜吴酸[3]。此诗字字俱愁绝，忍泪成篇却怕看。

---

①虡，原作“灵”，据钱仲联校注本改。　②鲁薄：喻味薄之酒也。《淮南子》：“楚会诸侯，鲁赵皆献酒于楚王。主酒吏求酒于赵。赵不与。吏怒，乃以赵厚酒，易鲁薄者。楚王以赵酒薄，遂围邯郸。故曰鲁酒薄而邯郸围。”《稗史汇编》：“中山人善酿，鲁人仕于中山者，取其糟归，以鲁酒渍之，谓人曰中山酒。后中山人索饮之，笑曰：斯予之糟液，奚其酒？故酝之薄者，名鲁酒。”　③吴酸：吴人工调盐酸。宋玉《大招》：“吴酸蒿蒌，不沾薄品。”

独　酌

一榼芳醪手自斟，从来户小怯杯深。已于醉醒知狂圣[1]，又向淳漓[2]见古今。濡首[3]固非吾辈事，达生[4]犹得昔人心。酴醾[5]欲过香差减，且据胡床坐绿阴。

---

①狂圣：指酒圣也。《开元遗事》：“李白每醉为文，未尝差误，人谓醉圣。” ②淳漓：此以酒厚薄喻民俗也。《尔雅注疏》序：“醇醨既异，步骤不同。” ③濡首：饮酒濡首，不知节也。王粲赋：“濡首屡舞，谈易作难。” ④达生：《庄子》：“达生之情者，不务生之所无。” ⑤酴醾（tú mí）：《玉篇》称，麦酒不去滓饮，曰酴醾。又按《辇下岁时记》：“长安每岁清明，赐宰臣以下酴醾酒，即重酿也。”

睡起已亭午终日凉甚有赋

饭罢颓然付一床，旷怀真足傲羲皇①。松棚尽日常如暮，荷沼无风亦自香。倚杖月生人影瘦，岸巾露透发根凉。颇闻王旅徂征②近，敷水条山③兴已狂。

①羲皇：犹言羲皇上人。太古之人也。陶潜文：“常言五六月中，北窗下卧，遇凉风暂至，自谓羲皇上人。”陆龟蒙诗：“东山毛褐学羲皇。” ②徂征：讨伐也。《尚书》：“惟时有苗弗率汝徂征。” ③条山：即中条山。柳宗元文：“河东有大条山，气盖关左。”

山 居①

客至何曾共剧谈，行藏独有老僧谙②。觅官肯信山居乐？食淡方知饭味甘。一脉泉通浇药圃，万重云锁钓鱼庵。好奇自笑心无厌，行遍江南忆剑南。

---

①山居：谓隐居也。《淮南子》："山居木栖。"谢灵运有《山居赋》。　②行藏：出处也。《论语》："用之则行，舍之则藏。"僧，钱仲联校注本作"农"。

年 光

无赖年光逐水流，人间随处送悠悠。千帆落浦湘天晚，孤笛吟风鄠县①秋。小市莺花时痛饮，故宫禾黍②亦闲愁。久留只恐惊凡目，又向西凉③上酒楼。

---

①鄠（hù）县：本夏之扈国，秦鄠邑，汉置县，在今陕西。②禾黍：《诗·小序》："《黍离》，悯宗周也。周大夫行役，至于宗周，过故宗庙宫室，尽为禾黍，悯周室之颠覆，徬徨不忍去，而作是诗。"　③西凉：今甘肃敦煌地，晋十六国之一。李暠据敦煌称凉公，史称西凉。

对酒戏咏

浅倾西国葡萄酒，小嚼南州①豆蔻花。更拂乌丝写新句，此翁可惜老天涯。

---

①南州：《一统志》：唐置，故城在今重庆綦江县南。州，原作“川”，据钱仲联校注本改。校按：南州与西国对举，当属泛指南方地区。《楚辞·远游》：“嘉南州之炎德兮，丽桂树之冬荣。”

秋　夕

浴罢纱巾出草堂，一枝瘦杖倚桄榔①。蝉吟古柳声相续，月入幽扉影正方。频约僧棋秋渐健，稍增书课夜初长。亦知桑落②宜刍酒，太息③何时办一觞。

---

①桄榔：一作“桄榔”，常绿乔木。产于暖地，大者四五围，高五六丈。《述异记》：“西蜀石门山有树名曰桄榔。”

②桑落：酒名。西羌有桑落河，出马乳酒，羌人兼葡萄压之，晋宣帝时尝来献，因地故名。又《霏雪录》：“河东桑落坊有井，每至桑落时，取水酿酒，甚美，故名桑落酒。”　③息，原作

“急”，据钱仲联校注本改。

寓叹

五亩烟芜过半生，还山自笑又躬耕。舂炊不继儿啼饭，烹饪无方客絮羹①。游宦人间身愈困，读书灯下目几盲。退之②已老当更事，犹向时人说善鸣③。

①絮羹：投盐梅于羹中以调味。《礼记》：“毋絮羹。”又：“客絮羹，主人辞不能烹。” ②退之：韩愈字。 ③善鸣：韩愈《送孟东野序》：“尤择其善鸣者而假之鸣。”

幽居

谢病言归一鹿车①，短篱数掩护幽居。树枝南畔有飞鹊，莲叶东边多戏鱼②。倦枕续成惊断梦，斜风吹落读残书。兴来偶曳枯筇出，父老逢迎却未疏。

①鹿车：谓窄小之车也。皮日休诗：“暗识归山计，村边买鹿车。” ②戏鱼：见《古诗》：“鱼戏莲叶东，鱼戏莲叶西，鱼戏莲叶南，鱼戏莲叶北。”

柴　门

寂寞柴门不彻扃，槐花细细糁空庭。晚梅摘得盐供饤①，浊酒沽来草塞瓶。病已废耕抛袯襫②，闲犹持钓爱笭箵③。经旬莫恨无来客，交旧疏如欲旦星。

---

①饤（dìng）：黏果累积，以为陈设之具而不食曰饤。犹俗言看席。　②袯襫（bó shì）：簑衣也。一说坚粗之衣，劳力者所服。《国语》："首戴茅蒲，身衣袯襫。"　③笭箵（líng xīng）：打鱼时用的竹子编的盛器。《能改斋漫录》引《大唐新语》："渔具总曰笭箵。"

雨中出门闲望有作

急雨初来已泻檐，清香欲散更穿帘。年开九秩①尚不死，坐对一编殊未餍。人笑黠痴②俱得半，自怜贫病每相兼。说梅古谓能蠲渴③，戏出街头望酒帘④。

---

①九秩：十年为一秩。九秩，九十岁也。　②黠痴：犹言慧钝。桓温谓顾恺之曰：其体中黠痴各半。　③句意犹言望梅止渴也。蠲（juān），免除。　④酒帘：古时酒家招子。《韩

非子》云：宋人有酤酒者，悬帜甚高。帜即指酒帘。

访野老

农事原知要细评，野人有旧得寻盟。林深未见果蔬地，舍近先闻鸡犬声。春水筑塘谋竭作，阳坡卧犊约同耕。老来常叹人情薄，深愧今朝倒屣①迎。

---

①倒屣：急于迎宾曰倒屣。《魏志·王粲传》："蔡邕才学显著，贵重朝廷，常宾客盈坐。闻粲在门，倒屣迎之。曰：此王公孙，有异才，吾不如也。"

结　茅

结茅湖曲两三间，客少柴荆尽日关。插架①图书娱晚暮，满滩鸥鹭伴清闲。壁龛吴晋千年字②，窗纳秦稽③万叠山。自怪坚顽④推不倒，时来临水照苍颜。

---

①插架：《小学绀林》：一名高阁，以斑竹作之，悬于壁间。韩愈诗："邺侯家多书，插架三万轴。"　②陆游自注称：劚地得吴永安、晋太康古砖。　③秦稽：指秦望、会稽二山。　④坚顽：人性强楷坚劲，曰坚顽。白居易诗："谁知太

守心相似，抵滞坚顽两有余。”

山　房

四纪移家剡曲旁，自茨生草作山房。寒侵夜艾知霜重，行遍天涯觉梦长。戒婢无劳事钗泽[1]，课奴相率补陂塘。无衣已免豳人叹[2]，数箔[3]春蚕岁有常。

①钗泽：首饰和润发之脂膏。　②豳：亦作“邠”，本周之旧国，太王以前，皆国于此。其后周公述后稷、公刘之化，作《七月》之诗，言稼穑勤劳之事，以惊惕人心。《诗经》有《豳风》即此。《诗经·豳风》：“无衣无褐，无以卒岁。”　③箔：养蚕之具，俗称蚕帘。

食畜糁甚美盖蜀人所谓东坡羹也

畜糁芳甘妙绝伦，啜来恍若在峨岷。莼羹下豉知难敌，牛乳抨酥[1]亦未珍。异味颇思修净供[2]，秘方常惜授厨人。午窗自抚膨脝腹[3]，好住烟村莫厌贫。

①抨酥：《大智度论》：牛乳抨则成酥。　②净供：洁其供品。　③膨脝：涨大貌。韩退之诗：“苦闻腹膨脝。”

雪意

风吼江郊雪意浓，云如两阵决雌雄。山寒酒过平时量，窗黑书亏半日功。闲话更端茶灶熟，清诗分韵地炉红。不须遽觅华胥①路，更俟天花②落坐中。

①华胥：《列子》：黄帝昼寝而梦游于华胥氏之国，其国无帅长，其民无嗜欲，不知亲己，不知疏物，故无爱憎；不知背逆，不知向顺，故无利害。 ②天花：《维摩诘经》："天女以花散诸菩萨，即皆堕落，至大弟子便着不堕。天女曰：结习未尽，故花着身。结习尽者，花不着身。"

山行过僧庵不入

垣屋参差竹坞深①，旧题名处懒重寻。茶炉烟起知高兴，棋子声疏识苦心。淡日晖晖②孤市散，残云漠漠半川阴。长吟未断清愁起，已见横林宿暮禽。

①垣屋：墙屋也。竹坞：以竹为屏蔽。 ②晖晖：晴明貌。

花时遍游诸家园(选四首)

看花南陌复东阡，晓露初干日正妍。走马碧鸡坊①里去，市人唤作海棠颠②。

---

①碧鸡坊：地名，在四川成都。梁《益州记》："成都之坊，百有二十，第四曰碧鸡坊。"杜甫诗："时出碧鸡坊，西郊向草堂。"　②海棠颠：犹言发海棠痴也。

又

为爱名花抵死①狂，只愁风日损红芳。绿章夜奏通明殿②，乞借春阴护海棠。

---

①抵死：犹言拼一死也。　②绿章：亦称青词。李肇《翰林志》："凡太清宫道观荐告词文，用青藤纸，朱字，谓之青词。"通明殿：王钦若《翊圣保德真君传》：建隆初，凤翔盩厔民张守真，一日朝礼玉皇大殿，观其额曰通明殿，不晓其旨。真君曰：上帝在无上三天，为诸天之尊，常升金殿，光明通彻，无所不照，故为通明殿。

又

翩翩马上帽檐斜，尽日寻春不到家。偏爱张园①好风景，半天高柳卧溪花。

①张园：园名。陆游有《张园诗》。

又

飞花尽逐五更风，不照先生社酒中①。输与新来双燕子，衔泥犹得带残红。

①先生：放翁自称。社酒：社祭之酒也。不照社酒中，指花已谢去，社酒之中，无花光映入之意。此诗放翁自注云："今年二月二日社，而海棠已过。"按燕子春社来，秋社去，故有"衔泥犹得带残红"之句。

龙兴寺吊少陵先生寓居

中原草草失承平①，戍火胡尘到两京②。扈跸③老臣身万里，天寒来此听江声。

①草草：离乱状。承平：相承太平之世也。《汉书》："累世

承平。”　②胡尘：谓边境夷狄侵入也。两京：宋以东京开封府、西京河南府为两京。《宋史》：“减两京诸州系囚。”　③扈跸：谓随从天子车驾也。《五代史》：“扈跸东归。”

紫溪驿

云外丹青①万仞梯，木阴合处子规啼。嘉陵栈道吾能说，略似黄亭到紫溪。

---

①丹青：树名。《九域志》：其树直上百尺，上结丛条，状如车盖，一丹一青，斑驳如锦绣，长安谓之丹青树。

月岩

几年不作月岩游，万里重来已白头。云外连娟①何所似？平羌江上半轮秋。

---

①连娟：此喻新月。《史记》：“长眉连娟。”郭璞注：“眉曲细也。”《汉书》：“美连娟以修嫮兮。”喻纤弱也。

书怀绝句

不到天台①三十年，草庵犹记宿云边。老僧晓出松门去，手挈军持取涧泉②。

---

①天台：山名。仙霞岭之东支，相传为汉刘晨、阮肇采药处。②挈（qiè）：原作“絜”，据钱仲联校注本改。絜，古同“洁”。挈，用手提着。军持：梵语，游方僧人携带的净瓶、澡罐。用以贮水，以备饮用或净手。放翁他诗：“取水一军持。”

杂　兴

鳗井①初生一缕云，鲍郎山下雨昏昏。橹声呕轧②秋空晓，水际人家尚闭门。

---

①鳗井：古井名。在浙江绍兴龟山。宋沈括《梦溪笔谈》：“越州应天寺有鳗井，在一大磐石上，其高数丈，井才方数寸，乃一石窍也。”唐徐浩有诗云“深泉鳗井开”，即此。　②呕轧：橹声也。

又

古寺高楼暮倚阑，野云不散白漫漫①。好山遮尽君无恨，且作沧溟②万里看。

---

①漫漫：云气空濛，茫无涯际貌。王建诗："欲明天色白漫漫。" ②沧溟：海水弥漫貌。刘禹锡诗："浮杯万里过沧溟。"

寓蓬莱馆

桐叶吹残蕉叶黄，驿窗微雨送凄凉①。长安许史无平素②，莫恨栖栖③立路旁。

---

①驿窗：驿馆之窗也。凄凉：此作寂寥解。杜甫诗："山阴一茅宇，江海日凄凉。" ②许史：两姓。皆汉之外戚，宣帝时并贵显用事。许为宣帝许皇后家，史则宣帝外家也。《汉书·盖宽饶传》："上无许史之属，下无金张之托。"梁简文帝诗："金张及许史，夜夜尚留宾。"平素：犹素昔也。诸葛亮《与人书》："慨然永叹，以存足下平素之志。"张载诗："嘉好结平素。" ③栖栖：举止不安貌。班固文："是以圣哲之治，栖栖遑遑。"

夜归偶怀故人独孤景略

买醉①村场半夜归，西山月落照柴扉。刘琨死后无奇士②，独听荒鸡③泪满衣。

---

①买醉：沽酒也。李白诗："买醉入新丰。" ②刘琨：晋魏昌人，字越石。惠帝时，为范阳王虓司马，共破东平王楙，斩石超，降吕朗，以功封广武侯。愍帝时，拜都督并冀幽三州诸军事。元帝称制江左，琨遣长史温峤上表劝进，转侍中太尉。奇士：奇特人物也。《史记·陈丞相世家》："项王不能信人，虽有奇士，不能用。" ③荒鸡：凡鸡夜鸣不时，谓之荒。《晋书·祖逖传》：祖逖与刘琨俱为司州主簿，共被同寝，中夜闻荒鸡鸣，蹴琨起，曰：此非恶声也。因起舞。

练　塘

微风吹颊酒初醒，落日舟横杜若汀①。水秀山明②何所似，玉人临镜晕螺青③。

---

①杜若汀：犹言杜若洲。杜若，草名。《楚辞》："采芳洲兮杜若。"小洲曰汀。 ②水秀山明：喻佳山水也。虞绰《大

鸟铭序》："山川明秀，实仙都也。"　③螺青：青螺髻也。《南部烟花记》：炀帝宫人为长蛾，司宫吏日供螺子黛五斗，号陆罗髻。皮日休《缥缈峰》诗："似将青螺髻，撒在明月中。"

题城侍者剡溪①图

暮境侵寻两鬓丝②，湖边自葺小茅茨③。从今步步俱回棹，不独山阴兴尽时④。

①剡溪：水名，在浙江曹娥江之上游。《太平寰宇记》："剡溪在剡县南一百五十步，一源出台州天台县，一源出婺州武义县，即王子猷雪夜访戴逵之所，亦名戴溪。"　②犹言白发无情侵老境。按，侵寻，此作"相催"解。又按《史记》："是岁天子始巡郡县，侵寻于泰山矣。"是则有遂往之意。　③茅茨：茅屋也。《尚书》："惟其涂塈茨。"　④山阴兴尽：典出《晋书·王徽之传》。徽之居山阴，夜雪初霁，乘月访戴逵，及门而返。人问其故。曰：乘兴而来，兴尽而返，何必见？

秋晚思梁益旧游

幅巾筇杖立篱门①，秋意萧条欲断魂。恰似嘉陵江②上路，冷云微雨湿黄昏。

①幅巾：用缣全幅，向后襆发。按，后汉末王公名士，以幅巾为雅。是以袁绍崔豹之流，虽为将帅，皆着缣巾。后周武帝因裁幅巾为四脚，唐因之。筇：竹杖也。据放翁《老学庵笔记》：“筇竹杖蜀中无之，乃出徼外蛮峒。蛮人持至泸叙间卖之，一枚才四五钱。以坚润细瘦九节而直者为上品。”又《汉书》：“张骞言在大夏，见蜀布、筇竹杖。”按蜀黎雅邛筰诸山皆产之，节粗而茎细，坚实可以为杖。 ②嘉陵江：水名。即古西汉水。《水经注》：汉水南出嘉陵道为嘉陵水，亦称阆水、巴水，为四川境内之巨川。杜甫诗：“嘉陵江水何所似，石黛碧玉相因依。”

又

忆昔西行万里余，长亭夜夜梦归吴。如今历尽风波恶，飞栈连云①是坦途。

①飞栈连云：喻崎岖也。按，连云栈即斜褒栈道。《战国策》：秦栈道千里，通于蜀。汉张良劝汉王烧绝栈道皆即此。亦曰阁道。柳宗元诗“危栈通岐触岫云”，亦言栈道之高危。

又

沧波极目江乡恨①，衰草连天塞路愁。三十年间行万里，不论南北怯登楼②。

①沧波：水波弥漫貌。李商隐诗："沧波坐渺然。"极目：极其目之所见也。王粲《登楼赋》："平原远而极目兮，蔽荆山之高岑。"韦应物诗："极目萧条三两家。"　②怯登楼者，意登楼则起思乡心也，故怯之。

秋日郊居

行歌曳杖到新塘，银阙瑶台无此凉①。万里秋风菰菜老，一川明月稻花香。

---

①银阙：以银为阙也。卢照邻诗："高阁银为阙。"瑶台：以玉饰台也。《楚辞》："望瑶台之偃蹇兮。"李商隐诗："更在瑶台十二层。"

又

秋日留连野老家，朱盘鲊脔粲如花①。已炊蕌散②真珠米，更点丁坑③白雪茶。

---

①鲊（zhǎ）：鱼之藏贮以为食品者。《释名》："鲊，滓也。以盐米酿之，加菹，熟而食之。"脔（luán）：块切肉也。《汉书·王莽传》注：脔，切千段也。粲如花：谓如春葩丽藻，粲于齿牙之下也。　②蕌（lěi）散：米名。　③丁坑：陆游自注：茶名。

又

儿童冬学①闹比邻，据案愚儒却自珍。授罢村书②闭门睡，终年不着面看人。

①冬学：农家十月乃遣子入学，谓之冬学。　②村书：《杂字》《百家姓》之类。见游自注。

剑门①道中遇微雨

衣上征尘杂酒痕，远游无处不消魂。此身合是诗人未②？细雨骑驴入剑门。

①剑门：指四川剑阁。　②未：助辞，与“否”同义。王维诗：“寒梅着花未？”

过武连县北柳池安国院煮泉，试日铸、顾渚茶。院有二泉，皆甘寒。传云：唐僖宗幸蜀，在道不豫，至此饮泉而愈，赐名报国灵泉云

（三首选一）

我是江南桑苎家①，汲泉闲品故园茶。只应碧缶苍鹰

爪②，可压红囊白雪芽③。

---

①桑苎家：唐陆羽隐苕溪，自称桑苎翁，杜门著书，有《茶经》三卷。苏东坡诗："明年桑苎煎茶处，忆着衰翁首重回。" ②苍鹰爪：茶芽之名，以其劲直纤锐，故有雀舌、鹰爪之名。杨万里诗："半鸥鹰爪中秋近。" ③红囊：古时以红蓝缣囊贮茶，以备岁贡。白雪芽：茶芽之上品。苏东坡诗："雪芽为我求阳羡。"

十一月四日风雨大作①

僵卧②孤村不自哀，尚思为国戍轮台③。夜阑卧听风吹雨，铁马冰河④入梦来。

---

①标题原作："十一月十四风雨大作"，据钱仲联校注本改。 ②僵卧：晏卧不起也。《汝南先贤传》："时大雪积地丈余，洛阳令至袁安门，无有行路。谓安已死，令人除雪入户。见安僵卧。" ③轮台：古地名。《唐书·地理志》："北庭大都护府，有轮台县，大历十年置。"曹唐诗："送君千里赴轮台。" ④铁马：犹言兵甲之坚锐也。《宋书》："铁马二千，风驱电击。"冰河：即冰川也。

山园遣兴

输逋告籴走比邻①，恤患分灾累故人②。安得此身无一事，林中数笋过残春。

---

①输逋：谓输纳逋负也，犹今之纳税。按，凡欠负官物，亡匿不还，皆谓之逋。《汉书·昭帝纪》："三年以前逋更赋，未入者皆勿收。"告籴：犹言借谷也。《左传》："臧孙辰告籴于齐。"疏：买谷曰籴。告籴者，将货财告齐以买谷也。 ②分灾：犹言赈贫乏共患难也。《左传》："凡侯伯救患、分灾、讨罪，礼也。"故人：犹言旧友。《古乐府》："新人工织缣，故人工织素。"

排　闷(选一)

四十从军渭水①边，功名无命气犹全②。白头烂醉东吴市，自拔长刀割彘肩③。

---

①渭水：源出甘肃渭源县西北，东南流至清水县，入陕西境，经凤翔，纳雍水，东流经省治南，纳黑水、涝河及丰、浐、潏、灞诸水，北纳泾水、漆沮水，东北流至朝邑，纳洛水，东流

至潼关入黄河。　②气犹全：神足也。《东观余论》：“王简穆以书名齐世。窦臮谓其密致丰富，神高气全。”　③彘肩：猪肘子。《史记·项羽本纪》：“樊哙入，披帷西向立，瞋目视项王，头发上指，目眦尽裂。项王曰：壮士。赐之彘肩。樊哙覆其盾于地，加彘肩上，拔剑切而啖之。”

读　史

南言莼菜似羊酪①，北说荔枝②如石榴。自古论人多类此，简编千载判悠悠③。

---

①莼（chún）：蔬类。产江浙湖泽中，一名水葵。世称莼为美味之一。羊酪：用羊乳制成之食品。《晋书·陆机传》：“尝诣侍中王济。济指羊酪谓机曰：卿吴中何以敌此？答云：千里莼羹，未下盐豉。”　②荔枝：常绿乔木，产于粤闽，蜀亦有之。据《广志》称：荔枝“青华朱实，大如鸡子，核黄黑似熟莲子，实白如肪，甘而多汁，似安石榴。”　③悠悠：远也。渺邈无期也。《诗经》：“悠悠苍天。”

夜读吕化光“文章抛尽爱功名”之句戏作

玉关西望气横秋①，肯信功名不自由？却是文章差得力，至今知有吕衡州②。

①玉关：即玉门关。古关名。《元和志》："玉门故关在龙勒县西，为西域门户。"横秋：见孔稚圭《北山移文》："风情张日，霜气横秋。" ②吕衡州：吕温，字和叔，一字化光。从陆贽治《春秋》，从梁肃为文章，藻翰精当，一时流辈推当。又贬为均州刺史，议者不厌，再贬道州，久之徙衡州，治有善状。见《唐书·吕温传》。

欲出遇雨

东风吹雨恼游人，满路新泥换细尘①。花睡柳眠春自懒②，谁知我更懒于春。

①此喻道途才受微雨，泥土滋润，盖写实也。 ②此喻雨后花朵柳枝状。按苏轼《海棠诗》："只恐夜深花睡去，故烧高烛照红妆。"又《三辅故事》："汉苑中柳状如人形，曰人柳，一日三眠三起。"

三峡歌并序（选三首）

乾道庚寅，予始入蜀，上下三峡屡矣。后二十五年归耕山阴。偶读梁简文《巴东三峡歌》，感之，拟作九首。实绍熙甲寅十月二日也。

锦绣楼前看卖花，麝香山下摘新茶。长安卿相多忧畏，老向夔州①不用嗟。

---

①夔州：今重庆奉节境。《唐书·地理志》："夔州云安郡，本信州巴东郡。"

又

乱插山花篢①子红，蛮歌相和瀼西东②。忽然四散不知处，踏月扪萝归峒中③。

---

①篢（gōng）：笠名。　②蛮，原作"恋"，据钱仲联校注本改。瀼：在重庆奉节县。见《广舆记》。杜甫诗"瀼东瀼西一万家"即此。　③踏月：谓月下散步也。刘禹锡诗："踏月俚歌喧。"温庭筠诗："折花兼踏月。"扪萝：攀援葛藤。李白诗："扪萝石道行。"峒：山穴也，与"洞"通。

又

我游南宾①春暮时，蜀船曾系挂猿枝②。云迷江岸屈原③塔，花落空山夏禹祠。

---

①南宾：《唐书·地理志》："忠州南宾县，武德二年，析

蒲州之武宁置。”白居易诗：“蔼蔼江气春，南宾闰正月。” ②挂猿枝：苏轼诗：“何人解作挂枝猿。” ③屈原：战国楚人，名平，号灵均，仕楚为三闾大夫。怀王重其才，靳尚辈潜而疏之。乃作《离骚》，冀王感悟。襄王时复用谗，谪原于江南。原作《渔父》诸篇，以见志。自沉汨罗江而死。

糟①蟹

旧交髯簿②久相忘，公子③相从独味长。醉死糟丘④终不悔，看来端的是无肠。

①糟：原作“醉”，据钱仲联校注本改。 ②髯簿：指羊。《古今注》：“羊一名长髯主簿。” ③公子：指蟹。《抱朴子》：“无肠公子者，蟹也。” ④糟丘：积糟成丘，荒于酒之征也。按《南史·陈暄传》：暄嗜酒，过差非度。其兄子秀常忧之，致书于暄友人何胥，冀以讽谏。暄闻之，与秀书曰：速营糟丘，吾将老焉。李白诗：“蟹螯即金液，糟丘是蓬莱。”

春晚怀山南①（四首选一）

梨花堆雪柳吹绵②，常记梁州古驿③前。二十四年成昨梦，每逢春晚即凄然。

---

①山南：终南太华之南也。唐十道之一。东接荆楚，西抵陇蜀，南控大江，北距商华之山。　②梨花堆雪：梨花色白，分披繁盛，则如堆雪。韩愈《惮李花》诗："谁将平地万堆雪，翦刻作此连天花？"苏轼《梨花》诗："惆怅东阑一株雪。"柳吹绵：喻柳絮如吹绵也。杜甫诗："生憎柳絮白于绵。"李商隐诗："柳绵相忆隔章台。"　③梁州古驿：梁州道上之古驿站也。按，梁州，古九州之一。《禹贡》："华阳黑水惟梁州。"即今陕西之汉中及四川境。按应劭之说，"西方金刚，其气强梁"，故曰梁州。一说，汉中有梁山，州以此名。

舍北晚眺（选一）

红树青林带暮烟，并①桥常有卖鱼船。樊川诗句营丘②画，尽在先生③拄杖边。

---

①并：依傍。　②樊川：指唐杜牧。牧有《樊川集》，故后人称"杜樊川"。营丘：指宋李成。成字咸熙，营丘人。五代末，以诗酒遨游公卿间。善画山水，山林泽薮，平远险易，无不逼真。有显人孙氏招之。叹曰：吾本儒生，虽游心艺事，奈何入戚里宾馆，研丹吮粉，与画史宂人同列乎？却不往。详见《宣和画谱》。　③先生：放翁自称。

读杜诗

千载诗亡①不复删，少陵②谈笑即追还。常憎晚辈言诗史③，清庙生民伯仲间④。

---

①诗亡：见《孟子》："王者之迹熄而《诗》亡，《诗》亡然后《春秋》作。" ②少陵：杜甫，曾居长安少陵，世称杜少陵。 ③诗史：见《唐书·杜甫传赞》："甫善陈时事，律切精深，至千言不少衰，世号诗史。" ④清庙：《诗经·周颂》篇名。生民：《诗经·大雅》篇名。李商隐《韩碑》："涂改清庙生民诗。"伯仲：评量人物之等差也。杜甫诗："伯仲之间见伊吕。"

新 菊

已过重阳①十日期，菊丛②初破两三枝。自怜短鬓萧萧白，不似黄花驿③里时。

---

①重阳：时令名。九月九日也。魏文帝《与钟繇书》："岁往月来，忽复九月九日。九为阳数，而日月并应。俗嘉其名，以为宜于长久，故以享宴高会。"杜甫诗："旧日重阳日，传杯不

放杯。” ②菊丛：菊花堆也。 ③黄花驿：放翁自注云：黄花驿在岐凤间，予尝过之。

又

老去流年①不耐催，微霜又见菊花开。莫言冷落②西风晚，也有飞飞③小蝶来。

①流年：岁月如流，故名。杜甫诗：“郁郁流年度。” ②冷落：喻寂静貌。白居易诗：“门前冷落车马稀。” ③飞飞：形容词，喻轻疾貌。犹言翩翩飞也。

北园杂咏(选二首)

东吴霜薄富园蔬，紫芥青菘小雨余。未说春盘①供采撷，老夫汤饼②亦时须。

①春盘：立春日，唐人作春饼生菜，号春盘。见《四时宝鉴》。又按《武林旧事》称：春前一日，后苑造办春盘，翠缕红丝，备极精巧。 ②汤饼：凡以面煮之，皆曰汤饼。见《青箱杂记》。《世说新语》：何晏面绝白，文帝疑其着粉。后以汤饼啖之，大汗出，随以朱衣自拭，色转皎然。

又

白发萧萧①病满身，冻云野渡②正愁人。扬鞭大散关③头日，曾看中原④万里春。

①萧萧：萧疏貌。　②冻云野渡：犹言野处渡头，疏云散漫也。　③大散关：亦称崤谷。为周朝散国之关隘，故亦称散关。在陕西鸡宝西南，为秦蜀往来要道。自关距和尚原极近，两山关控斗绝，出可以攻，入可以守，最擅形胜。《通鉴》：汉虞诩为武都太守，叛羌遮诩于陈仓崤谷。即此。　④中原：对于边境及蛮夷而言，今河南及山东西部，河北山西之南部，陕西东部，皆古所谓中原之地，即周时王畿，及汉族诸侯封地也。晋以中原与江左并称，见《南史·王弘传》。宋李纲以中原与东南及西北并论，见《李纲传》。是则指黄河下流而言。

北　窗

寒泉断藕素丝①长，纹簟②开瓜碧玉香。午睡觉来桐影转，无人可共北窗凉。

①素丝：洁白如丝也。《论语》：“素以为绚兮。”　②纹簟：水纹竹簟也。

小　桥

漠漠轻阴隐隐雷①，石榴半落点莓苔②。小桥西北阑干角，独岸纶巾待雨来③。

①漠漠：喻布列貌。陆机诗："街巷纷漠漠。"隐隐：此喻声音隐约也。《晋书》："赤气竟天，隐隐有声。"　②莓苔：青苔。　③岸：露额曰岸。纶巾：服饰名。三国时，诸葛亮所创，一名诸葛巾。实皆青丝绶所为之巾也。按，亮尝服纶巾，执羽扇，指挥军事。

食　晚

日高得米唤儿舂，苦雨园蔬久阙供①。省事家风②君看取，半饥半饱过残冬。

①苦雨：谓雨过甚为患，使人苦闷。《左传》："春无凄风，秋无苦雨。"杜预注："霖雨为人所患苦。"阙供：犹言缺于供给也。　②家风：谓一家之习俗行为也。庾信文："潘岳之文彩，始述家风。"按，潘岳有《家风诗》。

晚　兴

劚①芋挑蔬自煮羹，雪檐收滴暮寒生。不嫌终日无来客，时听荒园斵②木声。

---

①劚（zhú）：动词，斫断。　②斵（zhuó）：动词，斫木也。

夜闻邻家治稻①

二顷春芜废不耕②，半生名宦竟何成？归来每羡农家乐，月下风传打稻声。

---

①治稻：犹言打稻也。　②顷：百亩也。春芜：春日丛草也。杜甫诗："雨露洗春芜。"

秋　思（十选四）

露浓压架葡萄熟，日嫩登场罷稏①香。商略人生如意事，及身强健得还乡。

①䆉䅉（bā yá）：亦作“罢亚”。稻摇动貌。黄东发云：“罢亚，稻之态，非稻名也。”引苏诗“红罢亚对碧玲珑，又罢亚对雍容”皆用虚字为证。见《戒庵漫笔》。

一篇旧草天台赋①，六幅新传太华图②。占尽人间清绝事，紫藤香起竹根炉。

①天台赋：晋孙绰有《天台赋》。　②太华图：华山图也。在陕西华阴南，即西岳也。《水经注》：“华山远而望之，若华状。”

桑竹成阴不见门，牛羊分路各归村。前山雨过云无迹，别浦潮回岸有痕。

老子斋居罢击鲜①，木盘竹箸每随缘②。邻僧不用分香钵③，途芡犹堪过半年。

①击鲜：《晋书》：“击鲜就养，亹亹忘劬。”《汉书·陆贾传》：“数击鲜，毋久溷女为也。”颜师古注：“鲜，谓新杀之肉也。溷，乱也。言我至之时，汝宜数数击杀牲牢，与我鲜食。我不久住乱累汝也。”　②随缘：佛家语。谓随其机缘，不加勉强也。《北齐书·陆法和传》：“文宣赐法和奴婢二百

人，法和尽免之。曰：各随缘去。”苏轼诗：“我生百事常随缘。” ③香钵：僧之饭器也。刘孝绰书：“亲陪宝座，预餐香钵。”

秋 思

乌桕①微丹菊渐开，天高②风送雁声哀。诗情也似并刀③快，翦得秋光入卷来。

---

①乌桕：《古西洲曲》：“日暮伯劳飞，风吹乌桕树。” ②天高，原作“高天”，据钱仲联校注本改。 ③并刀：并州快剪。喻爽利。杜甫诗：“焉得并州快剪刀，剪取吴淞半江水。”

又

水际柴门一扇开，白头羸病①亦堪哀。阿谁得似桄榔②杖，肯为人间万里来？

---

①羸病：犹言衰病也。按，羸，作疲弱解。《左传》：“请羸师以张之。” ②阿谁：犹言何人也。《三国志·庞统传》：“向者之论，阿谁为失？”《古诗》：“家中有阿谁？”桄榔：常绿乔木，一作“桄桹”。《述异记》：“西蜀石门山有树名曰桄桹。”

又

苍颜莫怪少曾开，触目人情但可哀。死去肯为浮世[1]恋，此身原自不应来。

---

①浮世：人世浮沉也。李商隐诗："浮世本来多聚散。"谢灵运《梦赞》："既悟眇已往，惜为浮物恋。"

春晚出游(选三首)

风急名花纷绛雪[1]，土松香草出瑶簪[2]。且呼野艇西村去，未必微云便作阴[3]。

---

①纷绛雪：犹言落英缤纷也。按，绛雪本作丹名解。《汉武内传》："仙家上药，有玄霜绛雪。"李商隐诗："绛雪除烦后，霜梅取味新。" ②瑶簪：玉簪也。苏轼诗："闻道黄精草，丛生绿玉簪。"王禹偁《牡丹》诗："戴好上瑶簪。" ③作阴：阴霾顿起也。《西京赋》："孟冬作阴，寒风肃杀。"

柳暗人家水满陂，放翁随处曳筇枝。村深麦秀蚕眠后，日暖鸠鸣鹊乳时。

岌岌①高丘近道边，寂寥翁仲②卧荒烟。生前意气今何在？寒食无人挂纸钱③！

①岌岌（jí）：高也。古为入声。《楚辞》：“高余冠之岌岌兮。” ②翁仲：秦阮翁仲，南海人，身长一丈三尺，气质端勇，异于常人。始皇使其将兵守临洮，声振匈奴。翁仲死，铜铸其像，置咸阳宫司马门外。以是后世称像曰翁仲。柳宗元诗：“伏波故道风烟在，翁仲遗墟草树平。” ③寒食：时令名。相传晋文公焚林求介之推，之推抱木而死，文公哀之，禁人是日举火。后世始有寒食之俗。《荆楚岁时记》称：“去冬节一百五日，即有疾风甚雨，谓之寒食，禁火三日。”纸钱：古者享祀鬼神，有圭璧币帛，事毕则埋之。魏晋以来，始有纸钱。见《封演闻见记》。又按《宋史·外戚传》：“李用和少穷困，居京师凿纸钱为业。”

杂　兴（十选二）

冰壶冷浸玉芙蕖①，三伏炎蒸一点无。净洗砚池潴墨沈②，乘凉要答故人书。

①冰壶：喻心之清也。姚崇《冰壶赋序》：“冰壶者，清洁之至也。君子对之，示不忘乎清也。”杜甫诗：“冰壶玉鉴悬清秋。”芙蕖：荷花别名。《尔雅》称：“其花菡萏，其实莲。”又

据《诗经》“隰有荷华”笺：“未开曰菡萏，已发曰芙蕖。” ②砚池：砚中低洼储墨处。史肃诗：“雨添窗下砚池满。”墨沈：墨汁也。《北齐书》：“元旦会，侍中黄门郎宣诏劳诸郡上计，劳讫，命遗纸陈事宜。字有脱误者，呼起席。书迹滥劣者，令饮墨沈一升。”

犀象①本安山海远，楩楠岂愿栋梁材②。伏波病困壶头日③，应有严光④入梦来。

---

①犀：犀牛。《孟子》：“驱虎豹犀象而远之。”《后汉书·贾琮传》：“交阯土多珍产，明玑翠羽，犀象玳瑁，异香美木之属，莫不自出。” ②楩（pián）楠：俱为树名。楩，南方大木之名。楠，当作“枏”，俗讹“楠”，常绿乔木。《淮南子》：“楩枏豫章之生也，七年而后知。”栋：俗言大梁。梁，横梁也。杜甫诗：“自惊衰谢力，不道栋梁材。” ③伏波：称汉马援。援封伏波将军。壶头：山名。在湖南桃源县西二百里。按《后汉书·地理志》“武陵郡沅陵县北，有壶头山”，即此。又《马援传》称：帝遣援率马武耿舒等征五溪，军次下隽，有两道可入，从壶头则路近而水险，从充则涂夷而运远。帝从援策，三率进营壶头，病卒于此。 ④严光：东汉余姚人，字子陵，少与光武同游学，光武即位，变名姓隐身不见。帝令物色得之，除谏议大夫，不就，耕于富春山。后人名其钓处为严陵濑。

游山遇雨

千秋观①前雨湿衣，石帆山②下叩渔扉。鹧鸪苦道行不得③，杜鹃更劝不如归④。

①千秋观：在浙江绍兴市东三里。相传为贺知章故宅。唐贺知章请为道士，以宅为千秋观，后改为天长观，今亦名道士庄。②石帆山：在浙江绍兴市境。　③鹧鸪：形似鹑，稍大，背灰苍色，有赤紫色之斑点，腹灰色，胸前有白圆点如珍珠。其鸣声如曰行不得也哥哥。《本草》称："鹧鸪性畏霜露，早晚稀出，夜栖以木叶蔽身，多对啼。今俗谓其鸣曰行不得也哥哥。"丘浚《禽言诗》："行不得也哥哥，十八滩头乱石多。"　④杜鹃：出蜀中，南方亦有之，状如雀鹞而色惨黑，赤口，有小冠。春暮即鸣，夜啼达旦，鸣必向北，至夏尤甚，其声哀切。见《本草》。王维诗："千山响杜鹃。"不如归：指杜鹃鸣声。《本草》：杜宇，"其鸣若曰不如归去。"又名催归。苏辙诗："身惭啼鸟不如归。"朱熹《杜鹃》："不如归去，孤城越绝三春暮。"

梦中作

系马朱桥上酒楼，楼前敷水①拍堤流。春风又作无情计，满路杨花辊雪球②。

①敷水：钱仲联校注本于《睡起已亭午终日凉甚有赋》诗中注引《水经注·渭水》称：“（敷）水南出石山之敷谷，北经告平城东，又北经集灵宫西，而北流注于渭。”　②此喻杨花之飞舞也。辊（gǔn）：转之甚速也。《周礼》：“望其毂，欲其辊。”韩驹诗：“寄语丛林好清客，未宜轻辊雪峰球。”

又

大庆桥头春雨晴，行人马上听莺声。祥符西祀①曾迎驾，惆怅无人说太平②。

①祥符西祀：《宋史》：真宗大中祥符四年二月，出潼关，渡渭河，遣近臣祀西岳。　②惆怅：悲哀貌。《楚辞》：“惆怅兮而私自怜。”太平：犹言极盛之世也。《后汉书》：“政隆太平。”

梨　花

开向春残不恨迟，绿杨窣地①最相宜。征西幕府②煎茶地，一幅边鸾画折枝③。

①窣（sū）地：拂地。②幕府：古者军旅出征，居无常所，以幕帟（yì，帐也）为府署，故曰幕府。③陆游自注称：“宣司静镇堂屏上，有边鸾梨花。”边鸾，唐长安人，官右卫长史。善画，长于花鸟，折枝草木之妙，未之有也。

舟中记梦

石帆山下一渔翁，风雨萧萧卧短篷。幽梦觉时还自笑，阆州城北看蚕丛①。

---

①阆州：在今四川阆中县。《唐书·地理志》：“阆州阆中郡本隆州巴西郡，先天二年更名。”杜甫诗：“阆州城北玉台碧。”蚕丛：蜀王之先，名蚕丛、柏濩、蒲泽、开明、鱼凫，是时人民椎髻左衽，不晓文字，未有礼乐。见扬雄《蜀王本纪》。《明一统志》：“蚕丛祠在成都府治西南。蚕丛氏初为蜀侯，后称蜀王。教民蚕桑，俗呼为青衣神。”李白诗：“蚕丛及鱼凫，开国何茫然。”又：“见说蚕丛路。”此则指蜀道。

夜　雨

江边依旧钓舟横，万事何曾有一成？空忆庐山风雨夜，自吹小灶煮蔓菁①。

---

①蔓（mán）菁：芜菁，蔬类。《名医别录》作“芜青”，《唐本草》作“蔓青”。《尔雅翼》：“蔓菁春食苗，夏食心，冬食根。”苏轼诗：“常支折脚鼎，自煮花蔓菁。”又按《诗经》“采葑采菲”疏：葑，蔓菁也。

湖上晚望

闲人无处破除闲，待得渔舟一一还。峰顶夕阳烟际水，分明六幅巨然①山。

---

①巨然：南唐僧人，钟陵人，善画山水。李煜降宋，随至京师，居开宝寺，声誉日起。师法董源，能臻其妙。时人多美之。有“前有荆关，后有董巨”之称。

登剑南西川门感怀

自古高楼伤客情，更堪万里望吴京。故人不见暮云合，客子欲归春水生。瘴疠①连年须药石，退藏无地着柴荆。诸公勉画平戎策，投老②深思看太平。

---

①瘴疠：山川湿热蒸郁之气，人中之辄病。内病为瘴，外病为

疠。我国南部最盛。《南史》："寄命瘴疠之地。" ②投老：犹言至乎老时也。苏东坡诗："投老江湖终不失。"

村居初夏

天遣为农老故乡，山园三亩镜湖旁。嫩莎经雨如秧绿，小蝶穿花似茧黄。斗酒只鸡①人笑乐，十风五雨②岁丰穰。相逢但喜桑麻长，欲话穷通已两忘。

---

①斗酒只鸡：此喻酒食不丰之意。典出汉桥玄事。 ②十风五雨：谓得气候之和，犹俗言风调雨顺。《论衡》："太平之世，五日一风，十日一雨。风不鸣枝，雨不破槐。"

夜泊水村

腰间羽箭久凋零，太息燕然①未勒铭。老子犹堪绝大漠②，诸君何至泣新亭？一身报国有万死，双鬓向人无再青。记取江湖泊船处，卧闻新雁落寒汀。

---

①燕然：即今蒙古国杭爱山。距陕西宁夏北二千余里，盖即古燕然山。后汉窦宪追北单于，登燕然山刻石勒功而还。
②老子：老夫也。《晋书》："老子于此处兴复不浅。"大漠：古

瀚海，亦称大碛。在蒙古国与我国内蒙古之间，西接新疆，四月间狂飚屡起，沙砾飞扬，故号为流沙。大漠之称，亦原此。

秋风亭拜寇莱公遗像

江上秋风宋玉①悲，长官②手自葺茅茨。人生穷达谁能料，蜡泪③成堆又一时。

①宋玉：战国楚人，屈原弟子，为楚大夫，悯其师放逐，作《九辨》，述其志以悲之；又作《神女》《高唐》二赋，皆寄托遥深，妙有讽意。　②长官：泛称官吏。唐元微之诗："长官清贫太守好。"　③蜡泪：喻爇烛之如泪下也。李长吉诗："蜡泪垂兰烬。"

宿枫桥①

七年不到枫桥寺，客枕依然半夜钟。风月未须轻感慨，巴山此去尚千重②。

①枫桥：在江苏苏州西十里，旧作封桥，因张继诗相承作枫桥。　②巴山：一曰大巴山，又曰巴岭。位于中国西部。四川与陕西界山。　③去尚，原作"处当"，据钱仲联校注本改。

十　月

十月霜侵季子裘，吾诗又送一年秋。风回断续闻樵唱，木落参差见寺楼。久已浮云看富贵①，固应华屋等山丘②。江边海际多幽致，拟跨青骡③处处游。

---

①喻处世恬淡也。《论语》：“不义而富且贵，于我如浮云。”　②喻盛衰之无常也。曹子建诗：“生存华屋处，零落归山丘。”　③骡：原作“螺”，据钱仲联校注本改。

晚登横溪阁

楼鼓声中日又①斜，凭高愈觉在天涯。空桑客土生秋草，野渡虚舟②集晚鸦。瘴雾不开连六诏③，俚歌相答带三巴。故乡可望应添泪，莫恨云山万叠遮。

---

①又，原作“已”，据钱仲联校注本改。　②虚舟：犹言空船。《晋书》：“太保沉浮，旷若虚舟。”　③六诏：古国名。今云南及四川西南部之地。蛮语谓王曰“诏”。

还　县

霁色清和①日已长，纶巾萧散意差强。飞飞②鸥鹭陂塘绿，郁郁桑麻风露香。南陌东村初过社，轻装小队似还乡。哦诗忘却登车去，枉是人言作吏忙。

---

①清和：时和气清。谢灵运诗："首夏犹清和。"　②飞飞：飘荡貌。

荷　花

风露青冥水面凉，旋移野艇受清香。犹嫌翠盖红妆①句，何况人言似六郎②。

---

①红妆：喻荷姿态。苏东坡诗："贪看翠盖拥红妆。"
②似，原作"如"，据钱仲联校注本改。六郎：唐张昌宗以姿貌幸。杨再思每曰：人言六郎似莲花，非也，正谓莲花似六郎耳。（《唐书》）

幽居春夜

暮景催人雪鬓双，十年始复返吾邦。云逢佳月每避舍，酒压闲愁如受降。三弄笛声初到枕，一枝梅影①正横窗。要知清梦游何许，不钓桐江②即锦江。

---

①一枝梅影：旧诗咏梅，每用一枝，典出宋陆凯范晔事。凯与晔相善，自江南寄梅花一枝，并赠诗曰："折梅逢驿使，寄与陇头人。江南无所有，聊赠一枝春。" ②桐江：在浙江桐庐境，合桐溪曰桐江。东汉严光归隐富春山耕读垂钓。今桐庐有严子陵钓台。

湖村月夕

客路风尘化素衣，闲愁冉冉①鬓成丝。平生不负月明处，神女庙前闻竹枝②。

---

①冉冉：此喻愁之无已貌。《楚辞》："老冉冉其将至兮，恐修名之不立。"则喻行貌。 ②神女庙：在重庆巫山县东。《吴船录》：自巫峡三十五里至神女庙。竹枝：乐府之名。本出巴渝，末如吴声，有和声。

东吴女儿曲

东吴女儿语如莺①，十三不肯学吹笙。镜奁②初喜稚蚕出，窗眼已看双茧成。庭空日暖花自舞，帘卷巢干燕新乳。阿弟贪书下学迟，独拣诗章教鹦鹉。

---

①语如莺：莺啼婉转清脆，以喻言语之流利，故云。 ②镜奁：镜匣也。储零星妆饰品。《后汉书》："帝从席前伏御床，视太后镜奁中物，感动悲涕。"

予欲①自严买船下七里滩，谒严光祠而归，会滩浅，陆行至桐庐，始能泛江，因得绝句

桐庐县前橹声急，苍烟茫茫白鸟双。乱山日落潮未落，胜绝不减吴松江②。

---

①予，原作"了"，据钱仲联校注本改。 ②吴松江：约当今苏州河，源于太湖，东经江苏吴江县、吴县、昆山市至上海市入黄浦江。

六月二十四日夜分梦范致能、李知几、尤延之同集江亭，诸公请予赋诗记江湖之乐，诗成而觉，忘数字而已

露箬霜筠织短蓬①，飘然来往淡烟中。偶经菱市②寻溪友，却拣蘋汀下钓筒③。白菡萏④香初过雨，红蜻蜓弱不禁风。吴中近事君知否？团扇家家画放翁。

---

①箬（ruò）：竹名。筠：竹外青皮也。又竹亦可称筠。韦应物诗："池荒野筠合。" ②菱市：卖菱芰处。曹松诗："菱市晓喧深浦人。" ③蘋：隐花植物，生于浅水；汀：水岸也。蘋汀谓丛生蘋花之浅滩也。李商隐诗："罗含黄菊宅，柳恽白蘋汀。"钓筒：钓鱼之具也。陆龟蒙《渔具诗序》："緡而竿者，总谓之筌。筌之流曰筒。" ④菡萏（hàndàn），荷花也。《诗经》："彼泽之陂，有蒲菡萏。"《尔雅》："荷，芙蕖，其花菡萏。"

闻 雁

过尽梅花把酒稀，熏笼①香冷换春衣。秦关汉苑无消息，又在江南送雁归。

①熏笼：亦作“薰笼”。熏炉覆以竹笼，故云。白居易诗：“斜倚熏笼坐到明。”

重阳

照江丹叶一林霜，折得黄花更断肠。商略①此时须痛饮，细腰宫②畔过重阳。

①商略：犹言画策。阮籍尝于苏门山遇孙登，与商略终古。②细腰宫：指楚王宫。《后汉书》：“楚王爱细腰，宫中多饿死。”

江村

江村连夜有飞霜，柿正丹时橘半黄。转枕却寻惊断梦，拨炉偶见爇①残香。医无绝艺空三易②，死与浮生③已两忘。拈得一书还懒看，卧听孙子诵琅琅④。

①爇（ruò），原作“蓺”，据钱仲联校注本改。爇，烧。②三易：《连山》《归藏》《周易》，谓之《三易》。《连山》，夏《易》，以艮为首；《归藏》，商《易》，以坤为首；《周易》，以乾为首。 ③浮生：人生虚浮无定，故曰浮生。李白

文："浮生若梦，为欢几何。" ④琅琅：喻金石相击声。读书声有音节而入耳者，亦以此喻之。

饮张功父园戏题扇上

寒食清明数日中，西园春事①又匆匆。梅花自避新桃李，不为高楼一笛风。

---

①春事：犹言园艺之事。《管子》："地气发，戒春事。"

幽居春晚

老废雠书病废诗，书闲惟与睡相宜。未寻内史流觞地①，又近庞公②上冢时。花发游蜂喧院落，笋长驯鹿入藩篱。石帆山下春如许，野老来招不用辞。

---

①内史：王羲之为晋会稽内史。流觞：古人修禊曲水，与会者散立两旁，投觞于水之上游，听其随波而下，止于某处，则其人取而饮之，故曰流觞。 ②庞公：指东汉庞德公事。诸葛亮每至庞家，独拜床下。德公初不令止。司马德操尝诣之，值其上先人墓，德操径入，呼德公妻子，使速作黍。徐元直向云：当来就我与德公谈，其妻子皆罗拜于堂下，奔走共设，须臾德公

还，直入相就，不知何者是客也。

题湖边旗亭①

春色初回杜若洲，佳人又典鹔鹴裘②。八千里外狂渔父③，五百年前旧酒楼。渡口远山颦翠黛，天边新月挂琼钩④。回头笑向红尘⑤说，也有闲愁到此不？

---

①旗亭：古酒楼之别称。唐王昌龄、高适、王之涣同饮旗亭，有伶官并妓数辈续至。昌龄等私约，视伶讴己诗者，各画壁记之，而遗之涣。涣指妓中最佳者一人曰：如所唱非我诗，即不敢与诸君争衡。此妓果唱“黄河远上白云间”，正之涣得意之作也。因大谐笑。　②鹔鹴（sù shuāng）：司马相如与卓文君还成都，居贫愁懑，以所服鹔鹴裘就市人阳昌贳酒，与文君为欢。按，鹔鹴，水鸟名，绒可为裘。　③父，原作“火”，据钱仲联校注本改。　④琼钩：玉钩也，此喻一弯新月。　⑤红尘：喻人间之繁华。班固赋：“红尘四合，烟云相连。”

书　意(选一)

篱角①绯桃落渐稀，晚风吹去点苔矶②。挥金岂必如疏傅③，二亩春秧也是归。

①篱角：犹言篱落边也。　②点苔矶：指晚风吹落桃花点缀于苔矶之上。此处“点”作动词。　③挥金：轻财也。陶潜诗：“虽无挥金事，浊酒聊可恃。”疏傅：指汉兰陵疏广、疏受，即世称二疏者是也。广少好学，明《春秋》，宣帝时为太傅。兄子受同时为少傅。每朝，太傅在前，少傅在后，朝廷以为荣。在位五岁，俱谢病免归，日与宾客娱乐，不为子孙治生产。尝曰：子孙贤而多财，则损其志；愚而多财，则益其过。一时传为名言。李白诗：“达士遗天地，东门有二疏。”

秋　怀

园丁傍架摘黄瓜，村女沿篱采碧花。城市尚余三伏①热，秋光先到野人家。

①三伏：夏至后第三庚日为初伏，第四庚日为中伏，立秋后第一庚为末伏，是谓三伏。《小学绀林》称：“伏者，金气伏藏之日也。”

自开岁连日阴雨未止

江云漠漠雨昏昏，归老山阴①学灌园。十里羊肠②仅通路，三家铛脚自成村③。应时馎饦④聊从俗，耐久钟馗俨在门。近县传闻颇多盗，呼儿插棘补颓垣。

---

①山阴：在浙江绍兴市境。　②羊肠：凡径之小而曲者，称羊肠。李端诗："石滑羊肠险。"　③铛（chēng）：温器也。如药铛、茶铛。铛有三脚，因以喻三家村。村：喻乡间人烟寥落之处。放翁他诗亦有"屏迹三家村"之句。　④馎饦：饼属。一作饽饦（bó tuō），亦作"不托"。俱入声。放翁自注称：俗有年馎饦之语。予贫甚，今岁遂不能易钟馗。

秋　夕

羁魂虚仗些词招，病骨那禁积毁消。乱叶打窗寒有信，昏灯照幔梦无聊。栈边老骥①心空在，爨下残桐尾半焦②。百感忽生推枕起，碧霄银汉正迢迢③。

---

①栈边老骥：典出魏武帝《乐府》："老骥伏枥，志在千里。烈士暮年，壮心不已。"　②《后汉书》："吴人有烧桐以爨者。蔡邕闻火烈之声，知其良材，因请裁为琴，果有美音，而其尾犹焦，时人名曰焦尾琴。"此喻知遇之晚。爨（cùan）：烧火煮饭。　③碧霄：青天之别称。李白诗："登岭宴碧霄。"银汉：即天河。晴夜天空，见有灰白色之带弯环如河者，即是，亦名银汉。温庭筠诗："银汉横空万象秋。"

读 史

民间斗米两三钱，万里耕桑罢戍边。常使屏风写无逸①，应无烽火照甘泉。

①无逸：《周书》篇名。周公以戒成王之辞。校按：钱仲联校注本引《旧唐书·崔植传》："宋璟尝手写《尚书·无逸》一篇，为图以献。玄宗置之内殿，出入观省。"又引《宋史·仁宗纪》："景祐二年春正月癸丑，置迩英、延义二阁，写《尚书·无逸》篇于屏。"

闻 猿

瘦尽腰围不为诗，良晨流落自成衰。也知客里偏多感，谁料天涯有许悲。汉塞角残人不寐，渭城①歌罢客将离。故应未抵闻猿恨，况是巫山庙里时。

①渭城：乐府歌名。本王维《送人使安西诗》，其首句曰"渭城朝雨浥轻尘"，后入乐府，因以名曲。刘禹锡诗："更与殷勤唱渭城。"

长安道

千夫登登供版筑①，万手丁丁②供斵木。歌楼舞榭高入云，复幕重帘昼烧烛。中使传宣骑飞鞚③，达官候见车击毂④。岂惟炎热可炙手⑤，五月瞿唐谁敢触？人生易尽朝露晞，世事无常坏陂复。士师分鹿⑥真是梦，塞翁失马⑦犹为福。君不见野老八十无完衣，岁晚北风吹破屋。

---

①登登：杵筑之声也。版筑：谓营建之役也。《孟子》："傅说举于版筑之间。" ②丁丁：读如争争。伐木声。《诗经》："伐木丁丁。" ③中使：指宫廷之使。《齐书》："中使相望，轩冕成阴。"飞鞚：控马勒如飞也。杜甫诗："黄门飞鞚不动尘。" ④车击毂：谓车马辐辏，繁盛纷纷。《史记》："临淄之涂，车毂击，人肩摩。" ⑤炙手：犹言炙手可热。喻势焰薰灼。《唐语林》："会昌中语曰：郑杨段薛，炙手可热。" ⑥分鹿：《列子·周穆王》：郑人有薪于野者，毙奔鹿而藏诸隍中，覆以蕉叶。俄而忘其藏处，遂以为梦。而沿途诵其事。旁人有闻者，因其言而取之。薪者是夜真梦藏鹿之处及得鹿之人，翌晨按所梦往索，遂讼而争之士师。士师中分其鹿予此二人。后因以"分鹿"喻将真作梦，将梦作真，错乱颠倒。 ⑦塞翁失马：喻人生未可以一时祸福为得失。《淮南子》："塞上叟失马，人皆吊之。叟曰：此何讵不为福？数月，马将胡骏马而至。人皆贺

之。曰：此何讵不为祸？家富马良，其子好骑，堕而折髀，人皆吊之。父曰：此何讵不为福？一年胡夷大入，丁壮者战死十九，子独以跛故，父子相保。”

园中晚饭示儿子

一饱何心慕万钟①，小园父子自相从。蚍蜉布阵雨将作②，蛱蝶成团春已浓。涧底束薪供晚爨，街头粜米续晨舂。盘餐莫恨无兼味，自绕荒畦摘芥菘③。

---

①钟：六斛四斗。或曰钟十斛也。万钟言禄之多也。《孟子》：“万钟于我何加焉。” ②蚍蜉：大蚁也。《博物志》：“蚁知将雨。”另“雨将作”之“将”，原作“相”，据钱仲联校注本改。 ③畦（qí）：田五十亩曰畦。杨基诗：“野菜不分畦。” ④芥菘：蔬类植物。

楚　城

江上①荒城猿鸟悲，隔江便是屈原祠。一千五百年间事，只有滩声似旧时。

---

①江上：疑指汨罗江。水名，在湖南省东北部。战国时楚屈

原怀沙自沉于此。《水经注》谓之汨罗渊，亦称屈潭。此诗虽寥寥数语，但寄托遥深，隽丽不可名状。校按：此诗淳熙五年五月陆游东归途中经归州时作。陆游《入蜀记》称归州“隔江有楚王城，亦山谷间，然地比归州差平”。归州，唐武德二年置，辖秭归、巴东二县。治所在秭归县。即今秭归县归州镇。

杂　兴

东家饭牛①月未落，西家打稻鸡初鸣。老翁高枕葛㡡②里，炊饭熟时犹鼾声。

①饭牛：以刍饲牛曰饭牛，如宁戚饭牛。　②葛㡡：犹言纱帐。㡡，原作“橱”，据钱仲联校注本改。

山茶一树自冬至清明后着花不已

东园三日雨兼风①，桃李飘零扫地空。惟有山茶偏耐久，绿丛②又放数枝红。

①雨兼风，原作“风兼雨”，据钱仲联校注本改。　②绿丛：犹言绿叶丛翠中。

东　村(选一)

野人喜我偶闲游，取酒怱怱劝小留。舍后携篮挑菜甲①，门前唤担买梨头②。

---

①菜甲：菜蔬方叶曰菜甲。杜甫诗："自锄稀菜甲。"白居易诗："草芽菜甲一时生。"　②梨头：放翁自注：村人谓小梨为梨头。

梅花绝句

高韵知难折简①呼，溪头扫地置芳壶。梅如解语②应惆怅，昔日名流③一个无。

---

①折简：犹言函招。古人以竹简作书，故云。《晋书》："公当折简召凌，何苦自来耶？"　②梅如解语：典出《开元遗事》。明皇与妃子赏太液池千叶莲，曰：何如此解语花！罗隐诗："若教解语应倾国。"　③名流：名士之辈。《世说新语》："孙绰许询皆一时名流。"

新制小冠

浅醉微吟独倚阑，轻云淡月不多寒。悠然顾影成清啸，新制栟榈二寸冠①。

---

①栟榈：棕类，高一二丈，叶如蒲扇，叶下有毛如发。亦称棕榈，可以制冠。二，原作“三”，据钱仲联校注本改。

书　叹(选一)

雨夜孤舟宿镜湖，秋声萧瑟满菰蒲。书生有泪无挥处，寻见祥符九域图①。

---

①九域图：陆游自注称：“宋祥符中，曾诏王曾等修《九域图》。”

十月九日

酒开瓮面扑人香，菊折霜余满把①黄。我是化工②君信否？放迟一月作重阳。

①把，原作“地”，据钱仲联校注本改。　②化工：犹言巧夺天工。李商隐诗：“固是符真宰，徒劳让化工。”

题詹仲信所藏米元晖云山小幅

俗韵凡情一点无，开元以上立规模。镜湖老监①空挥泪，想见楚江清晓图②。

①老监：指唐贺季真，简称贺监。　②楚江清晓图：宋米友仁画。友仁，字元晖，芾子，善画山水，点滴烟云，草草而成，不失天真，此图经徽宗鉴赏，视为绝品。放翁自注：徽宗见元晖《楚江清晓图》，大加赏叹。

予使江西时以诗投政府丐湖湘一麾会召还不果偶读旧稿有感

文字尘埃我自知，向来诸老误相期。挥毫当得江山助①，不到潇湘岂有诗？

①当，原作“留”，据钱仲联校注本改。得江山助：唐张说

善属文，时人以与苏颋并称为大手笔。曾谪岳州，而诗益凄婉。人谓得江山助云。

即 席

小山榴花照眼明①，青梅自堕时有声。柳桥东岸倚筇立，聊借水风吹宿醒②。

---

①照眼明：喻榴花繁盛鲜明貌。韩愈诗："五月榴花照眼明。" ②宿醒：病酒累日曰宿醒。犹宿醉。

绍兴辛酉予年十七矣，距今已六十年，追感旧事作绝句

常忆初年十七时，朝朝乌帽出从师。忽逢寒食停供①课，正写矾书作赝碑②。

---

①供：原作"功"，据钱仲联校注本改。 ②赝，或作"雁"，碑之伪托者谓之赝碑。晋戴逵总角时，以鸡卵汁溲白瓦屑，作《郑康成碑》，此亦赝碑。放翁注云："与许子威辈同从鲍季和先生，晨兴必具帽带而出。"

闻西师复华州

西师驿上破番书，鄠杜真成可卜居。细肋①卧沙非望及，且炊黍饭食河鱼。

---

①细肋：羊类。喜卧沙地，能走，生野草内，或群至数十。（《本草》）

又

青铜三百领旗亭，关路骑驴半醉醒。双鹭斜飞敷水绿，孤云横度华山青。